U0052764

在天願作比翼鳥

李元洛 輯注　東大圖書公司 印行

國立中央圖書館出版品預行編目資料

在天願作比翼鳥：歷代文人愛情詩詞曲
三百首／李元洛著. --初版. --臺北市
：東大發行：三民總經銷，民83
　　　面；　　　公分. --（滄海叢刊）
ISBN 957-19-1637-4 （精裝）
ISBN 957-19-1638-2 （平裝）

831.92　　　　　　　　　83006174

© 在　天　願　作　比　翼　鳥
—歷代文人愛情詩詞曲三百首

輯注者	李元洛
發行人	劉仲文
著作財產權人	東大圖書股份有□□司
	臺北市復興北路□八六號
發行所	東大圖書股份有□□司
	地　址／臺北市□北路三□六號
	郵　撥／〇一〇□□七五□〇號
印刷所	東大圖書股份□□
總經銷	三民書局股份□□
門市部	復北店／臺北□□
	重南店／臺北□□
初　版	中華民國八十□

編　號　E 85249①

基本定價　捌元

行政院新聞局登記證□□字□□號

有著作□□□□

ISBN 957-□□-1637-□ （精裝）

自　序

　　愛情，是人類生存和發展的重要支柱，也是文學創作的永恆主題。公元前八世紀，希臘詩人赫西奧德在《諸神記》中歌唱「不朽的神祇中最美麗的一位」的厄洛斯，就是希臘神話中名爲丘比特的愛神。在中國，雖然沒有這樣的神祇，但早在兩千多年前的《詩經》中，愛情的多聲部的樂曲就已經開始鳴奏，而從它的第一篇〈關雎〉裡，雖然時隔兩千多年，我們仍可以聽到鐘鼓和琴瑟的樂音隱隱傳來。可以說，在中外文學的浩蕩長河中，以愛情爲題材的優秀作品，是永遠也不會凋謝的耀眼動心的波浪。

　　當今之世，觀念日新而世風日下，物慾橫流人慾也橫流，在滾滾紅塵之中，爲俗務所累的現代人如果能捧讀古代那些優美而健康的愛情詩，也許會如同手捧一掬遙遠的清芬，讓蒙塵的心受到清純的古典的洗禮，得到休憩和淨化，因此，我早就想編注譯評這樣一本詩選集。

一九九〇年秋，初識原籍貴州的臺灣作家姜穆，熱心的他建議我編兩部中國歷代愛情詩集，一為文人作品，一為民間歌謠，他說如此可稱珠聯璧合，又可視為姊妹之篇。謝謝他的美意，朝暉夕陰，經年累月，我從商品大潮澎湃的現代遁回簫笛幽遠的古典，終於編著成《在天願作比翼鳥》和《千葉紅芙蓉》二書。

中國古典愛情詩浩如煙海，我雖然揚帆遠駛，企圖一網、不兩網而盡那海中的珍奇，但仍然不免顧此失彼而有遺珠之嘆。為統一體例，這兩本書都分為「戀情」、「歡情」、「離情」、「怨情」、「悲情」五個部分，每部分的作品又均以年代先後為序。注釋力求簡明扼要，為一般水平的讀者指點迷津；譯文崇尚暢達而有音韻之美，讓讀者可以吟誦並作古今之參照；點評則希望繼承中國傳統的審美印象式批評的長處，又具有現代文學批評的某些風采；版本則廣收博覽，必要時則互相比照以擇善而從。總之，年復一年地詩海浮沈與鉤沈，雖不能盡如人意，我也只得返航登岸了。

三民書局暨東大圖書公司享譽書林與文林，曾出版過我的《詩美學》與《歌鼓湘靈——楚詩詞藝術欣賞》，令人銘感。一九九三年八月我有臺灣之旅，書局董事長劉振強先生之高遠文化胸懷與理想，以及對學人的尊重與禮遇，都令我十分感佩。現在拙編又承付梓，且讓我向他和審讀本書的陳滿銘教授、向曾經或

連載或選刊拙編的《臺灣新聞報》鄭春鴻先生和《中央日報》梅新先生，致以衷心的敬意與謝意，在水之一方。

一九九四年初夏於湖南長沙

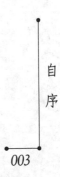

在天願作比翼鳥

——歷代文人愛情詩詞曲三百首

目 次

目
次

二、歡情——樂莫樂兮新相知

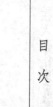

目
次

在天願作比翼鳥

三、離情──江南紅豆相思苦

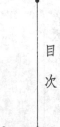

在天願作比翼鳥

目
次

在天願作比翼鳥

四、怨情——別有幽愁暗恨生

目次

目次

五、哀情——傷心春與花俱盡

目
次

在天願作比翼鳥

後　記

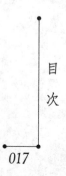

目

次

一、戀情——

心有靈犀一點通

琴　歌①

〔漢〕司馬相如

鳳兮鳳兮歸故鄉②，遨遊四海求其凰③。
時未遇兮無所將④，何悟今夕升斯堂⑤。
有豔淑女在閨房，室邇人遐毒我腸⑥。
何緣交頸爲鴛鴦，胡頡頏兮共翱翔⑦。

作者簡介

司馬相如（公元前179～117年），字長卿，蜀郡成都（今四川省成都市）人，西漢著名辭賦家。

注　釋

①琴歌：司馬相如未受到漢武帝賞識時家貧無業，臨邛縣令王吉邀飲於富豪卓王孫家，卓女文君新寡，司馬相如彈琴挑之，文君夜奔。

②鳳：雄鳥。兮：語助詞。

③遨遊：遊歷，漫遊。凰：雌鳥。

④將：取得，得到。

⑤何悟：那裡想到。斯：這，這個。

⑥邇：近。遐：遠。毒：痛苦，難過。

⑦胡：何，什麽。頡頏：鳥上下翻飛之狀。

譯　文

　　鳳啊鳳啊回到了故鄉，曾經漫遊四海尋求意中之凰。機緣不至未能得到，何曾想到今天晚上登上這個廳堂。賢慧美麗的姑娘就在這裡，咫尺天涯令人心傷。什麼時候能和她交好如同鴛鴦，像比翼鳥在天空中上下飛翔。

點　評

　　中國古代詩人常常以傳說中的鳳凰象徵情愛，自司馬相如的〈琴歌〉之後，「鳳求凰」就成了中國語匯中表示男子求偶的專門用語。西方詩人則往往以玫瑰來象徵愛情，如德國詩人歌德的〈野玫瑰〉、英國詩人布萊克的〈我可愛的玫瑰樹〉、彭斯的〈一朵紅紅的玫瑰〉，都是如此。

桃葉歌①

〔晉〕王獻之

桃葉復桃葉，渡江不用楫②。
但渡無所苦，我自迎接汝③。

桃葉復桃葉，桃樹連桃根④。

相連兩樂事⑤，獨使我殷勤⑥。

作者簡介

　　王獻之（公元344～386年），瑯琊臨沂（今山東省臨沂縣）人，字子敬，王羲之第七子，東晉著名書法家、文學家，與其父並稱「二王」。

注　　釋

　　①桃葉歌：桃葉，獻之愛妾名。獻之府邸與桃葉娘家，分別在今南京市秦淮河之兩岸。此詩為王獻之送別桃葉而作。後人將桃葉過河的渡口改名為「桃葉渡」。

　　②楫：划船之槳，代指船。不用楫：桃葉能浮水，此為雙關語。

　　③汝：你，指桃葉。

　　④連：諧音「憐」，民歌中習用的手法。作者以「桃樹」代指桃葉，而以「桃根」自況，而非實指桃葉之妹桃根。

　　⑤相連：諧音「相憐」。

　　⑥殷勤：情意懇切深厚。

譯　　文

　　桃葉啊桃葉，渡江用不著船帆。妳安心而渡不要傷感，我會親自迎接妳回還。

一、戀情

桃葉啊桃葉，妳對我情深意重。相憐相愛本是人間樂事，我對妳也是情有獨鍾。

點　　評

　　複沓與雙關是民歌中常見的手法，此詩中「桃葉復桃葉」的重言複唱，「相連」與「相憐」的諧音雙關，平添了一番生活的芬芳和動人的情韻，可見在書齋中的文人學士，也要汲引民歌的清泉來滋潤自己的詩心。

東陽溪中贈答①

〔南朝・宋〕謝靈運

　　可憐誰家婦②，緣流洗素足③。
　　明月在雲間，迢迢不可得④。

　　可憐誰家郎，緣流乘素舸⑤。
　　但問情若爲⑥，月就雲中墮⑦。

作者簡介

　　謝靈運（公元385～433年），陳郡陽夏（今河南省太康縣）人，襲

封康樂公，世稱謝康樂，是我國古典山水詩的鼻祖。

注　釋

①此詩以男女贈答的形式，寫彼此歡悅之情，遙啓唐詩人崔
　顥〈長干曲〉的先河。

②可憐：憐，愛也。可憐即可愛。

③流：指江河，此處指「東陽溪」。素：白，白淨。

④迢迢：距離或路途遙遠。

⑤舸：大船，也指小船和一般的船。

⑥但：只。若爲：猶若何，即如何辦，怎麼辦。

⑦就：從。墮：落。

譯　文

　　誰家可愛的姑娘，沿著流水洗濯白淨的雙足。她好像高天
上的雲間明月，是那樣遙遠而不可把捉。

　　誰家可愛的兒郎，順著流水把白色的小船乘駕。只要你感
情純潔而熱烈堅貞，月亮也會從雲層中落下。

點　評

　　「問答」是民歌中常用的語言表現方式，往往能使人物的
神情意態躍然紙上。此詩男問女答，借月言情，言在此而意在
彼，生動活潑，一派天機雲錦。

子夜四時歌①

蘭葉始滿地，梅花已落枝。
持此可憐意，摘以寄心知②。

江南蓮花開，紅光覆碧水③。
色同心復同，藕異心無異④。

閨中花如繡⑤，帘上露如珠⑥。
欲知有所思，停織復踟躕⑦。

繡帶合歡結⑧，錦衣連理文⑨。
懷情入夜月，含笑出朝雲⑩。

作者簡介

蕭衍（公元464～549年），即梁武帝，南蘭陵（今江蘇省常州市西北）人，字叔達。齊時與沈約、謝朓等爲「竟陵八友」之一，南朝梁代詩人。

注　　釋

①子夜四時歌原係民間曲調，文人常採用它來描寫男女戀

情。《樂府詩集》載蕭衍春、夏、秋、冬歌共七首，此處選
四首。

②心知：知心，知心的人。

③紅光：花光。覆：籠罩，照耀。

④心：指蓮心，蓮子，代指彼此相愛之心。

⑤花如繡：以花喻女人，形容她美麗如同繡出的花。

⑥露如珠：朝露易乾喻女子的青春易逝。

⑦踟躕：猶豫，徘徊不進。

⑧合歡：聯歡，歡聚。合歡結：兩根帶子聯結一起，表男女
情愛。

⑨連理文：花紋圖案，象徵愛情。

⑩朝雲：早雲，早霞。喻人之美，也暗用「巫山雲雨」的典
故，指男女之情。

譯　　文

蘭草鋪滿了大地，梅花已從枝頭墜落飄零。我懷著深沈的
思念和憐愛，採摘梅蘭贈給我的情人。

江南的荷花盛開，紅色的花光籠罩著碧浪。我們的心與荷
花的顏色一樣鮮紅，偶然有些意見不同但心兒卻沒有兩樣。

閨中的女兒美得像繡出的花，青春易老卻如帘上易乾的露
珠。我想知道心上人到底是什麼心思，不禁停機罷織而煩惱踟
躕。

兩根帶子繫成合歡結，錦緞的衣上織成連理文，我們滿懷
歡情在月夜中歸寢，雙雙含笑晨起如美好的朝雲。

點　評

　　蕭衍原爲文士，後來貴爲帝王，因爲從民歌中汲取了一些營養，所以這一組詩仍然寫得清新活潑，表現女子戀愛中的心理頗爲細緻傳神，堪稱他的作品中的上選之篇。

長干曲①

〔唐〕崔　顥

君家何處住？妾住在橫塘②。
停船暫借問，或恐是同鄉。

家臨九江水③，來去九江側。
同是長干人④，生小不相識⑤。

作者簡介

　　崔顥（公元？～754年），汴州（今河南省開封市）人。時人將其與王維、高適並稱，宋人嚴羽譽其名作〈黃鶴樓〉爲唐人七律第一。

注　釋

①長干曲：樂府舊題，內容多是表現船家婦女的生活。
②橫塘：在今南京市西南。
③九江：原指江西潯陽附近的九江，此詩泛指長江之中下游。
④長干：在今南京市南，地鄰橫塘。
⑤生小：自小，從小。

譯　文

　　君家住在哪裡？小女家在橫塘。停下船來暫且借問一聲，因為恐怕我們還是同鄉。

　　我家面臨長江，來來去去也是在長江之旁。我們雖然同在長干長大，可惜從小不識未通來往。

點　評

　　這首詩也是男女的贈答之辭。有人物，有背景，有潛臺詞，有單純的情節，頗富戲劇性，是精彩的戲劇小品，而且其情含而不露，隱隱約約，更能刺激讀者的聯想和想像。

相　思

〔唐〕王　維

紅豆生南國①，春來發幾枝？
願君多採擷②，此物最相思。

作者簡介

　　王維（公元701～761年），字摩詰，祖籍太原祁（今山西省祁縣）
人，其父遷居蒲州（今山西省永濟縣），遂爲河東人。精音樂、繪
畫，詩與孟浩然齊名，是盛唐山水田園詩派的重要代表作家。

注　　釋

　①紅豆：又名相思子，產於嶺南，歷久不壞，可作飾物，亦
　　是友情與愛情的象徵。
　②採擷：採取，摘取。

譯　　文

　　晶瑩鮮豔的紅豆出產在南方，春天開發幾枝搖曳春光？希
望你多多採擷啊，它最能表達相思和希望。

點　　評

　　這是王維的代表作之一，也是古典詩歌中五言絕句的珍

品。「相思」本來是一種抽象的不可把捉的感情，詩人卻找到了「紅豆」這一具有象徵意義的客觀對應物，托物抒情（友情、愛情、親情，可確指也可不必確指），言近意遠，使千百年來的讀者各有會心。

章臺柳①

〔唐〕韓翃

章臺柳②，章臺柳，昔日青青今在否？
縱使長條似舊垂，也應攀折他人手③！

作者簡介

韓翃（生卒年不詳），字君平，南陽（今河南省南陽市）人。天寶十三年（公元754年）登進士第。「大曆十才子」之一。

注　釋

①孟棨〈本事詩〉與著名傳奇小說〈柳氏傳〉記述，詩人韓翃和柳氏相愛，韓翃及第後在平盧節度使侯希逸部下任書記，安史亂起，留在長安的柳氏削髮爲尼，安史亂後，有功之胡人將領沙吒利劫之作妾，而韓翃派人攜金尋覓柳

一、戀情

氏，並題〈章臺柳〉一詞。在壯士許俊和侯希逸的幫助下，
他們終於破鏡重圓。

②章臺：漢代長安街名。柳：一語雙關，指街旁之柳，也指
柳氏。

③也應：推測之辭，擔心柳氏爲他人佔有。柳氏見韓翃詞後，
曾答詞一首：「楊柳枝，芳菲節，所恨年年贈離別。一葉
隨風忽報秋，縱使君來豈堪折！」

譯　　文

章臺的楊柳啊，章臺的楊柳，往日青青的顏色今天還有沒
有？即使長長的枝條仍然像過去那樣依依，只怕已經攀折在他
人之手！

點　　評

此詞情深一往，令人斷腸。「章臺柳」爲全詩的中心意象，
全詞由此結撰成章；「柳」字一字雙關，雖爲天籟，亦係人工，
從中可見詩心之妙。

題都城南莊①

〔唐〕崔　護

去年今日此門中，人面桃花相映紅②。
人面不知何處去③，桃花依舊笑春風④！

作者簡介

　　崔護（生卒年不詳），字殷功，博陵（今河北省定縣）人。貞元十二年（公元769年）登進士第。《全唐詩》存詩六首，以〈題都城南莊〉知名。

注　　釋

①都城南莊：指唐朝都城長安，即今陝西省西安市。唐代孟棨〈本事詩〉記載，崔護在清明日獨遊都城南郊，見一村莊，口渴叩一門而求飲，開門送水的是位美麗少女，她倚在桃樹下看他喝水，脈脈含情。第二年清明，崔護憶舊重訪，景物如故，但門已上鎖，少女杳然，他悵然題詩於門之左扇。

②人面：所見少女的面容。

③不知：一本作「人面祇今何處在」，一本作「人面只今何處在」。

④笑春風：桃花在春風中含笑盛開。

一、戀情

譯　　文

　　去年今日在這個門庭之中，美麗的容顏和絢美的桃花互增光彩。今年此日那窈窕淑女卻不知何處去了？只剩下桃花在春風中笑吟吟地盛開！

點　　評

　　依舊是此門之中，依舊是清明時節，依舊是桃花春風，不同的則是芳蹤已杳，如此對比和反跌，使懷念之情表現得分外深切動人。其中的「人面桃花」之比，是創造性的妙喻，以致千多年後以新詩名世的艾青，在〈西湖〉一詩中也不免受其影響，而寫出「在清澈的水底，桃花如人面，是彩色繽紛的記憶」之句。

南歌子詞①

〔唐〕裴　誠

不信長相憶，擡頭問青天。
風吹荷葉動，無夜不搖蓮②。

作者簡介

裴諴（約公元825年前後在世），字與生卒年均不詳，河東聞喜（今山西省聞喜縣）人，詩文家裴度之姪。擅作詞，《全唐詩》中收錄其〈南歌子〉與〈楊柳枝〉。

注　釋

①南歌子：詞牌名。唐代詩人所作〈南歌子詞〉，實爲五言絕句。
②蓮：雙關語，旣指客觀的蓮花，又諧音主觀的「憐（愛)」。
　搖：亦爲雙關語，「遙」也。搖蓮，即遙憐。

譯　文

如果不信我長長的苦憶，可以攪頭問證高高在上的青天。晚風吹得荷葉翩然搖動，我沒有一夜不將你遙遙地思念愛憐。

點　評

詩的抒情主人公的性別沒有確指，留給讀者更多的想像餘地。主人公指天誓日，又妙用雙關與比喻，更覺情眞意切，動人情腸。表白愛情時信誓旦旦，中外皆然。英國詩人白朗寧夫人在〈我是怎樣地愛你〉一詩中曾說：「要是沒有你，我的心就失去了激情。假如上帝願意，請爲我作主和見證。」

一、戀情

新添聲楊柳枝詞①

　　思量大是惡姻緣②，只得相看不得憐③。
　　願作琵琶槽那畔④，得他長抱在胸前。

作者簡介

　　見前。

注　釋

①「楊柳枝」爲樂府「近代曲」名。「添聲楊柳枝」，曲調名。
　「添聲」，指新添之和聲。

②大是：最是，極是，確實是。

③憐：惜，愛。

④琵琶槽：弦樂器架弦的格子，名爲「弦槽」，琵琶槽即琵琶
　的弦槽。那畔，槽的演奏者緊貼胸膛的那一邊。

譯　文

　　思來想去這確實是不好的姻緣，對她只能目注神馳卻不可
輕憐蜜愛。我多麼願意變作琵琶上那一邊的弦槽啊，這樣就可
以被她長久地抱在香懷。

點　評

　　詩的主人公表白他對一個善彈琵琶的女子的熱戀，感人之處就在於他作「無理而妙，愈無理而愈妙」的癡想：作她胸前琵琶的弦槽，如此才可一親芳澤。讀這首詩，令人回想五柳先生陶淵明〈閒情賦〉中的許多綺願：「願在衣而爲領，承華首之餘芳；願在裳而爲帶，束窈窕之纖身……。」其中有「願在木而爲桐，作膝上之鳴琴」，裴諴定然去陶淵明那裡聽過課，受到過他的教誨與啓發。

竹枝詞①

〔唐〕劉禹錫

　　楊柳青青江水平，聞郎江上唱歌聲②。
　　東邊日出西邊雨，道是無晴卻有晴③。

作者簡介

　　劉禹錫（公元772～842年），字夢得，洛陽（今河南省洛陽市）人。與柳宗元齊名。因遷太子賓客，故稱劉賓客。

注　　釋

①竹枝詞：樂府近代曲名，原爲巴渝（今四川省東部）的民歌，歌舞時以笛鼓伴奏，內容多關男女情愛。

②唱歌聲：一本作「踏歌聲」。男女戀愛常以唱歌來表情達意，此種民間風俗仍流傳於現在一些少數民族中。

③晴：雙關語。「晴」、「情」諧音，「無晴」、「有晴」，是「無情」、「有情」的隱語，既表天氣之晴雨，又表情意之有無。

譯　　文

楊柳青青啊江水平平，江上傳來郎君的歌聲。東邊陽光照耀西邊細雨飄灑，說不是晴天卻又是天晴。

點　　評

劉禹錫長期被貶逐外放，人在江湖，才有機會接觸生意盎然的民間文學，而使自己的創作呈現新的境界與風光。〈竹枝詞〉就是他任夔州（今四川省奉節縣）刺史時所作，明寫與暗指交織，寫實與象徵並陳，是典型的文人詩，卻有濃郁的民歌味。

採蓮曲①

〔唐〕白居易

菱葉縈波荷颭風②，荷花深處小船通③。
逢郎欲語低頭笑，碧玉搔頭落水中④。

作者簡介

白居易 (公元772～846年)，字樂天，下邽 (今陝西省渭南縣) 人，生於河南新鄭。倡導「新樂府運動」，是唐代中期極具影響的大詩人。

注　釋

①採蓮曲：係樂府舊題，原為流行於江南水鄉的民歌，常由採蓮女所唱。

②縈：縈回，旋轉。颭：風吹顫動，搖動。

③小船通：兩隻小船在荷花深處相遇。

④搔頭：簪之別名。碧玉搔頭：即碧玉簪。

譯　文

菱葉在水波中迴旋荷葉搖舞迎風，在荷花深處我的船和你的船對面相逢。遇上情郎想說話卻又低眉而笑，不料頭上的碧玉簪卻落到了碧水之中。

一、戀情

點　評

　　此詩寫採蓮少女的初戀情態，喜悅而嬌羞，如聞紙上有人，呼之欲出。尤其是後兩句的細節描寫，生動而傳神，如靈珠一顆，使整個作品熠熠生輝，如果沒有這一後來居上之筆，全詩將大為減色。

浪淘沙①

〔唐〕白居易

借問江潮與海水②，何似君情與妾心③？
相恨不如潮有信④，相思始覺海非深⑤。

作者簡介

　　見前。

注　釋

①浪淘沙：原為唐教坊曲名，唐代詩人多以七言絕句入曲，至南唐李後主才將其變為長短句，成為詞牌之名。
②借問：請問之意。

③何似：哪裡像，即不似。君情：男方之情。妾：古代婦女
　自稱。
④相恨：偏義複詞，即恨。
⑤相思：思念。李之儀〈卜算子〉：「只願君心似我心，定不
　負相思意。」

譯　　文

　　請問江中的潮與海中的水，哪裡像他的情和我的心？可恨
他感情不專還不如潮水之漲落有定，和我的思戀相比方始覺得
海水並不深沈。

點　　評

　　比喻，是詩國的奇花，沒有新穎而奇妙的比喻，詩歌園地
將是一片蕭索與荒涼。此詩以江潮喻「君情」，以海水比「妾
心」，而且翻空出奇，愈轉愈妙。「江潮」之喻雖從李益〈江南
曲〉之「嫁得瞿塘賈，朝朝誤妾期。早知潮有信，嫁與弄潮兒」
化出，卻仍有創新之美。

崔鶯鶯答張生①

〔唐〕元　稹

待月西廂下②，迎風戶半開。
拂牆花影動，疑是玉人來③。

作者簡介

元稹（公元779～831年），字微之，河南（今河南省洛陽市）人。與白居易文學主張一致，交誼厚而唱和多，世稱「元白」。

注　釋

①中唐詩人元稹根據自己的親身經歷寫成傳奇〈鶯鶯傳〉，記敍張生與崔鶯鶯的戀愛故事。張生寫了兩首〈春詞〉請紅娘轉送鶯鶯，其一是：「深院無人草樹光，嬌鶯不語趁蔭藏。等閑弄水浮花片，流出門前賺阮郎。」〈答張生〉即爲鶯鶯的答詩。崔鶯鶯，唐德宗貞元（公元758～804年）中人。

②廂：廂房，正房之前兩側的房屋，東邊稱東廂，西邊名西廂。金代董解元之〈西廂記諸宮調〉和元代王實甫之《西廂記》，即由此得名。

③玉人：美貌的人，一般指女性。

譯　文

你在西廂下等待東昇的明月，我迎著夜風將門扉半閉半開。拂牆的花影輕輕搖動，我懷疑是意中人已悄然越牆而來。

點　評

意境，是情景交融而刺激讀者聯想和想像的藝術世界。這首詩之所以傳唱不衰，不僅因爲文辭妍秀，更因爲意境動人，發人綺思。

鶯鶯詩①

〔唐〕元　稹

殷紅淺碧舊衣裳②，取次梳頭闇淡妝③。
夜合帶煙籠曉日④，牡丹經雨泣殘陽⑤。
依稀似笑還非笑，彷彿聞香不是香。
頻動橫波嬌不語⑥，等閒教見小兒郎⑦。

作者簡介

見前。

一、戀情

注　釋

①鶯鶯詩：選自《全唐詩》，係作者追懷往昔與崔鶯鶯的愛情
　　而作。

②殷紅：紅中帶黑之暗紅。淺碧：淡綠色。

③取次：隨意，隨便。闇：同「暗」。

④夜合：合歡的別稱，植物名，又名「合昏」。帶：縈繞。煙：
　　此處指水氣雲霧。曉日：旭日。

⑤泣：哭泣，這裡指水光閃耀之狀。

⑥橫波：眼神如水波流動。

⑦等閑：隨便，尋常。教：使。小兒郎：小孩子，年輕人，
　　此為作者自謂。

譯　文

　　暗紅的衣衫和淡綠的褲子都是舊衣裳，鬢髻隨意妝飾也很
淡雅平常。像籠罩在晨陽中的合歡還縈繞著雲霧水氣，如沐雨
後的牡丹水光閃耀向著夕陽。朦朦朧朧像淺笑又不像淺笑，恍
恍惚惚像聞到芳香又不像芳香。眸光如秋波橫流卻嬌羞不語，
不隨便讓我看到她美麗的容光。

點　評

　　元稹初遇鶯鶯時，鶯鶯年方十七，雖然始亂終棄，但詩人
畢竟不能忘情，此正所謂人性，或人的性格的二重性。詩中「橫
波」一喻，啟發了後來許多詩人的靈感。如李後主〈菩薩蠻〉
之「眼色暗相鉤，秋波橫欲流」，如王觀〈卜算子〉之「水是眼

波橫，山是眉峰聚」，均是。而「依稀似笑還非笑」一語，恐爲
曹雪芹在《紅樓夢》中寫林黛玉「一雙似笑非笑含情目」之所
本。

離　思①

〔唐〕元　稹

曾經滄海難爲水②，除卻巫山不是雲③。
取次花叢懶回顧④，半緣修道半緣君⑤！

作者簡介

見前。

注　釋

①離思：五代後蜀韋縠編《才調集》卷五題爲「離思六首」，
第一首即《元稹集》中之〈鶯鶯詩〉，可推論這組詩是思念
鶯鶯而作。此處選一首。

②滄海：大海。因海水顏色清蒼，而「滄」與「蒼」通。此
句化用《孟子・盡心上》：「故觀於海者難爲水」語意。

③巫山：在四川、湖北兩省邊境，長江穿流其中，成爲三峽。

此句用宋玉〈高唐賦〉描述過的楚國神話傳說中的巫山神
女事。

④花叢：比喻眾多之美女。

⑤緣：因為，由於。

譯　文

經歷過浩瀚的大海之後再也看不上平常的水，除卻巫山的
雲彩之外眼中再沒有其它的雲。漫不經心地走過花叢我懶得回
眸一顧，一半是為了求仙學道，一半是為了原來的心上人！

點　評

這是元稹追懷舊戀的詩，在真情實感的抒發中似乎也可窺
見懺悔或內疚之意。首二句設喻巧妙，推陳而出新，概括了具
有普遍意義的心裡情結，是千百年來傳誦不衰的名句。

採蓮子①

〔唐〕皇甫嵩

船動湖光灩灩秋②，貪看年少信船流③。

無端隔水拋蓮子④，遙被人知半日羞。

作者簡介

皇甫嵩（生卒年不詳），字子奇，睦州新安（今浙江省淳安縣）人，詩人皇甫湜之子。終生布衣。

注　釋

①採蓮子：樂府舊題。

②灩灩：水光閃動之貌。

③年少：主人公傾慕的青年男子。信船流：任船隨水飄流。

④無端：無緣無故。蓮子：與「憐子」諧音，語意雙關。

譯　文

在湖光閃耀的晴秋，因貪看那少年男子竟然任船兒隨意飄流。而且無緣無故地隔水向他拋擲蓮子，遙遙被人察覺叫人半天都好不慚羞。

點　評

德國大詩人歌德在自傳中曾說過，每隻鳥兒都有它的誘餌。此詩之妙主要在三、四兩句，「拋蓮子」的細節描繪，頗具心理深度，如聞紙上有人。

一、戀情

南歌子①

〔唐〕溫庭筠

井底點燈深燭伊②，共郎長行莫圍棋③。
玲瓏骰子安紅豆④，入骨相思知不知？

作者簡介

溫庭筠（約公元812～約870年），原名岐，字飛卿，太原祁（今
山西省祁縣）人。文思敏捷，手叉八次而成八韻，時號「溫八叉」。
詩與李商隱齊名，時稱「溫李」。詞之成就在詩之上，爲「花間
派」代表詞人之一。

注　釋

①南歌子：也稱「新添聲楊柳枝」，擬樂府舊題南朝吳歌之
　作。
②燭伊：燭，「囑」的諧音。伊：他，即次句之「郎」。深燭：
　即「深囑」。
③長行：古代之賭博遊戲，此處相關「郎」之長期與長途的
　外出。圍棋：「違期」之諧音。
④骰子：骨製的正方體賭具，六面分別刻有一至六的紅色圓
　點。紅豆：也名相思子。

譯　文

　　如同井底點燈我深深地囑咐你，我同意你長途外出但盼歸期不要遲遲。請看玲瓏的骰子上嵌刻的紅豆，你知不知道那是刻骨的相思？

點　評

　　詩，重要的是「表現」，而非陳述與說明。此詩寫女主人公的深情摯意，均是借助外在的物象和諧聲、雙關的手法，以具象表抽象，構思婉曲巧妙。

無　題①

〔唐〕李商隱

昨夜星辰昨夜風②，畫樓西畔桂堂東③。
身無彩鳳雙飛翼，心有靈犀一點通④。
隔座送鉤春酒暖⑤，公曹射覆蠟燈紅⑥。
嗟余聽鼓應官去，走馬蘭臺類轉蓬⑦。

作者簡介

　　李商隱（公元812～858年），字義山，號玉谿生，懷州河內（今河南省沁陽縣）人，坎坷不得志。其詩風格綺麗精工，綿密深婉，七言律、絕尤工。

注　　釋

①無題：李商隱共作「無題」詩二十餘首，寓意深婉而情思綿邈，向來傳唱人口。

②昨夜：星辰與風色一如昨夜而人已各自東西。

③畫樓：美麗的樓閣。桂堂：芬芳的廳堂。

④靈犀：指犀牛角，中心的髓質如線，貫通根末，古代視為靈異之物，此處喻兩心相通。

⑤送鉤：古代遊戲，又稱藏鉤。參加者分為兩方，一方藏鉤，一方猜鉤在誰手。

⑥射覆：猜謎遊戲。將物覆蓋而讓人猜度。

⑦蘭臺：本為漢代宮廷之藏書閣，唐高宗時改祕書省為蘭臺。其時作者任祕書省正字。

譯　　文

　　令人難忘的是昨夜的星辰昨夜的風，在美麗的樓閣西畔芬芳的廳堂之東。身上雖然沒有彩鳳的可以飛翔的雙翼，心中卻有靈犀和她一線相通。還記得隔著座位玩藏鉤之戲春酒分外暖暖，而分隊猜謎時蠟燭比平日也更加紅紅。可嘆啊我聽到晨鼓就只得上班當差去，在祕書省騎馬往來猶如風中旋轉的飛蓬。

清代王夫之在《薑齋詩話》中説「以樂景寫哀，以哀景寫樂，一倍增其哀樂」，這首詩是以樂景寫哀情的範例。頷聯為愛情名句，千年來傳唱不衰。

無　題

〔唐〕李商隱

鳳尾香羅薄幾重①？碧文圓頂夜深縫②。
扇裁月魄羞難掩③，車走雷聲語未通④。
曾是寂寥金燼暗⑤，斷無消息石榴紅。
斑騅只繫垂楊岸⑥，何處西南待好風⑦？

作者簡介

見前。

注　釋

①鳳尾香羅：織有鳳尾圖文的綺羅。薄幾重：古有單帳複帳，複帳由多層薄紗所製。

一、戀情

②碧文圓頂：文，同「紋」，青碧花紋的圓形帳頂。

③扇裁月魄：月魄，原指月亮中未被陽光照到的部分，此處指裁成圓月形的團扇。

④雷聲：形容車聲。司馬相如〈長門賦〉：「雷殷殷而響起兮，聲像君之車音。」

⑤金燼：指銅燈盞上的殘燼。

⑥斑駒：黑白色相雜的馬。

⑦好風：西南風，喻心上人。曹植〈七哀詩〉：「願爲西南風，長逝入君懷。」

譯　文

織有彩鳳花紋的薄薄羅帳究竟有多少層？碧綠花紋的圓圓帳頂她縫到夜深。相逢時她用圓月形的扇子半遮嬌羞的臉，車輪滾動如雷鳴響，我們竟來不及話語傳情。我曾不知多少次獨對殘燈度過寂寥的長夜，春去夏來全無音訊，石榴花又開得火紅。我只得將斑駒馬繫在楊柳岸上，什麼時候她才像西南風一樣吹入我的懷中？

點　評

李商隱寫的既是東方式的戀愛，又是中國古代的戀愛，未歌先咽，欲說還休，但它所抒寫的那種具有普遍意義的相思情境，也能令現代的有情人玩味不盡。

江南曲①

〔唐〕于 鵠

偶向江邊採白蘋②，還隨女伴賽江神③。
眾中不敢分明語，暗擲金錢卜遠人④。

作者簡介

于鵠（生卒籍貫不詳），生活於大曆、貞元間，初隱居漢陽山
中，大曆間曾從軍塞上。

注　釋

①江南曲：古樂府曲名，多寫男女情愛。

②偶：偶然。向：去，到。白蘋：蕨類植物，蘋科。

③賽江神：用儀仗、鼓樂、雜戲祭祀，迎接江神出廟而周遊
　　街巷。

④暗擲：悄悄地或祕密地拋擲。金錢：用金屬鑄造的錢幣，
　　卜卦時擲之而觀其仰覆，以此占問行人的吉凶與歸期。

譯　文

偶然到江邊去採摘白蘋，又跟隨女伴去觀看迎神賽會。在
大庭廣眾之中不敢明白地將心事申說，只得悄擲金錢卜問良人
何時回歸。

一、戀情

點　評

　　詩的主題是寫少婦對於遠行的丈夫的懷念，前人對此已有許多高明的表演，後來者如果沒有新的創造，讀者就會不終篇而掩卷，觀眾也會不終場而退席。此詩後兩句翻空出奇，勝過平庸的千言萬語。

爲妻作生日寄意

〔唐〕李　郢

謝家生日好風煙①，柳暖花春二月天。
金鳳對翹雙翡翠②，蜀琴初上七絲弦③。
鴛鴦交頸期千歲，琴瑟諧和願百年。
應恨客程歸未得④，綠窗紅淚冷涓涓⑤。

作者簡介

　　李郢（生卒年不詳），字楚望，吳（今江蘇省南部、浙江省北部）人，唐宣宗大中十年（公元856年）中進士。

在天願作比翼鳥

036

注　釋

①謝家：東晉謝安之家，此處以謝安姪女又兼才女之謝道韞
　　代指己妻。
②金鳳、翡翠：均為鳥名，這裡指金玉所作的鳥形首飾。
③蜀琴：漢代司馬相如和卓文君所彈之琴，代指作者與其妻
　　常奏的樂器。
④客程：作客他鄉的路程。
⑤綠窗：妻子閨房的綠紗窗。

譯　文

　　妳的生日正逢上美好的時節，在春暖花開的豔陽天。金鳳、
翡翠的首飾使妳的容光更為嬌媚，妳好似卓文君彈奏琴上的七
根絲弦。我們如同形影不離的鴛鴦盼望千年好合，又好比諧美
的琴瑟祈願和鳴百年。此時此刻妳該怨我作客他鄉未曾歸去，
在綠紗窗裡妳的眼淚和燭淚一起涓涓。

點　評

　　許多戀詩是寫婚前，此詩卻寫婚後與別後之戀，意摯情真，
最後兩句「從對面寫來」，在戀詩中別具一格，而頸聯可作為天
下有情人的銘語。

情

〔唐〕吳　融

依依脈脈兩如何①？細似輕絲渺似波②。
月不長圓花易落，一生惆悵爲伊多③！

作者簡介

吳融（生卒年不詳），字子華，越州山陰（今浙江省紹興縣）人，
龍紀元年（公元889年）登進士第。

注　釋

①依依：依戀不捨。脈脈：含情欲吐。
②渺似波：如煙波迷茫。
③伊：她，意中人。

譯　文

依依不捨與脈脈含情這兩種情態如何描畫？渺茫好似煙波
細微如同輕紗。明月不會長圓花兒容易凋落，我一生因爲妳而
長長地傷懷寂寞！

點　評

詩人將抽象的情化爲具體可感的意象，而且他創造的情境

具有解釋的多樣性，內涵不可確指，不同的讀者可以有不同的
領悟，這，常常也正是好詩的特徵之一。

新上頭①

〔唐〕韓　偓

學梳蟬鬢試新裙②，消息佳期在此春③。
爲愛好多心轉惑，偏將宜稱問旁人④。

作者簡介

韓偓（公元844～923年），字致堯，一字致光，自號玉山樵人，
京兆萬年（今陝西省西安市東南）人。少即能詩，姨夫李商隱稱其
「雛鳳清於老鳳聲」。

注　釋

①上頭：古代女子十五歲時以簪子盤起頭髮，以示成年。
②蟬鬢：薄如蟬翼的兩鬢。
③佳期：指女子出嫁成婚之日。
④偏：背著。宜稱：好壞，合適與否。

一、戀情

譯　文

　　學著將兩鬢梳得薄如蟬翼而且試穿新裙，因爲聽說出嫁成婚的佳期就在今春。由於想妝扮得更好反而疑惑不定，背著父母將合適不合適去請問旁人。

點　評

　　德國詩人海涅説過：「一到了青春期，人們都抱著愛與被愛的急切欲望。」此詩寫婚前的妙齡少女的心理，可謂入木三分，如聞紙上有人。

思帝鄉

〔五代〕韋　莊

　　春日遊，杏花吹滿頭。陌上誰家年少①，足風流②。妾擬將身嫁與，一生休。縱被無情棄③，不能羞。

作者簡介

　　韋莊（公元836～910年），唐末、五代前蜀詩人、詞人。字端己，

京兆杜陵（今陝西省西安市東南）人。與溫庭筠並稱「溫韋」，同爲「花間派」健將。

注　釋

①陌上：田間的小路上。

②足：足夠，十分。

③縱：縱然，即使。

譯　文

　　春天去郊野遊玩，杏花吹滿頭上。田間小路上的那位少年，十足的瀟灑英俊模樣。我想嫁給他，和他共度百年時光。即使將來被他拋棄，我也決不羞愧悲傷。

點　評

　　清人賀裳《皺水軒詞筌》說「小詞以含蓄爲佳，亦有作決絕語而妙者」，就曾以韋莊此詞作證。詞中的少女形象，獨具個性與風采。

南鄉子

〔五代〕李　珣

乘彩舫①，過蓮塘，棹歌驚起睡鴛鴦②。
遊女帶香偎伴笑，爭窈窕③，競折團荷遮
晚照。

作者簡介

李珣（公元855？～930年？），字德潤，先代為波斯人，家居梓
州（今四川省三臺縣）。花間派詞人之一。

注　　釋

①彩舫：舫，船，一般指小船。彩舫：彩飾之小船。

②棹歌：棹，搖船的用具。棹歌：船歌。

③窈窕：美好貌。

譯　　文

乘彩飾華麗的遊船，盪槳在碧水綠波的荷塘，悠揚的歌聲
驚動了蓮葉間沈睡的鴛鴦。吐氣如蘭的女郎們依偎著歡笑，她
們像是在爭比美貌，競相折取圓圓的荷葉遮擋夕陽。

點　評

　　晚唐五代詞風有時落於妖冶浮豔，此詞也寫豔情，設色華美而格調明快清新，結句尤佳，情景宛然而令人玩味。

生查子

〔五代〕牛希濟

　　新月曲如眉，未有團圞意①。紅豆不堪看②，滿眼相思淚。　　終日劈桃穰③，人在心兒裡。兩朵隔牆花，早晚成連理④？

作者簡介

　　牛希濟（生卒年不詳），隴西（今屬甘肅省）人。詞人牛嶠之姪。《花間集》收其詞十一首。

注　釋

①團圞：圓貌。此處有「團聚」、「團圓」的雙關之意。
②紅豆：又名相思子，鮮紅而帶黑斑，象徵情愛。
③桃穰：桃仁。「仁」與「人」諧音。

一、戀情

④早晚：何時。連理：植物根株不同但枝幹連成一體，是愛情的象徵。

譯　文

一彎新月如蛾眉曲曲彎彎，它不管人間的分離還無意團圓。不忍看那撩人愁思的紅豆，它只能使我滿眼的相思淚珠輕彈。整天劈那桃穰，那桃仁就在桃核裡深藏，我們本是兩朵隔牆的花，何時才能實現成爲連理枝的夢想？

點　評

作者描繪了新月、紅豆、桃穰、連理枝四種意象，以物態喻人情，以諧音寓它意，深得南朝樂府民歌的風神。

竹枝詞

〔五代〕孫光憲

亂繩千結絆人深①，越羅萬丈表長尋②。
楊柳在身垂意緒③，藕花落盡見蓮心④。

作者簡介

孫光憲（公元？～968年），字孟文，貴平（今屬四川省仁壽縣）人。《全五代詩》存其詩十七首，全為〈竹枝〉、〈採蓮〉之類民歌。又工於詞。

注　釋

①絆人深：絆，諧音「伴」。深：諧音「身」。絆人深即「伴人身」。

②長尋：尋，諧音「心」，長尋即「長心」，天長地久的感情或綿長不盡的思念之意。

③緒：諧音「絮」。

④蓮：諧音「憐」，蓮心即「憐心」，亦即「愛心」。

譯　文

糾結難解的相思伴著我像是有千個結頭的亂繩，只有萬丈的越地綾羅才能比擬我長長的眷戀之情。思緒如同春風中楊柳搖落的紛飛花絮，憐心好似夏日藕花開盡後見到的蓮心。

點　評

古代詩人寫男女愛情的篇章多如繁星，運用諧音雙關手法的也不少見，但此詩語語雙關，每句中都妙用諧音，卻別具光彩，另闢蹊徑。

菩薩蠻

花明月暗籠輕霧，今宵好向郎邊去。剗襪步香階①，手提金縷鞋②。　畫堂南畔見，一向偎人顫③。奴爲出來難，教君恣意憐④。

作者簡介

李煜（公元937～978年），字重光，初名從嘉，史稱南唐後主。能文、工書、善畫、知音律，精於鑒賞，尤工於詞，是不可多得的全面的藝術家。

注　釋

①剗襪：女子穿襪而不穿鞋，稱剗襪。

②金縷鞋：鑲有金絲線之鞋。

③一向：一味，一意。顫：抖。

④恣意憐：恣，聽任，任憑。恣意憐即任憑盡情地憐愛。

譯　文

花明月暗四周籠罩著輕霧，如此良夜正好去幽會郎君。怕

驚動他人只穿著襪子悄悄走下香階，鑲著金線的鞋子提在手中。在畫堂的南邊我們相見，顫抖的妳一意依偎在我的胸懷，並且說出來相會好不容易，任憑郎君盡情地憐愛。

點　　評

　　本來堪稱詞國之君的李煜，卻不幸而爲亡國之君。此詞全用賦體，純係白描，紙上有人，情景如畫，讀之餘香滿口。

長命女

〔五代〕馮延巳

　　春日宴，綠酒一杯歌一遍①。再拜陳三願：一願郎君千歲，二願妾身常健②，三願如同樑上燕，歲歲長相見。

作者簡介

　　馮延巳（公元903～960年），一名延嗣，字正中，廣陵（今江蘇省揚州市）人，五代南唐詞人。詞史上地位大致與溫庭筠、韋莊相當。

①綠酒：未經細濾而有綠色泡沫的酒。
②妾：古代女子的謙稱。

譯　　文

　　歡宴在明媚和煦的春天，進一杯美酒一回歌唱。一拜再拜表白三個願望：一願郎君長壽，二願妾身健康，三願如同樑上雙飛的燕子，年年形影相隨，歲歲比翼翱翔。

點　　評

　　此詞從白居易〈贈夢得〉詩脫胎而出，白詩云：「爲我盡一杯，與君發三願：一願世清平，二願身強健，三願老臨頭，數與君相見。」馮作有出藍之美。

蝶戀花

〔宋〕柳　永

佇倚危樓風細細①，望極春愁，黯黯生天

際②。草色煙光殘照裡，無言誰會憑欄意。

　　擬把疏狂圖一醉③，對酒當歌，強樂還無味。衣帶漸寬終不悔，爲伊消得人憔悴④。

作者簡介

　　柳永（公元987？～1053年？），初名三變，字耆卿，排行第七，故稱柳七，崇安（今福建省崇安縣）人，是北宋第一個專力攻詞而以婉約名世的作家。

注　釋

①佇倚危樓：佇同竚，久立。危樓：高樓。
②黯黯：深黑色，此處指黯然神傷。
③疏狂：疏散狂放，不受拘束。
④消得：消減，消磨，值得。

譯　文

　　在高樓的習習輕風中久久站立，眺望天邊黯然神傷地湧起一派春愁。在夕陽照耀下草色萋萋煙光淡淡，默然無語誰知道我爲什麼憑欄樓頭？我打算放浪形骸對酒當歌而圖一醉，然而強顏爲歡卻無法解憂。啊，衣裳漸漸寬鬆我也始終不悔，爲她消磨得形容憔悴瘦骨伶仃我也無怨無尤。

點　評

　　王國維曾說此詞結句爲做學問的第二境界，我說它是畫龍點睛之筆，靈珠一顆，全詞遍體生輝。莎士比亞說過：「『愛』和炭相同，燒起來，就要把一顆心燒焦。」這首詞的主人公的「憔悴」也是如此。

訴衷情

〔宋〕張　先

　　花前月下暫相逢，苦恨阻從容①。何況酒醒夢斷，花謝月朦朧。　花不盡，月無窮，兩心同。此時願作，楊柳千絲，絆惹春風②。

作者簡介

　　張先（公元990～1078年），字子野，烏程（今浙江省吳興縣）人。曾以「雲破月來花弄影」、「隔牆飛過鞦韆影」、「柳徑無人，墮飛絮無影」及「不如桃杏，猶解嫁東風」等句，被稱爲「張三影」或「桃杏嫁東風郎中」。

在天願作比翼鳥

050

注　釋

①從容：舉止行動。《楚辭·九章》：「孰知余之從容。」王逸
　　注：「從容，舉動也。」
②絆惹：拘繫，牽引。

譯　文

　　我們在花前月下曾經短暫地相聚，深恨那橫來阻障隔斷了
我們的重逢。何況酒醒夢回之後，眼見春花凋謝月色朦朧只覺
往事已成空。青春長在花不盡，團圓有日月長明，你的心和我
的心同是鐵石堅貞。這時啊，我願化作千絲萬條的楊柳，牽引
象徵愛情的春風。

點　評

　　此詞雖爲小令，但語多轉折，尺水興波。「花」與「月」在
全詞中先後出現三次，意象相同而各異其趣。

漁家傲

〔宋〕歐陽修

近日門前溪水漲，郎船幾度偷相訪。船小難開紅斗帳①，無計向②，合歡影裡空惆悵③。 願妾身爲紅菡萏④，年年生在秋江上。重願郎爲花底浪，無隔障，隨風逐雨長來往。

作者簡介

歐陽修（公元1007～1072年），字永叔，號醉翁，晚年又號六一居士。詩人、文學家、史學家。詩、詞、散文的造詣均高，爲「唐宋八大家」之一。

注　釋

①紅斗帳：紅色的圓頂小帳。

②無計向：沒辦法，無可奈何。

③合歡：植物名，又指男女相悅的和合歡樂。

④紅菡萏：紅色的荷花。

譯　文

近來門前的溪水上漲，你駕著輕舟好幾回偷偷地前來探望。可惜小小船兒難以張開紅色的羅帳，眞是無可奈何啊，只能想像郎歡妾愛的情景而空懷惆悵。我希望自己化爲紅豔的荷花，歲歲年年開在秋江之上，更祈願你變爲花底的波浪，沒有阻隔和障礙啊，即使在風風雨雨中也能長相來往。

　　晚唐五代，寫愛情時對象多為閨閣庭院和上層社會之男
女，此詞不然，著眼民間，清新獨創，可以照亮讀者驚喜的眼
睛。

生查子①

〔宋〕歐陽修

　　去年元夜時②，花市燈如晝③。月上柳梢
頭，人約黃昏後。　　今年元夜時，月與燈
依舊，不見去年人，淚滿春衫袖④。

作者簡介

　　見前。

注　釋

①生查子：此詞亦載朱淑眞《斷腸集》，南宋曾慥所編《樂府
　雅詞》作歐陽修，當是。

②元夜：農曆正月十五元宵節之夜。唐代即有於此夜觀燈之

習俗，故又稱燈節。

③花市：火樹銀花的街市。

④淚滿：一作「淚濕」。

譯　文

去年元宵佳節的夜晚，街市上火樹銀花如同白晝。一輪圓月升上柳樹的枝梢，情人約會在黃昏之後。今年元宵佳節的夜晚，圓月與花燈依然如舊，但是卻不見去年的人兒，傷懷的熱淚落滿了我的衫袖。

點　評

月、燈、元夜如故而人事已非，在同與不同、變與不變中反覆詠唱出一段纏綿而朦朧的愛情，是一闋動人的愛情迴旋曲。

卜算子

〔宋〕李之儀

我住長江頭，君住長江尾。日日思君不見

君，共飲長江水。　此水幾時休，此恨何時已①，只願君心似我心，定不負相思意②。

作者簡介

李之儀（公元1038～1117年），字端叔，自號姑溪居士，滄州無棣（今山東省無棣縣）人。

注　釋

①已：完結，停止。
②定：此字為襯字。

譯　文

我住在長江的上游，你住在長江的下游。天天憶念但卻又見不到你，我們共飲的是長江的水流。長江水幾時停止奔騰，我的愁恨何時消歇？只希望你的心像我的心，才不會辜負我日夜相思的情結。

點　評

此詞語言樸實無華，但「我」、「君」對舉，「長江水」一線貫穿，寫來情深意摯，婉曲而有深度。余光中〈紙船〉的「我在長江頭，你在長江尾，摺一只白色的小紙船，投給長江水」，正是遙承了此詞的一脈馨香。

一、戀情

臨江仙

〔宋〕晏幾道

夢後樓臺高鎖，酒醒帘幕低垂。去年春恨
卻來時①。落花人獨立，微雨燕雙飛②。

　記得小蘋初見③，兩重心字羅衣④。琵
琶弦上說相思。當時明月在，曾照彩雲歸
⑤。

作者簡介

　晏幾道（公元1030？～1106年？），字叔原，號小山，臨川（今
江西省撫州市）人。晏殊幼子，號稱「二晏」，婉約派的代表詞人
之一。

注　釋

①卻：又，再。
②落花句：落花、微雨二句出自五代翁宏〈春殘〉一詩。
③小蘋：友人家的歌女名。
④兩重心字：兩個篆書心字結成的連環圖案。
⑤彩雲：巫山雲，典出宋玉〈高唐賦〉。

譯　文

　　午夜夢回迷離中惟見高樓深鎖，宿酒醒來朦朧裡只覺帘幕低垂。去年因春光逝去的悵恨又襲叩心扉。在落紅成陣中久久地佇立，在春雨霏微中看翩翩的燕子雙飛。銘心永記的是和小蘋驚鴻初見，她穿著繡有雙重「心」字的薄羅衣衫，含情脈脈在琵琶弦上訴說相思多麼令人心醉。啊，前塵如夢，今宵在天的依舊是當時的明月，曾照耀她歸去的卻是它往日的清輝。

點　評

　　上片寫「春恨」，下片寫「相思」。苦戀情，孤寂感，無窮恨，時空疊映，構思婉曲，癡人癡語，撼人心旌。

鵲橋仙

〔宋〕秦　觀

纖雲弄巧①，飛星傳恨②，銀漢迢迢暗度。
金風玉露一相逢③，便勝卻人間無數。　柔
情似水，佳期如夢，忍顧鵲橋歸路④。兩

一、戀情

情若是久長時，又豈在朝朝暮暮。

作者簡介

秦觀 (公元1049～1100年)，字少游，一字太虛，別號淮海居士，揚州高郵 (今屬江蘇省) 人。「蘇門四學士」之一，婉約派詞人中的名家。

注　釋

①纖雲弄巧：纖薄的雲彩變幻各種圖景。
②飛星：流星。
③金風玉露：秋風白露。
④忍顧：怎忍回顧。

譯　文

將輕柔的雲彩編織各種圖案，飛逝的流星傳遞著別恨離愁，牛郎織女在七夕暗中渡過了遙遠的銀河。每年在秋風白露中天上的一回相會，遠遠勝過人世間無數凡俗。柔情如水一樣悠長溫軟，佳期像夢一樣輕飄短促，怎麼忍心回顧鵲橋成為歸路。啊，兩情若是堅貞不渝地久天長，哪裡在乎形影不離廝守在朝朝暮暮。

點　評

詠七夕的古典詩詞，此作當為上選，不僅新其意象，而且新其命意，同時新其語言，唐宋詞中殊不多見。

鷓鴣天

〔宋〕謝　逸

桐葉成陰拂畫檐，清風涼處卷疏帘。紅綃
舞袖縈楊柳，碧玉眉心媚臉蓮①。　愁滿
眼，水連天。香箋小字倩誰傳②？梅黃楚
岸垂垂雨，草碧吳江淡淡煙。

作者簡介

　　謝逸（公元？～1113年），字無逸，號溪堂，臨川（今江西省撫
州市）人。終身布衣。曾作蝴蝶詩三百餘首，頗多佳句，遂得「謝
蝴蝶」之名。

注　　釋

①碧玉眉心：眉心如碧玉般翠綠。臉蓮：如蓮花般的臉。即
　　白居易〈長恨歌〉中之「芙蓉如面」。
②倩：請求，央求。

　　初夏時成陰的桐葉輕拂雕窗畫檐，清風吹涼捲起了樓臺上的疏帘。一雙紅綢舞袖在她的柳腰縈繞，眉心綠如碧玉媚臉有似紅蓮。憑欄遠眺愁情滿眼，只見碧水連天。能請誰去傳送寫滿心事的信箋？楚岸梅黃飄落著紛紛的細雨，吳江草碧氤氳著淡淡的輕煙。

點　　評

　　宋詞常寫歌女或文人與歌女的愛情，此即一例。全詞收束時「以景截情」，避免抽象的陳述說明而有餘不盡。

青玉案

〔宋〕賀　鑄

　　凌波不過橫塘路①，但目送，芳塵去。錦瑟年華誰與度？月橋花院，瑣窗珠戶，只有春知處②。　　碧雲冉冉蘅皋暮③，彩筆新題斷腸句。試問閑愁都幾許④？一川煙

草，滿城風絮，梅子黃時雨。

作者簡介

　　賀鑄（公元1052～1125年），字方回，衛州（今河南省汲縣）人。因〈青玉案〉一詞而得名「賀梅子」。

注　　釋

　①過：訪、探望、到來。橫塘：蘇州盤門之南十餘里，賀鑄
　　退居蘇州時於此築「企鴻居」。
　②春知：春光知道，即人不知也。
　③蘅皋：杜蘅生長的水邊澤畔。
　④閑愁：與正事無關之愁，常指「愛情」。

譯　　文

　　翩若驚鴻的步履不到橫塘這邊，我只好目送芳塵飄然遠去。美好的青春歲月誰和她共同度過？遙想月照溪橋花開亭院雕花窗櫺朱紅門戶，無人知曉而只有春光知道她的住處。我久立杜蘅生長的水邊一直到暮雲四合，不見伊人只得用彩筆新題斷腸之句。試問鬱積於心有多少愁懷恨緒？請看那滿地的煙籠青草，滿城的風揚柳絮，滿天的霏霏梅雨。

點　　評

　　宋代詩人黃庭堅〈寄賀方回〉說：「解作江南腸斷句，只今唯有賀方回。」賀詞結句，以精彩獨造的「博喻」喻「閑愁」，

一、戀情

確爲千古絕唱。

卜算子 春情

〔宋〕秦　湛

春透水波明①，寒峭花枝瘦。極目煙中百
尺樓，人在樓中否？　四和裊金鳧②，雙
陸思纖手③。擬倩東風浣此情，情更濃於
酒。

作者簡介

秦湛（生卒年不詳），字處度，詞人秦觀之子。紹興四年（公元1134年）致仕。存詞一首。

注　釋

①春透：透，足也。春透：春光明媚。

②四和：一作「四合」，香名，稱四合香。金鳧：金鴨，此處指金鴨形的銅香爐。

③雙陸：古代博戲之名，已失傳。

　　春光明媚春水如同明鏡，乍暖還寒含苞待放的花枝還略嫌
清瘦。放眼天涯的百尺高樓，那人兒是否還在樓頭？還記得四
和香的青煙從金鴨形的銅香爐中裊裊升起，怎能忘一同作雙陸
之戲時的那雙纖纖素手。我本想請東風來洗淡我的懷戀之情，
誰知道這相思更勝過濃烈的醇酒。

點　　評

　　婉約中見剛健，風致妍然而不流於柔媚，結尾極佳，不同
於傳統的花間詞的路數。秦湛詞作流傳至今的僅此一首，珍珠
一顆，勝過成千上萬平凡的貝殼。

木蘭花　　美人書字

〔宋〕李　邴

沈吟不語晴窗畔，小字銀鉤題欲遍①。雲
情散亂未成篇，花骨敧斜終帶軟②。　　重
重說盡情和怨，珍重提攜常在眼③。暫時

一、戀情

得近玉纖纖，翻羨鏤金紅象管④。

作者簡介

李邴（公元1085～1146年），字漢老，濟州任城人。翰林學士，有《草堂集》。

注　釋

①銀鉤：比喻書法剛勁有力。

②攲斜：傾斜不平之貌。

③提攜：幫助、照顧。

④翻：反轉，轉而。

譯　文

默默地沈思吟味在晴日朗照的窗畔，秀麗而勁健的字跡要將信箋寫遍。情思如飛雲散亂書不盡萬語千言，筆力勁峭但終究有女性的嫵媚柔軟。字裡行間重重申說的是遠情閨怨，珍重照顧好自己的字眼常常照人眉眼。展讀書信如同相聚可惜這種幻覺只在片刻之間，因此我反而妒羨那握於玉手的鏤金紅色象牙筆管。

點　評

上片寫美人書字，下片寫讀者觀書，結尾得陶淵明〈閒情賦〉之妙意，無論題材與寫法都具創造性，是一首別饒情味的愛情之歌。

臨江仙　閨思

〔宋〕史達祖

愁與西風應有約，年年同赴清秋。舊遊帘
幕記揚州，一燈人著夢，雙燕月當樓。　羅
帶鴛鴦塵暗澹①，更須整頓風流。天涯萬
一見溫柔②，瘦應因此瘦，羞亦爲郎羞。

作者簡介

史達祖（約公元1195年前後在世），字邦卿，號梅溪，汴京（今
河南省開封市）人。著有《梅溪詞》。

注　釋

①暗澹：澹，「淡」的異體字。暗澹即「暗淡」。

②天涯：天邊，此處指代遊子。溫柔：詞之女主人公自稱。

譯　文

憂愁與西風應該早有盟約，它們年年一起相會在蕭瑟的清
秋。長憶舊遊於帘帷帳幕風月繁華的揚州，而今形單影隻只能

在孤燈下重溫舊夢，一覺醒來只見屋檁上雙燕棲宿明月流照高
樓。繡著鴛鴦的羅帶已因歲月的風塵而暗淡，還是要梳妝打扮
保持原來的美貌風流。萬一天涯遊子歸來見到我，我形容消瘦
是為相思而消瘦，我形容憔悴而慚羞也是為他而慚羞。

點　　評

　　寫女主人公的心理細膩入微。開篇構思巧妙，是美學上所
謂「移情」，結尾道前人之所未道。

浣溪沙

〔宋〕吳文英

　　門隔花深夢舊遊①，夕陽無語燕歸愁。玉
纖香動小帘鈎②。　　落絮無聲春墮淚，行
雲有影月含羞。東風臨夜冷於秋。

作者簡介

　　吳文英（約公元1200～1260年），字君特，號夢窗，晚號覺翁，
四明（今浙江省寧波市）人。詞風獨特，前人評之為「詞家之有吳
文英，如詩家之有李商隱」。

注　釋

①舊遊：從前的遊冶、遊賞之處。

②玉纖：美人的手指。

譯　文

　　重門阻隔花叢深遠我夢中回到舊遊之地，夕陽無語西下歸來的紫燕唧著憂愁，似乎聽到纖纖的含香玉手在撥動帘鈎。柳絮落地無聲是春景也是我掉下的眼淚，流雲行天有影是月亮也是美人在掩面含羞。啊，春夜的東風竟然冷過涼秋。

點　評

　　吳文英的作品是宋詞中的異數，爲宋詞的多彩多姿作出了貢獻。清人周濟在《介存齋論詞雜著》中，說他的小令「其佳者，天光雲影，搖蕩綠波，撫玩無斁，追尋已遠。」

〔越調〕小桃紅　採蓮女

〔元〕楊　果

一、戀情

芡花菱葉滿秋塘①，水調誰家唱②？帘卷
南樓初日上。採秋香③，畫船穩去無風浪。
爲郎偏愛，蓮花顏色，留作鏡中妝。

作者簡介

　　楊果（公元1197～1269年），字正卿，號西庵，祁州蒲陰（今河
北省安國縣）人。金末元初散曲家。

注　釋

　　①芡：植物名，又名「雞頭」，種子稱「芡實」。
　　②水調：曲調名。杜牧〈揚州〉：「誰家唱水調，明月滿揚州。」
　　③秋香：此處指清香的蓮子。

譯　文

　　芡花和菱葉長滿了秋日的荷塘，是誰在把水調的曲兒傳
揚？原來是塘南邊樓上的採蓮女，一邊捲帘一邊迎著朝陽歌
唱。她離家下水去採摘流散著清香的蓮蓬，駕著畫船穩穩滑行
無風無浪。因爲情郎喜愛荷花的嬌豔，她不忍採摘而要留著對
鏡梳妝。

點　評

　　楊果此篇爲詞向散曲過渡之作。法國大作家巴爾札克說：
「每個人的愛情總是既有相似的地方，又有不同的地方。」此
篇之「不同」在結句，令人遐想。

〔中呂〕陽春曲 題情二首

〔元〕白樸

從來好事天生儉，自古瓜兒苦後甜①。奶娘催逼緊拘鉗②，甚是嚴。越間阻越情忺③。

輕拈斑管書心事，細折銀箋寫恨詞。可憐不慣害相思。則被你個肯字兒，拖逗我許多時④。

作者簡介

白樸（公元1226～1310年？），字太素，一字仁甫，號蘭谷，隩州（今山西省河曲縣）人。元雜劇名家。

注　　釋

①「從未好事天生儉」兩句：為當時諺語。儉：挫折，不足。
②拘鉗：拘束，鉗制。
③情忺：情投意合。忺：樂意，高興。
④拖逗：勾引，挑逗。

譯　　文

從來好事就是多磨要受到挫折，自古瓜兒就是先苦澀而後

一、戀情

香甜。我的親娘催逼管束得十分厲害，但越是阻撓我們越是相歡相愛而情意綿綿。

　　輕輕拈著斑竹做的筆管書心中之事，在仔細折疊的潔白信紙上寫怨恨之詞，可憐我不習慣受這種相思的磨折，只因你的甜言蜜語，使得我以前長時間如醉如癡。

點　　評

　　兩首散曲分別刻劃了兩位女抒情主人公的形象，前者剛強潑辣，後者柔婉纏綿，是中國古代女性的兩種典型，今日之「女強人」與「弱女子」大體類似。

〔雙調〕落梅風

〔元〕馬致遠

雲籠月，風弄鐵①，兩般兒助人淒切，剔銀燈欲將心事寫②，長吁氣一聲吹滅。磨龍墨，染兔毫，倩花箋欲傳音耗。真寫到半張卻帶草草，敘寒溫不知個顛倒。

作者簡介

馬致遠（約公元1250～1323年前後），字千里，號東籬，大都（今北京市）人，元代名劇作家、散曲家。其〈天淨沙　秋思〉被譽為「一代之冠」、「秋思之祖」。

注　釋

①風弄鐵：風吹懸掛檐下之鐵馬叮噹和鳴。
②剔銀燈：剔，挑也。挑明、挑亮燈光。

譯　文

薄雲籠罩著月輪，夜風吹動檐下的鐵馬叮噹和鳴，月色和鐵馬聲更平添我的惆悵淒清，挑亮燈光我想將心事書寫，又將燈吹滅長嘆一聲。

起來將有龍文的墨磨濃，又拿起象管兔毫把墨汁蘸飽，想請印花信箋將心事傳給那人知道，開始半張還規規矩矩，寫到後來卻字跡潦草，問暖噓寒啊，我竟然語無倫次而神魂顛倒。

點　評

散曲寫情難免直白發露，但也需講求藝術含蓄。馬致遠此作野趣與雅趣兼而有之。誠如鄭振鐸《中國俗文學史》所云：「諧俗之極，而又令雅士沈吟不捨。」

一、戀情

〔黃鐘〕人月圓

〔元〕趙孟頫

　　一枝仙桂香生玉，消得喚卿卿①。緩歌金
縷②，輕敲象板③，傾國傾城。　幾時不
見，紅裙翠袖，多少閑情，想應如舊。春
山澹澹，秋水盈盈。

作者簡介

　　趙孟頫（公元1254～1322年），字子昂，號風雪道人。宋代的宗
室。詩文、書法、繪畫、音樂均冠絕一時。

注　　釋

①消得：配得，值得。卿卿：一種親暱的稱呼。

②金縷：金縷曲，詞牌「賀新郎」的別名。

③象板：我國民族音樂中用之配合節拍之板，形如象牙或鑲
　以象牙。

譯　　文

　　好像一枝仙宮之桂又像生香的美玉，真值得親暱地叫她卿
卿。緩緩地唱著金縷曲，輕輕地敲著象牙板，她是傾國傾城的
絕代佳人。分手日久，不見她的紅裙翠袖，惹動我多少思念之

情。我想她應該是青春如昔吧，那蛾眉仍像春山一樣顏色淺淡，那明眸仍如秋水一樣波光盈盈。

點　　評

「美人未可凋朱顏，朱顏但願長如此。」作者在〈美人曲〉詩中如是說。此作表現了對美的懷念和祈願，意永情長，結句尤佳，偶語有情，疊語有韻。

〔雙調〕折桂令 夢中作

〔元〕鄭光祖

半窗幽夢微茫，歌罷錢塘①，賦罷高唐②。風入羅帷，爽入疏欞，月照紗窗。縹緲見梨花淡妝，依稀聞蘭麝餘香。喚起思量，待不思量，怎不思量！

作者簡介

鄭光祖（約公元1260～約1320年），字德輝，平陽襄陵（今山西省襄陵縣）人。與關漢卿、馬致遠、白樸並稱「元曲四大家」。

一、戀情

①歌罷錢塘：指南齊錢塘名妓蘇小小。

②賦罷高唐：戰國時楚人宋玉作〈高唐賦〉，寫楚襄王遊高唐
時與巫山神女歡會。

譯　　文

在窗戶半開的房裡和她幽會，那夢境依稀微茫。兩情歡悅
她有如蘇小小歌喉婉轉，蜜意柔情我好似楚襄王夢中和神女歡
會在高唐。夜風吹動羅帷，爽氣從間隔稀疏的窗戶吹進，明月
照耀著碧紗窗。恍恍惚惚看到她如一枝素潔的梨花，隱隱約約
聞到她身上如蘭似麝的芬芳。幻美的夢境喚起了我對往事的回
想。我不想回首前塵，但刻骨銘心的往事又怎能不去思量！

點　　評

夢，是現實與心理的曲折表現，中國古典詩文中寫夢的篇
章和文字不少，此作以幻寫真，以真寫幻，令讀者疑幻疑真。

〔雙調〕清江引 相思

〔元〕徐再思

相思有如少債的①，每日相催逼。常挑著
一擔愁，准不了三分利②，這本錢見他時
才算得。

作者簡介

徐再思（生卒年不詳，約公元1320年前後在世），字德可，號甜齋，
嘉興（今浙江省市名）人。與貫雲石同時並齊名，貫號酸齋，故世
有「酸甜樂府」之稱。

注　釋

①少債：欠債。
②准不了：抵不了，折不得。

譯　文

相思好比欠了人家的銀錢，每天都被要債的催逼。總是挑
著一擔沈重的憂愁，但那又折不得三分利息。這本錢啊，只有
見到那個郎君時才能和他算計。

一、戀情

點　評

　　相思如同欠債，比喻和構思都富於原創性，通俗而又深刻。「愁」本係無形，不可把捉，而作者謂之「一擔」，現代詩學中之所謂「通感」，在古典詩歌中已屢見不鮮。

〔雙調〕折桂令 春情

〔元〕徐再思

　　平生不會相思，才會相思，便害相思。身似浮雲，心如飛絮，氣若遊絲。空一縷餘香在此①，盼千金遊子何之②。症候來時，正是何時？燈半昏時，月半明時。

作者簡介

　　見前。

注　釋

①餘香：留下的香氣。古時男人也喜配香囊。
②千金遊子：千金子，表尊貴、珍貴之人。之：往、去。

譯　文

　　以前從來不曾相思因為不知愛戀，現在情竇初開便害了相思。身子像輕飄的浮雲，心兒像飛舞的柳絮，氣息像昆蟲所吐飄揚空中的游絲。空留下一縷餘香在這裡，我盼望早歸的珍貴的人現在何方？相思病症常常襲來，發作在什麼時光？請問半暗燈花，請看月色昏黃。

點　評

　　這首小令以第一人稱自敘的方式，寫初戀的少女的相思。首尾重韻，顯示了曲與詩詞不同的用韻方式，也深刻地表現了主人公的心理。

〔雙調〕沈醉東風 春情

〔元〕徐再思

一自多才間闊①，幾時盼得成合？今日個猛見他門前過，待喚著怕人瞧科②。我這裡高唱當時水調歌③，要識得聲音是我。

一、戀情

作者簡介

見前。

注　釋

①多才：對情人的愛稱。間闊：分別日久。

②瞧科：看到，瞧見。

③水調歌：宋元時民間情歌。

譯　文

自從情郎去到遠方，時時盼他和我歡會早日回程。今日猛然間看見他從門前經過，想喊他過來又怕別人看見不免耽心。我這裡只好高唱起定情之時唱的水調歌，要他聽得出是我的聲音。

點　評

全曲純用口語，具有濃郁的民歌風味，與晚唐五代寫愛情的文人詞頗不相同。別樣風情，讓人得到別樣的美的享受。

在天願作比翼鳥

西湖竹枝歌（選二）

〔元〕楊維楨

鹿頭湖船唱赧郎①，船頭不宿野鴛鴦。
爲郎歌舞爲郎死，不惜黃金成斗量。

勸郎莫上南高峰，勸儂莫上北高峰②。
南高峰雲北高雨，雲雨相催愁殺儂。

作者簡介

楊維楨（公元1296～1370年），字廉夫，號東維子，浙江諸暨人，一作山陰人。元代詩人、文學家。

注　釋

①赧郎：赧，臉上羞紅之貌。赧郎：紅著臉的情人；一解爲歌曲名。

②儂：我。李白〈秋浦歌〉：「寄言向江水，汝意憶儂否？」

譯　文

站在鹿頭湖船上唱給紅臉的情郎，船上從不棲宿非正式配偶的鴛鴦。我可以爲郎歌舞甚至爲郎而死，但不看重那黃金車載斗量。

一、戀情

勸郎莫把南高峰上，也勸自己莫把北高峰上。南高峰和北高峰都瀰漫著雲情雨意，雲雨相激使得我愁斷肝腸。

點　　評

　　這兩首詩借「鴛鴦」和「雲雨」爲喻，寫一位少女對愛情的看法與追求，令人想起法國大作家左拉在《娜娜》中的一句話：「金錢算什麼！要是我，如果我對一個男人一見鍾情的話，我情願爲他而死！」

〔南呂〕# 四塊玉 風情

〔元〕蘭楚芳

　　我事事村①，他般般醜②。醜則醜村則村意相投。則爲他醜心兒眞，博得我村情兒厚。似這般醜眷屬，村配偶，只除天上有。

作者簡介

　　蘭楚芳（生卒年不詳），一作藍楚芳，西域人，曾任江西元帥。元末散曲家。約明太祖洪武初（公元1368年）前後在世。

注　釋

①村：宋元俗語，意謂蠢笨或粗俗。

②般般：樣樣，每一樣。

譯　文

　　我事事蠢笨，他樣樣醜陋。蠢笨就蠢笨，醜陋就醜陋，只要兩情相投。他雖是蠢笨感情卻真誠專一，才博得醜陋的我情意深厚。像這樣醜陋的眷屬，蠢笨的配偶，人間絕難找到，而只有天上才有。

點　評

　　此曲否定傳統的封建婚姻觀念，也突破了愛情文學局限於才子佳人的樊籬，寓莊於諧，以諧寓莊，在愛情題材的作品中別具一格。

〔雙調〕折桂令　相思

〔元〕蘭楚芳

可憐人病裡殘春，花又紛紛，雨又紛紛。
羅帕啼痕，淚又新新，恨又新新。寶髻鬆
風殘楚雲①，玉肌消香褪湘裙②。人又昏
昏，天又昏昏。燈又昏昏，月又昏昏。

作者簡介

見前。

注　釋

①寶髻鬆風：挽束在頭頂之髮於風中散亂。《詩經・衛風・伯
　兮》：「自伯之東，首如飛蓬。」
②褪：卸下衣裝。徐璓〈題清連寺壁〉：「衣褪香消紅減玉。」

譯　文

這可憐惜的人在殘春時節苦害相思病，更何況春雨瀟瀟不
歇，花兒紛紛飄零。香羅帕上只見斑斑淚跡，舊恨加新恨，舊
淚痕添新淚痕。髮髻在風中蓬鬆如同楚雲，形容清瘦香消玉減
卸下了湘裙。在這悲重愁深的春殘之夜，那人、那天、那燈和
那月，都是一樣黯黯昏昏。

點　評

宋代女詞人李清照〈聲聲慢〉連下「尋尋覓覓」等十四個
疊字，成爲千古絕唱，此曲追步前人，可以遙望李清照的背影。

江城子 感舊

〔元〕倪 瓚

窗前翠影濕芭蕉，雨瀟瀟，思無聊。夢入
故園，山水碧迢迢。依舊當年行樂地，香
徑杳，綠苔饒。　　沈香火底坐吹簫①，憶
妖嬈，想風標②。同步芙蓉，花畔赤闌橋。
漁唱一聲驚夢覺，無覓處，不堪招。

作者簡介

倪瓚（公元1301～1374年），字元鎮，號雲林，無錫（今屬江蘇省）
人。元代書畫家、詩人。

注　　釋

①沈香：香氣濃郁之香料，燃於廳堂臥室。

②風標：風度與品格。

譯　　文

窗前搖曳的綠影是雨濕芭蕉，我神思恍惚百無聊賴，何況
是小雨飄瀟。夢中回到故鄉的園林，青山隱隱綠水迢迢。仍然

一、戀情

是當年歡樂聚會的場所，飄香的花徑細長深邃，幽靜的園林綠苔豐饒。在香煙繚繞中坐著吹簫，我回想她優美的歌聲和美好的風度容貌，尤其是攜手同行在荷花池畔，溫情款語在兩岸花開的紅欄小橋。啊，一聲漁歌把我從夢中驚醒，成空的往事已無從尋覓，也不堪相招。

點　評

　　倪瓚現存詞二十餘首，寫到夢境的多達十處。此詞記夢懷人，情深一往。夢前、夢中與夢後，層次分明而焦點集中。

越　歌

〔明〕宋　濂

　　戀郎思郎非一朝，好似幷州花剪刀①。
　　一股在南一股北，幾時裁得合歡袍②？

作者簡介

　　宋濂（公元1310～1381年），字景濂，號潛溪，浦江（今浙江省浦江縣）人。明初散文家、詩人。

①幷州：古地名，今山西省太原市一帶，以產刀剪聞名，古
　代詩人多有題詠。
②合歡袍：婚服，其上繡有具象徵意義的花鳥蟲魚之成雙圖
　案。

譯　文

　　思念和愛戀郎君遠非一夕一朝，好像幷州出產的鋒利的剪
刀。一股在南啊、一股在北，什麼時候才能裁成合歡之袍？

點　評

　　寫女子渴盼和情郎結爲百年之好，潑辣大膽，爲一般文人
詩中所少見。剪刀之喻，既切合主人公的身分（有如現代詩人洛夫
以「瘦得像一枝精緻的狼毫」喻李賀），又一語雙關。

吳　歌 (二首)

〔明〕劉　基

一、戀情

儂做春花正少年，郎做白日在青天。
白日在天光在地，百花誰不願郎憐①？

承郎顧盼感郎憐，准擬歡娛到百年②。
明月比心花比面，花容美滿月團圓。

作者簡介

劉基（公元1311～1375年），字伯溫，青田（今浙江省青田縣）人。
元末明初的詩文家。

注　釋

①憐：愛也。
②准擬：預料，定會，定要。

譯　文

　　我正當青春年少，如春花一般鮮妍，情郎你像太陽，照耀
在青天。太陽在天光芒照耀大地，初開的百花誰不希望得到你
的愛憐？

　　我有幸得到你的顧盼感激你的愛憐，我料想我們一定會琴
瑟和諧偕老百年。明月是你的心，春花是我的臉，我們的愛情
美滿如同花好月圓。

點　評

　　這是文人仿民歌體裁寫的作品，語言俗中見雅，比喻的連

用與妙用尤見匠心。如果不巧用比喻，全詩將黯然失色。

〔南仙呂〕醉羅歌 閨情

〔明〕王九思

北山北山石常爛，東海東海水曾乾。此情
若比海和山，今世裡成姻眷。石頭爛也情
離較難，水波乾也情離較難。蒼天萬古爲
公案①。休辜負，莫浪攀，交人容易可人
難②。

作者簡介

王九思（公元1468～1551年），字敬夫，號渼陂，陝西鄠縣人，
爲明代詩壇「前七子」之一。

注　釋

①公案：舊時官吏審理案件時用的桌子，此處爲證明、見證
之意。
②可人：使人滿意。

譯　文

　　北山北山的石頭常常朽爛，東海東海的海水常常枯乾。我們的感情假若如山似海，今生今世總會結成姻緣。我和你的感情難以分離，即使石頭朽爛，我和你的感情難以分離，即使海水枯乾，萬古長在的蒼天可以作爲明鑑。莫要辜負我的一片眞情啊，不要用情不專地去摘攀，交人容易得到眞正滿意的人太難太難！

點　評

　　諺云：「海枯石爛，此心不渝。」此曲以石、海爲喻，顛之倒之，反覆其言，委婉纏綿，曲折有致。

妒　花①

〔明〕唐　寅

昨夜海棠初著雨，數點輕盈嬌欲語。
佳人曉起出蘭房②，折來對鏡化紅妝。
問郎「花好奴顏好？」郎道「不如花窈窕。」

佳人聞語發嬌嗔：「不信死花勝活人。」
將花揉碎擲郎前：「請郎今日伴花眠！」

作者簡介

　　唐寅（公元1470～1524年），字伯虎，一字子畏，自號六如居士、
桃花庵主、逃禪仙吏、江南風流第一才子。吳縣（今江蘇省蘇州市）
人。明代詩人、畫家、書法家。

注　　釋

①妒花：此詩脫胎自唐無名氏〈菩薩蠻〉：「牡丹含露眞珠
　顆，美人折向庭前過。含笑問檀郎：『花強妾貌強？』檀
　郎故相惱：『須道花枝好。』一面發嬌嗔，碎按花打人。」
②蘭房：與蘭閨、香閨意同，閨房之美稱。

譯　　文

　　昨天晚上海棠剛剛沐過春雨，幾朵海棠花娉娉婷婷含嬌欲
語。美人早晨起來走出閨房，折來海棠花對著鏡子比較自己的
容光。她問郎君：「花好還是我的顏色好？」郎君回答說：「妳
比不上海棠花窈窕。」佳人聽到後就故意氣沖沖：「不信死花
的美勝過活生生的人！」她將花搓碎拋到郎君面前：「請你今
天晚上去伴花而眠。」

點　　評

　　寫人物對話如聞紙上有人，呼之欲出。率直與婉轉兼而有

一、戀情

之，亦嗔亦嬌，讀來如飲醇酒令人微醉。

搗衣曲

〔明〕謝榛

秦關昨夜一書歸①，百戰猶隨劉武威②，
見說平安收涕淚，梧桐樹下搗寒衣③。

作者簡介

謝榛（公元1495～1575年），字茂秦，號四溟山人，臨清（今山東省臨清縣）人。明代詩人、詩論家，有《四溟集》與《四溟詩話》。

注　釋

①秦關：古時秦地在今甘肅、陝西一帶。東有函谷關，西有
　玉門關。此處泛指邊關。

②劉武威：漢代武威太守劉子南，受封冠軍將軍，神話傳說
　他得仙人傳授，常勝不敗。

③搗寒衣：將布帛置於砧上，以杵捶擊，搗洗後便於製衣。

譯　文

　　昨天晚上一封信來自遙遠的邊關，夫君跟隨劉武威將軍身經百戰。看到信中報導平安後我拭乾眼淚，在梧桐樹下爲他搗衣不怕秋涼夜寒。

點　評

　　此作以「梧桐樹下搗寒衣」這一典型畫面爲中心展開構思，遙承李白〈子夜吳歌〉：「長安一片月，萬戶搗衣聲」之遺意，情味悠永。

西江月　題情

〔明〕高　濂

　　有恨不隨流水，閑愁慣逐飛花。夢魂無日不天涯，醒處孤燈殘夜。　　恩在難忘銷骨①，情含空自酸牙②。重重疊疊剩還他③，都在淋漓羅帕。

一、戀情

作者簡介

高濂（生卒年不詳），字深甫，號瑞南、瑞南道人，仁和（今浙江省杭州市）人。工詩善曲。萬曆八年（公元1581年）前後在世。

注　　釋

①銷骨：刻骨相思使得形容消瘦。
②酸牙：吞咽淚水牙爲之酸。
③剩還：還給、還報、報答。

譯　　文

有滿懷愁恨也不隨載情人遠離的江水而去，一腔相思已習慣於追逐那隨風飄舞的落花。但夢魂卻沒有一夜不飛到天涯，醒來後獨守著孤燈和殘夜的月華。恩愛難忘令人形銷骨立，追懷往事強咽苦淚酸澀齒牙。清淚長流是爲了還報給他，淋淋漓漓都在那一方羅帕。

點　　評

詩詞用典恰到好處，可以使作品生色，但不用一典，獨出清裁，純用白描，也可成爲佳作，此詞即爲一例。

橫塘渡

〔明〕袁宏道

橫塘渡，臨水步①。郎西來，妾東去。妾
非倡家人，紅樓大姓婦。吹花誤唾郎②，
感郎千金顧③。妾家住虹橋，朱門十字路。
認取辛夷花，莫過楊梅樹。

作者簡介

袁宏道（公元1568～1610年），字中郎，號石公，公安（今湖北
省公安縣）人。與兄宗道、弟中道，並稱「三袁」，爲「公安派」
的創始者。

注　　釋

①步：同「埠」，水邊停船之處。

②唾郎：用李煜〈一斛珠〉之「爛嚼紅茸，笑向檀郎唾」詞
意。

③千金顧：顧，回頭看。千金顧，意謂回顧之可貴。

譯　　文

橫塘渡口臨著停船的水埠，郎從西邊來我到東邊去。我不
是倡家煙花女，是家在紅樓的良家婦。口中吹花誤落在郎君身，

一、戀情

093

感激你珍貴的含笑回顧。我家住在虹橋，十字路口朱漆的門戶。認準門前有辛夷花啊，莫錯走過了那楊梅樹。

點　　評

袁宏道反對明代前後七子的模擬復古，強調抒情和獨創，此作寫少女的懷春心理，真率自然、清新活潑，如一泓清亮的山泉。

柳絮詞

〔明〕錢謙益

白於花色軟於棉，不是東風不放顚①。
郎似春泥濃似絮，任他吹著也相連。

作者簡介

錢謙益（公元1582～1664年），字受之，號牧齋，江蘇常熟人。明清之交的詩人、文學家，與吳偉業、龔鼎孳合稱「江左詩文三大家」。

①放顛：柳絮被東風吹得四處飛舞。顛：顛狂。杜甫〈江畔
　獨步尋花〉：「顛狂柳絮隨風舞，輕薄桃花逐水流。」

譯　　文

　　比白色花更潔白比絲綿更輕軟，不是東風吹拂不飛舞蹁
躚。情郎啊你像春泥我就像柳絮，任它風吹雨打也緊緊相連。

點　　評

　　明清之際的詩壇領袖錢謙益，寫過一些頗堪吟詠的愛情
詩。此即富於民歌風味與民間風情的一首。詩中比喻多矣，此
詩之比清新圓美如春天的露珠。

和端己韻①

〔明〕王彥泓

游絲搖曳燕飛翔，漾絮浮花正滿塘。
鬢樣翻新應愛短，情函道舊不嫌長②。

離魂有路雲千疊，隔淚人如水一方。

最是不堪情味處，殘春時節更殘陽。

作者簡介

王彥泓（公元1593～1642年），字次回，金壇（今江蘇省金壇縣）人。詩多豔體，有《疑雨集》與《疑雲集》。

注　釋

①端己：作者叔父。和：題贈和唱。

②情函：情書。

譯　文

蛛絲風中輕揚春燕成對飛翔，柳絮與飛花正飄滿池塘。髮鬢的樣子翻新應是愛其短，情書追懷往事千言萬語也不嫌其長。我們兩地分離路途遙遠有浮雲千疊，伊人在水一方相思千里只有清淚成行。這般情味最不堪忍受的是，在令人傷感的暮春時節又加上黃昏時的夕陽。

點　評

王次回學唐代的李商隱，在晚明自成一家。他的愛情詩有一些可讀之作。明代陳廷焯在《詞則》中說：「次回《疑雨集》鉤魂攝魄，極盡香奩能事。」

長相思 採花

郎採花，妾採花，郎指階前姊妹花①，道
儂強似它。　紅薇花，白薇花，一樹開來
兩樣花，勸郎莫似它。

作者簡介

丁澎（公元1622～1685年），字飛濤，號藥園，仁和（今浙江省杭
州市）人。與弟丁景鴻、丁濚皆以詩名，時稱「三丁」。

注　釋

①姊妹花：此處指一株薔薇開出紅白二色。薔薇一名牛棘，
　又名刺紅，其花一枝數簇，一簇數花，一株數色，民間稱
　爲「姊妹花」。

譯　文

郎採花，妾也採花，郎指著臺階前盛開的薔薇，說我的容
貌勝過它。紅薔薇，白薔薇，一株樹上開出兩種顏色的花，我
勸郎不要像它。

點　評

　　西方詩人常以玫瑰來象徵愛情，中國古代詩人則常以薔薇來表現情愛。此詞圍繞「薔薇」落筆，以「強似」與「莫似」的翻疊陡轉，歌唱愛情的忠貞。語言回環往復，讀來詠唱有情。

浣溪沙

〔清〕陳維嵋

　　綠剪堤邊楊柳絲，紅堆門外小桃枝①。一春人在謝家池②。　事去已荒前日夢，情多猶憶少年時。江南紅豆最相思③。

作者簡介

　　陳維嵋（公元1630～1672年），字半雪，一字文鷥，江蘇宜興人。清代詩人陳維崧之弟。

注　釋

①小桃：正月初放的桃花，最早帶來春訊。

②謝家：謝娘家。謝娘，一指唐代名歌妓謝秋娘，喻美女；

一指東晉謝玄之妹、女詩人謝道韞，喻才女。此處指主人
　　公舊時情侶。

③紅豆：又名相思子，大如豌豆，色鮮紅。自王維〈相思〉
　　詩後，詩人多用以象徵愛情。

譯　　文

　　二月春風如剪裁剪出堤邊的綠柳絲絲，初放的紅桃花堆滿
了門外的桃枝，我在她的家園度過整個美好的春時。那些已經
遙遠的往事前些天又進入我的夢境，多感多情還長憶青春年
少，那江南的紅豆最撩人相思。

點　　評

　　詩人懷念年輕時的情侶，感情真摯，令人想起德國大詩人
歌德的名句：「少年男子，誰個不善鍾情？妙齡少女，誰個不
善懷春？」

酷相思 本意

〔清〕鄭　燮

杏花深院紅如許①，一線畫牆攔住。嘆人間咫尺千山路，不見也相思苦，便見也相思苦。　分明背地情千縷，拌惱從教訴。奈花間乍遇言辭阻②，半句也何曾吐，一字也何曾吐。

作者簡介

鄭燮 (公元1693～1765年)，字克柔，號板橋居士，世稱鄭板橋，興化 (今江蘇省興化縣) 人。詩、書、畫皆負盛名，時稱「板橋三絕」，為「揚州八怪」之一。

注　釋

①杏花深院：反用宋代詩人葉紹翁〈遊園不值〉之「春色滿園關不住，一枝紅杏出牆來。」
②乍：忽然，突然。

譯　文

紅豔豔的杏花開放在深深庭院，一道畫牆攔住了春光。可嘆人間近在咫尺的道路卻像有千山萬水阻擋，沒見到她想斷愁腸，就是見到她也苦斷愁腸。背地裡分明有千縷柔情萬般情話，要盡情地向她傾訴，無奈在花間突然相遇欲說還休，那裡有半句吐露啊，唉，連一個字都沒有吐露。

　　此詞寫板橋自己的舊日戀情,可以和他〈踏莎行　無題〉寫與一位「中表姻親」的愛情悲劇互參:「顛倒思量,朦朧劫數,藕絲不斷蓮心苦。分明一見怕銷魂,卻愁不到銷魂處。」

綺　懷①

〔清〕黃景仁

妙諳諧謔擅心靈,不用千呼出畫屏。
斂袖搊成絃雜拉②,隔窗摻碎鼓丁寧③。
湔裙鬥草多春事④,六博彈棋夜未停⑤。
記得酒闌人散後,共搴珠箔數春星。

作者簡介

　　黃景仁 (公元1749~1783年),字漢鏞,一字仲則,武進 (今江蘇省常州市) 人,工詩詞,善書畫。

注　　釋

①綺懷:原題共十六首,作者二十七歲主講於安徽壽縣正陽

書院時，追懷與表妹的戀愛經歷而作。

②撚：用手指彈撥樂器。

③摻：按一定鼓點擊鼓。碎：鼓點細密。

④湔裙：洗裙於水邊，是古代男女約會的好機緣。鬥草：兒童和婦女的一種遊戲。

⑤六博彈棋：古代的博奕與棋類遊戲。

譯　文

她心靈聰慧絕妙地懂得詼諧戲謔，用不著千呼萬喚才走出畫屏。捲起衣袖用手指彈撥樂器弦音繁富激越，隔著窗戶按節而鼓鼓聲細密如同人語叮嚀。在水湄洗裙玩鬥草之戲春天本多樂事，在晚上又博奕又彈棋深夜也不消停。最記得的是在酒殘人散之後，我們倆撩起珠帘共數天上的春星。

點　評

前六句歷數往事和表現表妹的秀外而慧中，一般作者不難寫出，結尾則輕靈靜美，意境悠永，則純是出自才人的錦心繡口。

浪淘沙 書願

〔清〕龔自珍

雲外起朱樓，縹緲清幽，笛聲叫破五湖秋
①。整我圖書三萬軸，同上蘭舟。　鏡檻
與香籌②，雅憺溫柔。替儂好好上簾鈎。
湖水湖風涼不管，看汝梳頭。

作者簡介

龔自珍（公元1792～1841年），字瑟人，號定庵，仁和（今浙江
省杭州市）人。近代思想家、詩人。

注　釋

①五湖：說法不一，此處指太湖。
②鏡檻與香籌：鏡檻即鏡架，代指妝鏡；香籌即香爐外的籠
　罩，代指熏爐。

譯　文

紅色的高樓聳峙雲外，縹緲而清幽，清越的笛音聲聲吹破
了五湖蕭殺的涼秋。收拾好我的三萬卷圖書，一同登上木蘭之
舟。閨中的妝鏡與熏爐，格調溫柔而高雅淡遠，替我好好掛上
窗簾的玉鈎，我不管湖水湖風的清涼，只柔情千縷地看妳梳頭。

　　龔自珍在〈湘月〉詞中說：「怨去吹簫，狂來說劍。」在〈天仙子〉詞中又說：「古來情語愛迷離」。這一首愛情詞也顯示了他雄奇幽遠的藝術風格。

蝶戀花

〔清〕譚　獻

　　庭院深深人悄悄。埋怨鸚哥，錯報韋郎到①。壓鬢釵梁金鳳小，低頭只是閑煩惱。

　　花發江南年正少。紅袖高樓，爭抵還鄉好？遮斷行人西去道，輕軀願化車前草②。

作者簡介

　　譚獻（公元1832～1901年），字仲修，號復堂，仁和（今浙江省杭州市）人。詞人、詞論家。

注　釋

①韋郎：典出唐代范攄《雲溪友議》，書中記載韋皋遊江夏時，與青衣侍女玉簫相識相愛。此處借指女子所鍾愛的情郎。

②車前草：草名，又名當道。此爲雙關語。

譯　文

深深的庭院悄無人聲，埋怨那多嘴的鸚哥錯報情郎來到。小小的金鳳首飾壓住雲鬢，她低頭不語滿懷相思的煩惱。百花開放在春天的江南人兒也正青春年少，遠方高樓上的紅袖雖然迷人，怎麼比得上回家鄉團聚的美好。攔住情郎西去的道路啊，我的身軀願化作當道的車前草。

點　評

清人陳廷焯《白雨齋詞話》評此詞說：「（上片）傳神絕妙，（下片）沈痛已極，眞所謂『情到海枯石爛時』也。」結尾妙用「車前草」，義有多解，引人想像，是結尾的上乘筆墨。

山　歌

〔淸〕黃遵憲

人人要結後生緣①，儂只今生結目前。
一十二時不離別②，郎行郎坐總隨肩。

一家女兒做新娘，十家女兒看鏡光。
街頭銅鼓聲聲打，打著心中只說郎。

作者簡介

黃遵憲（公元1848～1905年），字公度，別署東海公，嘉應州（今廣東省梅縣）人。晚淸「詩界革命」的倡導者。

注　釋

①後生緣：來生的姻緣。唐代開元宮人〈袍中詩〉：「今生看已過，結取後生緣。」

②一十二時：舊時一晝夜分爲十二個時辰，故「一十二時」即整日整夜之意。

譯　文

人人都說要結來生的姻緣，我獨獨看重今生今世緣分只結目前。一天到晚也不分開，郎行也好坐也好，我如影隨形在身邊。

在天願作比翼鳥

106

一家女兒出嫁做新娘，十家女兒對著鏡子欣賞自己的容光。街頭的鑼鼓聲聲響亮，打得鑼心噹啊噹，打得我心只說郎啊郎。

點　　評

　　黃遵憲的家鄉是山歌之鄉，他小時即受薰陶，晚年寫成〈山歌〉十五首，是民間歌謠與文人手筆的結晶，是天籟與人籟的融合。

臺灣竹枝詞

〔清〕梁啟超

韭菜花開心一枝①，花正黃時葉正肥②。
願郎摘花連摘葉，到死心頭不肯離。

作者簡介

　　梁啟超（公元1873～1929年），字卓如，號任公，別署飲冰室主人，新會（今廣東省新會縣）人。近代政治家、文學家、詩人。

注　釋

①韭菜花開心一枝：作者自注「首句直用原文」。

②花正黃時葉正肥：韭菜是多年生宿根草本植物，中間一莖，其尖開黃花，葉細長扁平，色青綠。

譯　文

韭菜花開在中間那枝莖的頂上，花兒黃燦燦啊、韭葉肥又香。希望情郎採花時連葉一起摘下，即使到死相連的花葉也不肯各自一方。

點　評

詩人根據臺灣民歌加工改寫而成〈臺灣竹枝詞〉十首。此詩首句是「興」，次句以下均為「比」，運用民歌傳統的比興手法寫愛情，新鮮雋永。

東居雜詩

〔清〕蘇曼殊

碧闌干外夜沈沈，斜倚雲屏燭影深①。
看取紅酥渾欲滴②，鳳文雙結是同心③。

作者簡介

蘇曼殊（公元1884～1918年），字子谷，一名玄瑛，小字三郎，香山（今廣東省中山縣）人。母親是日本人。二十歲時落髮為僧，法號曼殊。工詩文，善繪畫，長於小說，精通漢、英、法、日、梵五種文字。

注　釋

①雲屏：描繪了雲氣圖案或用雲母鑲嵌的屏風。李商隱〈嫦娥〉：「雲母屏風燭影深」。

②看取：「取」為語助詞。紅酥：女子體膚紅潤白嫩。渾：簡直，差不多。

③鳳文雙結：兩條繡有丹鳳圖紋的帶子連結一起，表示情愛。

譯　文

碧色的欄干外夜色已沈沈，我們斜靠著屏風在燭影之中。我看妳紅潤白潔的肌膚嬌嫩欲滴，妳把繡有丹鳳圖文的兩根帶子結在一起表示同心。

點　評

組詩〈東居雜詩〉，寫作者自己和一位日本少女的戀情，如

同作者寫愛情題材的其它作品,「其哀在心,其豔在骨」,遠承李商隱的遺風而有自己的創造。

二、歡情——

樂莫樂兮新相知

碧玉歌①

〔晉〕孫 綽

碧玉破瓜時②，相爲情顛倒。
感郎不羞郎，回身就郎抱③。

作者簡介

孫綽（公元314～371年），字興公，太原中都（今山西省平遙縣西
北）人。東晉玄言詩代表作家之一。

注 釋

①碧玉歌：或稱「情人詩」或「情人碧玉歌」。碧玉，爲晉汝
　南王之妾，寵而歌之。
②破瓜：古代文人拆「瓜」字爲兩個「八」字，即十六歲，
　多指少女。
③郎：此處指丈夫。

譯 文

碧玉正當青春的年華，爲了愛情而神魂顛倒。我感念夫君
的憐愛而不覺害羞，回轉身來投入夫君的懷抱。

二、歡情

點　評

此作較之作者所寫的玄言詩，遠富於生活氣息和人性光彩。作者塑造了一個追求人世幸福的率真可愛的少婦形象，這在封建社會的文人創作中並不多見。

團扇歌 (二首)

〔晉〕桃　葉

七寶畫團扇①，燦爛明月光。
與郎卻暄暑②，相憶莫相忘。

青青林中竹，可作白團扇。
動搖郎玉手，因風託方便③。

作者簡介

桃葉（生卒年不詳），東晉著名書法家王獻之的愛妾，與其妹桃根均為一代名姝。

注　釋

①七寶：佛教名詞，後泛指多種寶物，凡用多種寶物裝飾的
　　器物，多以七寶爲名。
②卻：除去，消除。暄暑：炎熱。
③因：利用，憑藉。託：同「托」，拿，得到。

譯　文

　　用七寶裝飾起來的團扇，閃耀滿月般的燦爛光芒，給郎君
除卻炎炎暑熱，歡樂的情景要相憶而不要相忘。

　　靑靑翠翠的竹林，竹子可用來作潔白的團扇，搖動在郎君
的如玉之手，借助風力乘涼十分方便。

點　評

　　〈團扇歌〉並非桃葉所首創，但她能運用「團扇」這一物
體與意象抒情寄意，纏綿眞摯，頗見慧心。

春　詞

〔北魏〕王　德

春花綺繡色①，春鳥弦歌聲②。
春風復蕩漾，春女亦多情。
愛將鶯作友，憐傍錦爲屏③。
回頭語夫婿，莫負豔陽征④。

作者簡介

王德，北魏人，生平不詳。

注　釋

①綺繡：錦繡，喻春花之鮮豔美麗。
②弦歌：原指古代學校讀詩時，用琴瑟等弦樂器配合歌唱。
③憐：愛。傍：沿，靠。錦：織有花紋的絲織物，代指春花。
④豔陽：春陽，春日。征：行，詩中指春遊。

譯　文

爛漫的春花色彩繽紛，歌唱的春鳥如同樂器和鳴。春風不停地迎面吹拂，春女也脈脈多情。我們憐愛春鳥將它們作爲友伴，我們欣賞繁花靠著它們作爲錦屏。回過頭來叮嚀夫君：「盡情遊賞吧，莫辜負這美景良辰！」

點　評

這是一幅年少夫妻的春遊圖，聲色並作，動靜相映。如同莎士比亞在〈皆大歡喜〉中所說：「春天是最好的結婚天。聽嚶嚶歌唱枝頭鳥，郎姐們最愛春光好。」

詠新婚

〔南朝·陳〕周弘正

莫愁年十五①，來聘子都家②。
婿顏如美玉，婦色勝桃花。
帶啼疑暮雨，含笑似朝霞。
暫卻輕紈扇③，傾城判不賒④。

作者簡介

　　周弘正（公元496～574年），字思行，南朝汝南安成（今河南省
汝南縣）人。學者、文學家。

注　釋

①莫愁：梁武帝〈河中之水歌〉：「河中之水向東流，洛陽女
　兒名莫愁。」此處代指新娘。
②聘：訂婚。本詩中意爲「嫁」。子都：古之美男子，代指新
　郎。
③卻：推卻。紈扇：細絹製成的團扇。
④傾城：《漢書·孝武李夫人傳》：「北方有佳人，絕世而獨

二、歡情

立。一顧傾人城，再顧傾人國。」此詞形容女子之美貌。

判：分明，評斷。賒：渺茫，稀少。

譯　文

十五歲的年輕新娘，嫁到新郎的家。新郎的容顏如同美玉，新娘的容貌勝過桃花。新娘初離父母臉有啼痕如同暮雨，新郎人逢喜事笑逐顏開宛若朝霞。新娘羞澀暫時推卻新郎所贈的團扇，新郎定睛欣賞新娘分明是絕代風華。

點　評

此詩將新郎與新娘兩兩分寫，真所謂「花開兩朵，各表一枝」，一派溫柔喜樂，聲發紙上。

後園鑿井歌

〔唐〕李　賀

井上轆轤床上轉①，水聲繁，弦聲淺。情若何？荀奉倩②。城頭日，長向城頭住，一日作千年，不須流下去！

作者簡介

李賀 (公元790～816年)，字長吉，福昌 (今河南省宜陽縣西) 人。人稱「詩鬼」，詩風奇崛幽峭。

注　　釋

①轆轤：井上轉繩汲水的圓木。床：指井床，即井架。弦：汲水之繩。

②荀奉倩：三國時魏人荀粲，字奉倩。冬天妻病發燒，他在室外將自己凍冷而熨妻退燒。事見南朝宋劉義慶《世說新語》，這裡詩人自比荀粲。

譯　　文

井上的轆轤在井床上轉動，水聲激蕩繩音短促彼此相和。問我的情意怎樣？與三國時的荀粲相差不多。城頭的太陽，長駐城頭照耀著我，一天才會有千年之久啊，只要你不往下降落！

點　　評

有人說此詩是作者新婚之作。始二句是起興也是比喻夫妻和諧，次二句以篤於伉儷之情的古人作比。最後呼告太陽不落而春光長在。情深一往，想像新奇。

閨　意①

〔唐〕朱慶餘

洞房昨夜停紅燭②，待曉堂前拜舅姑③。

妝罷低聲問夫婿：「畫眉深淺入時無④？」

作者簡介

朱慶餘（公元797～？年），名可久，越州（今浙江省紹興市）人。詩以五律和七絕見長。

注　釋

①閨意：此詩原題〈閨意上張水部〉，又題〈近試上張水部〉。張水部即詩人張籍，時任水部員外郎，對朱頗賞識。

②停：置放，此處為「亮著」之意。

③舅姑：公婆。

④畫眉：描畫眉毛。古代常以畫眉表示夫婦「閨房之樂」。《漢書・張敞傳》記載張敞為妻畫眉而其事傳於長安。

譯　文

洞房昨夜燃亮紅燭的光芒，坐待天明去廳堂把公婆拜望。

梳妝已畢低聲詢問夫君：「畫眉的深淺合不合時尚？」

　　據《全唐詩話》記載，朱慶餘將此詩及其它作品呈給張籍，希望援引，張籍答詩說：「越女新妝出鏡心，自知明豔共沈吟。齊紈未足人間貴，一曲菱歌抵萬金。」但好詩並非只有單解，而可義有多解，撇開本事以愛情詩視此詩，也堪稱上選之作。

菩薩蠻

〔五代〕牛　嶠

　　玉樓冰簟鴛鴦錦①，粉融香汗流山枕②。簾外轆轤聲③，斂眉含笑驚。　　柳陰煙漠漠，低鬢蟬釵落④。須作一生拼⑤，盡君今日歡。

作者簡介

　　牛嶠（生卒年不詳），字松卿，隴西（今甘肅省隴西縣）人，自稱唐宰相牛僧孺後裔，唐僖宗乾符五年（公元878年）進士。「花間派」詞人之一。

注　釋

①冰簟：冰涼精細的竹席。

②山枕：兩端突起、形狀如山的枕頭。

③轆轤：見前李賀〈後園鑿井歌〉注。轆轤聲：指汲水聲，
　有人認為可指車輪聲。

④蟬釵：蟬形的金釵。

⑤拼：捨棄，不顧一切。

譯　文

　　玉樓中竹席冰涼鋪陳著繡有鴛鴦的帳衾，流在枕上的是被
香汗融解的脂粉。帘外傳來井上的汲水之聲透露天色將明，始
而皺眉繼而含笑不由得心中暗驚。柳樹含煙曙色朦朧，蟬釵墜
落低垂雲鬢，我要不顧一切捨棄自己，讓郎君今天盡情地歡欣。

點　評

　　此詞有人解為女子夏夜久候情人之作。「轆轤聲」則為情人
到來的車聲，亦通。寫戀情如此大膽直露，在當時殊為難得。
「斂眉含笑驚」五個字寫三種動作和心理，與白居易〈長恨歌〉
中之「攬衣推枕起徘徊」有異曲同工之妙。

在天願作比翼鳥

江城子

〔五代〕和　凝

斗轉星移玉漏頻①，已三更，對棲鶯。歷歷花間②，似有馬蹄聲。含笑整衣開繡戶，斜歛手③，下階迎。

作者簡介

和凝（公元888～955年），字成績，鄆州須昌（今山東省東平縣）人。擅長短歌豔曲，被稱爲「曲子相公」，爲「花間派」詞人之一。

注　釋

①斗轉星移：北斗星已轉向，參商二星已移位，意謂天色將明。玉漏：指漏壺，古代計時器，壺上有部件刻著符號，一晝夜漏下百刻。
②歷歷：分明可數。
③歛手：拱手，表示歡迎和恭敬。

譯　文

斗轉星移玉漏的滴答聲聲，夜色已深天將曉，還孤寂地坐對籠中已睡的黃鶯。哎，透過那分明可數的花叢，似乎傳來了

二、歡情

馬蹄的聲音。她連忙含笑整衣開啓閨門，斜斜地拱手向情郎致意，急匆匆地走下臺階歡迎。

點　　評

寫女子晚上久候情人的場景和心理，歷歷如繪，細膩入微。尤其是聽到馬蹄聲的細節描寫，更是寫影傳神之筆。

浣溪沙

〔五代〕張　泌

晚逐香車入鳳城①，東風斜揭繡帘輕，慢迴嬌眼笑盈盈。　消息未通何計是②？便須佯醉且隨行，依稀聞道「太狂生」③！

作者簡介

張泌 (生卒年不詳)，《花間集》稱他為「張舍人」，列在牛嶠後，毛文錫前。一說即南唐的張泌 (字子澄，淮南人，官至中書舍人，隨李煜降宋)。

注　釋

①鳳城：都城，京城。

②消息：殷勤之意，愛慕之情。

③太枉生：太輕狂。「生」爲語助詞，唐人好用「生」字，如
　太瘦生、作麼生等等。

譯　文

黃昏時追逐香車從郊外進入都城，斜斜輕揭車上的繡帘是
多情的東風，她回眸一笑秋水盈盈。愛慕之情無法表達有什麼
辦法？那就裝作醉酒一路跟隨前行，彷彿聽到車中說：「太輕
狂了，這個後生！」

點　評

這是一首頗具戲劇性的小詩，魯迅曾戲稱爲「唐朝的釘
梢」。時間與空間由首句交代，人物則是車上的青年女子和車下
的青年男子，情節單純而富於暗示性，潛臺詞也十分豐富。可
見詩歌也可以隔牆探望戲劇的門庭，借助它的某些長處來光耀
自己的門楣。

二、歡情

一斛珠

〔五代〕李 煜

曉妝初過，沈檀輕注些兒箇①，向人微露
丁香顆②。一曲清歌，暫引櫻桃破。 羅
袖裛殘殷色可③，杯深旋被香醪涴。繡床
斜憑嬌無那④。爛嚼紅茸⑤，笑向檀郎唾
⑥。

作者簡介

見前。

注　釋

①沈檀：潤澤為「沈」，「檀」為淺絳色。輕注：輕輕注入，
　　即「點」之意。
②丁香：植物，又名「雞舌香」，代指女人之舌。
③裛：沾濡。殷色：深紅色。可：不算什麼。
④嬌無那：無限愛嬌，身不自主。
⑤紅茸：「茸」同「絨」，刺繡所用絲縷。
⑥檀郎：古時婦女對所愛男子的稱呼。

譯　文

　　剛剛梳理好晨妝，點一些絳紅在口脣上，還向人微露舌頭，一派撒嬌模樣。一曲清麗的歌聲，使得她櫻桃般的小口微張。綾羅的衣袖被紅色沾濡不算什麼，喝多了香醇美酒馬上就紅上臉龐，斜靠在繡床上無限嬌媚，嚼爛紅絨吐向檀郎。

點　評

　　在李煜之前，以「櫻桃」形容女人之口並不少見，但「破」字卻是李煜的獨創，尤其是結尾的動作刻畫，使得少女嬌憨神態宛然如見，更是他的詩的發現。

訴衷情

〔宋〕晏　殊

青梅煮酒斗時新①，天氣欲殘春。東城南陌花下②，逢著意中人。　回繡袂，展香茵，敍情親。此時拚作，千尺遊絲，惹住朝雲③。

作者簡介

　　晏殊（公元991～1055年），字同叔，撫州臨川（今江西省撫州市）人。工詩詞，「無可奈何花落去，似曾相識燕歸來」（〈浣溪沙〉）一聯，爲其名句。

注　釋

①青梅煮酒：古人於春末夏初好用青梅、青杏煮酒，取其新酸醒胃。

②東城南陌：古詩文中常指遊賞之地。

③朝雲：喻意中人，暗用宋玉〈高唐賦〉中「且爲朝雲，暮爲行雨」的典故。

譯　文

　　用青梅煮酒趁著時新，天氣正是春光將盡。在東城南陌的花叢下，和意中人邂逅相逢。我招呼她回過衣袖，鋪開芬芳的席茵，相對而坐暢敍相親相愛之情。爲免匆匆聚散此刻我甘願化作遊絲千尺，好牽住我的意中人。

點　評

　　此詞結句之誓願頗爲動人。「願在衣而爲領，承華首之餘芳」，陶淵明〈閒情賦〉共寫十願，大學者錢鍾書的著作《管錐編》更遍舉古今中外詩文之例，可見挽留美好的時光是人同此心。

在天願作比翼鳥

南歌子

〔宋〕歐陽修

鳳髻金泥帶①，龍紋玉掌梳②。走來窗下
笑相扶，愛道「畫眉深淺入時無③？」　弄
筆偎人久，描花試手初。等閒妨了繡工夫，
笑問「雙鴛鴦字怎生書？」

作者簡介

見前。

注　　釋

①鳳髻句：髮髻梳成鳳凰式，以泥金帶子束之。金泥帶，即
泥金帶，以屑金為飾的帶子。

②龍紋句：玉製掌形之梳，上刻龍紋。

③畫眉句：見前輯注朱慶餘〈閨意〉詩。

譯　　文

高高的鳳髻用金泥絲帶束住，插一把龍紋的玉梳在髻上。
走到窗下夫君笑臉相扶，她總愛說：「眉黛的深淺合不合時

二、歡情

129

尚？」偎在夫君懷裡久久把玩畫筆，試著描繪葉綠花光。她不怕輕易地耽誤了刺繡的工夫，還笑著問道：「怎麼寫那兩個字——鴛鴦？」

點　　評

全詩抒寫一對新婚夫婦甜蜜美滿的生活，妙在上下兩片均以新婦的問話作結，一問引用前人成句，一問富於象徵和暗示，讀來令人消魂。

鷓鴣天

〔宋〕晏幾道

彩袖殷勤捧玉鍾①，當年拚卻醉顏紅②。舞低楊柳樓心月，歌盡桃花扇底風。　從別後，憶相逢，幾回魂夢與君同③。今宵賸把銀釭照④，猶恐相逢是夢中。

作者簡介

見前。

注　釋

①彩袖：代指女子。玉鍾：酒盞美稱。

②摒卻：捨棄，不顧惜。李清照〈怨王孫　春暮〉：「多情自是多沾惹，難拼捨。」

③同：歡聚。

④賸把：「賸」同「剩」。賸把，盡把，只管把。銀釭：銀製的燈盞，或作燈的美稱。

譯　文

回想當年妳殷勤地捧著酒盅勸酒，我不惜一醉方休兩頰飛紅。在樓頭長夜歡舞舞得明月從楊柳枝頭沈落，不停地揮動桃花扇歌唱唱得扇子停揮不再生風。分別以後常常回憶我們的初識，多少回在夢裡和妳重逢。今天晚上只管把銀燈來照看，我還恐怕今宵眞實的歡會又是在夢魂之中。

點　評

「舞低楊柳樓心月，歌盡桃花扇底風」，是詞中名句，解說紛紜，可見味之不盡；結句從杜甫「夜闌更秉燭，相對如夢寐」、司空曙「乍見翻疑夢，相悲各問年」化出，更覺曲折宛轉。

二、歡情

131

少年遊

〔宋〕周邦彥

并刀如水①，吳鹽勝雪②，纖手破新橙。
錦幄初溫，獸煙不斷，相對坐調笙。　低
聲問：「向誰行宿？城上已三更。馬滑霜
濃，不如休去，直是少人行③。」

作者簡介

周邦彥（公元1056～1121年），字美成，號清眞居士，錢塘（今
浙江省杭州市）人。婉約派的集大成者和格律派的創始人。

注　釋

①并刀：唐代并州（今山西省境內）製造的刀剪，以鋒利聞名。

②吳鹽：唐肅宗時於兩淮煮鹽，以潔白聞名，後世稱淮鹽爲
　　吳鹽。此處是以吳鹽來中和橙之酸味。

③直是：眞的，眞是。

譯　文

光閃閃的并刀如水，白生生的吳鹽勝雪，纖柔的玉手破開
新橙。室內的錦帳暖烘烘，獸形香爐中的輕煙裊裊升，相對而
坐玉人兒爲情郎吹起了簫笙。她低聲地問：「你到哪裡去借

宿？城樓上已敲響了三更。秋霜濃重馬蹄溜滑，不如不走啊，外面真是很少人夜行。」

點　評

此詞通過人物的語言表現其內心情感，含蓄蘊藉，溫柔纏綿，妙不可言而讓讀者於言外可想，確是才人手筆。

減字木蘭花

〔宋〕李清照

賣花擔上，買得一枝春欲放。淚染輕勻，猶待彤霞曉露痕。　怕郎猜道，奴面不如花面好。雲鬢斜簪①，徒要教郎比並看②。

作者簡介

李清照（公元1084～1155年），號易安居士，濟南（今山東省濟南市）人。婉約派代表詞人之一，中國古典文學史上最傑出的女作家。

注　釋

①簪：古人用來插定髮髻或連冠於髮的長針，後專指婦女插
　髻之首飾，此處爲插戴之意。

②徒：只，但。

譯　文

　　在賣花人的擔子上，買得一枝鮮花含苞欲放。鮮花染有輕
勻的淚痕，還有晨露的晶瑩和早霞的光芒。怕郎君猜說我不如
鮮花嬌美，將它斜插在髮髻之上，我就是要叫郎君比較，是花
強還是我的容貌漂亮。

點　評

　　此詞可能是李清照初嫁趙明誠時的作品。前人曾説清照
「閭巷荒淫之語，肆意落筆」，這純係封建衛道士的語言，不足
爲訓。上片寫買花，下片寫戴花，人花相比，情趣橫生。

浣溪沙

〔宋〕李清照

繡面芙蓉一笑開①，斜飛寶鴨襯香腮②。眼波才動被人猜。　一面風情深有韻，半箋嬌恨寄幽懷③。月移花影約重來④。

作者簡介

見前。

注　釋

①繡面：形容臉龐漂亮。芙蓉：荷花，喻人面。白居易〈長恨歌〉：「芙蓉如面柳如眉」。

②斜飛寶鴨：香爐中升起的氤氳。寶鴨：亦稱金鴨，鴨子形的銅香爐或銅手爐。

③幽懷：幽情遠意。

④月移花影句：從歐陽修〈元夜〉詩「月上柳梢頭，人約黃昏後」化出。

譯　文

面容嬌美像荷花初放，在銅香爐升起的裊裊青煙裡手托香腮，眼波剛一流動便被人測猜。少女秀麗多情而富於風韻，寫了半張信箋寄托幽祕的情懷，約意中人在月移花影的深夜再來。

點　評

全詩除首句的芙蓉之比外，全屬白描，自然渾成，音韻諧

二、歡情

美。「眼波才動被人猜」，是寫人的「化美為媚」的高明筆墨。德國十八世紀文學批評家萊辛在〈拉奧孔〉中說：「詩可以用另外一種方法，在描繪物體時趕上藝術，那就是化美為媚，媚是在動態中的美。」

長相思 <small>遊西湖</small>

〔宋〕康與之

南高峰，北高峰①，一片湖光煙靄中，春來愁殺儂。　郎意濃，妾意濃，油壁車輕郎馬驄②，相逢九里松③。

作者簡介

康與之（生卒年不詳），字伯可，號順庵，滑州（今河南省滑縣）人。南宋詞人。約卒於公元1160年左右。

注　釋

①「北高峰」句：南北高峰，對峙於西湖之西。

②油壁車：用油漆塗飾的輕車。驄：青白二色相雜的馬。古典詩詞中它們常為男女主人公的乘具。

③九里松：南北高峰之間，通往靈隱寺的路上，松長九里，
　為唐代杭州刺史袁仁敬所植。

譯　文

　　南高峰啊北高峰，一片湖光籠罩在輕雲薄霧之中，令人愁
死的是這撩人的春日時辰。郎的情意蜜啊妾的情意深，我坐著
油壁輕車，郎騎著青白兩色相雜的馬，在九里松的路上喜相逢。

點　評

　　詞人只擷取了一對情人「相逢九里松」這一「頃刻」，將臨
頂點之前的「須臾」，高潮到來之前的「一瞬」，而避免去寫前
因後果的全過程，留給讀者的是強烈的審美期待。

武陵春

〔宋〕辛棄疾

　　走去走來三百里①，五日以為期。六日歸
時已是疑，應是望多時。　　鞭個馬兒歸去
也，心急馬行遲。不免相煩喜鵲兒②，先

報那人知。

作者簡介

辛棄疾（公元1140～1207年），字幼安，號稼軒，歷城（今山東省濟南市）人。傑出的愛國詞人，詞中「豪放派」的代表人物。

注　釋

①走去走來：即來去，來回。
②喜鵲：在民俗傳說中喜鵲為報喜之鳥。

譯　文

來去路程三百里，離家時說好五天是歸期。如今已是第六日，引起她不安又猜疑，應是盼望多時心焦急。不斷加鞭往回趕，心急火燎更覺馬行蹄不疾。只好拜託枝頭的喜鵲兒，先飛報那人我就會到家的好消息。

點　評

辛棄疾是詞壇大家，詞國的射雕手，豪放慷慨的「壯詞」是他的本色，但他同樣也有一些清新嫵媚的篇章，表現出主調與多樣的統一。他以「白馬秋風塞上」見長，但他的「杏花春雨江南」也令人神往。

水調歌頭 賀人新娶，集曲名

〔宋〕袁長吉

紫陌風光好，繡閣綺羅香。相將人月圓夜，
早慶賀新郎。先自少年心意，爲惜人嬌態，
久俟願成雙。此夕于飛樂①，共學燕歸梁。

索酒子②，迎仙客③，醉紅妝。訴衷情
處，些兒好語意難忘。但願千秋歲裡，結
取萬年歡會，恩愛應天長。行喜長春宅，
蘭玉滿庭芳④。

作者簡介

袁長吉（生卒年不詳），字叔異，晚號委順翁，崇安（今福建省
崇安市）人。公元1220年進士。

注　　釋

①于飛：《詩經·邶風·燕燕》有句云：「燕燕于飛，差池其
　羽。」此處以雙燕比翼齊飛，喻新婚美滿幸福。
②索酒子：主持婚禮者。
③仙客：新郎。事見南朝宋劉義慶《幽明錄》。
④蘭玉：芝蘭玉樹。典出劉義慶《世說新語·言語》。

二、歡情

譯　文

　　京城的大道上風光美好，新娘的閨閣中綺羅飄香。和賓客們一道在元宵節夜，早早去慶賀新郎。新郎年少時就滿懷柔情蜜意，憐愛新娘未嫁時的嬌姿媚態，久久渴望作對成雙。今夜有比翼齊飛的樂趣，如同雙燕入香巢於畫樑。婚禮主持人呼新人喝交杯酒，迎新郎，醉新娘。在洞房裡他們互訴衷曲，那些山盟海誓綿綿情意永難忘。祝願他們夫妻恩愛，千秋萬歲，地久天長。還祝願他們家春風長在，多生貴子，像芝蘭玉樹那樣的香花名木滿院芬芳。

點　評

　　前人有「集句詩」、「集句詞」、「集句聯」，即將他人詩詞中的成句集成一首新的詩詞或聯語。此詞為「集曲名」，即通篇由十九個詞牌拼集而成，別具一格。

〔中呂〕**陽春曲** 題情

〔元〕白　樸

笑將紅袖遮銀燭①，不放才郎夜看書。相
偎相抱取歡娛。止不過迭應舉②，待及第
又何如③？

作者簡介

見前。

注　釋

①紅袖：紅色的衣袖，此處爲女主人公自稱。銀燭：雪亮的
蠟燭。

②止：只，僅。迭：屢次，更迭。

③及第：隋唐以來稱科舉應試中選。

譯　文

笑著將紅色的衣袖遮住雪亮的蠟燭，我不讓才郎晚上還苦
讀詩書就著燭光。互相依偎擁抱是多麼歡暢。只不過是屢次去
參加科舉考試，就是考中了又怎麼樣？

點　評

古人云：「紅袖添香夜讀書。」此曲的女抒情主人公卻反
其道而行之，表現了對於科舉仕途的冷漠和對人生的正當幸福
生活的熱望。在古代文人愛情詩作中，殊不多見。

二、歡情

〔南呂〕罵玉郎過感皇恩採茶歌 歡（四情之二）

〔元〕鍾嗣成

春風盡日閑庭院，人美麗正芳年。時常笑顯桃花面，翠袖揎，玉筍呈，金杯勸。　月殿嬋娟，洛浦神仙①，臉霞鮮，眉月偃②，鬢雲偏。同攜素手，並倚香肩，舞風前，歌月底，醉花邊。　好姻緣，喜團圓，綺羅叢裡笑聲喧。百歲光陰能有幾？四時歡樂不論錢。

作者簡介

鍾嗣成（約公元1279～1360年），字繼先，號丑齋，大梁（今河南省開封市）人。所著《錄鬼簿》，爲中國古代戲曲研究的奠基之作。

注　釋

①洛浦神仙：洛水神仙。見曹子建〈洛神賦〉。

②偃：偏，倒伏。

譯　文

春風整天吹拂著幽雅閑靜的庭院，美麗的伊人正值妙年。

笑渦時常顯現在她的桃花臉面，挽起綠色的衣袖，露出潔白細嫩的纖手，捧著金杯美酒來相勸。她好似月裡嫦娥和洛水神仙，臉如朝霞明媚，眉如彎彎新月，鬢髮如雲偏在額邊。我們攜手並肩在風中漫舞，在月下歌唱，沈醉在花間。美好的姻緣，喜慶團圓，綺羅叢中笑語聲喧。百年的光陰有多少？盡情享受愛情的歡樂不要珍惜金錢。

點　　評

　　蘇東坡在〈水調歌頭〉中說：「人有悲歡離合，月有陰晴圓缺，此事古難全。」鍾嗣成的組曲〈四情〉，即分別以悲、歡、離、合為題。此曲寫歡情，全用具體呈現之法，無一字抽象陳述。

〔中呂〕紅繡鞋

〔元〕貫雲石

　　挨著靠著雲窗同坐，看著笑著月枕雙歌①。聽著數著愁著怕著早四更過②。四更過，情未足，情未足，夜如梭。天哪！更

閏一更妨什麼③。

作者簡介

貫雲石（公元1286～1324年），號酸齋，又號蘆花道人。維吾爾族，原名小雲石海涯。後人合輯他與徐再思（號甜齋）的散曲為《酸甜樂府》。

注　釋

①月枕：月光照耀之枕。或指月牙形的枕頭。
②聽著數著愁著怕著：聽譙鼓，數更聲，愁天亮，怕歡娛不長。
③閏：延長，餘數。

譯　文

相依相靠在窗下望著流雲同坐，相偎相抱在月光照耀的枕上唱著情歌。聽譙鼓數更聲愁天明怕離分，四更已如飛而過。四更已如飛而過，歡情未已，歡情未已，良夜時光如梭。老天爺啊，年月日都有閏，你延長一更有什麼！

點　評

時間有「物理時間」和「心理時間」。唐人詩所謂「事去千年猶恨速，愁來一日即為長」，就是指後者。此曲寫一對戀人良宵苦短，時間與心理的對應描寫頗為真切動人。

〔雙調〕清江引 托詠

〔元〕宋方壺

剔禿圞一輪天外月①，拜了低低說：是必
常團圓②，休著些兒缺③，願天下有情底
都似你者④。

作者簡介

宋方壺（生卒年不詳），名子正，華亭（今上海市松江縣）人，
元末散曲家。

注　　釋

①剔禿圞：十分圓滿，即俗語「滴溜圓」。
②是必：一定。
③休著：不要叫，不要使。些兒：一點兒。
④底：同「的」。者：語助詞，表祈願的語氣。

譯　　文

對著天上一輪特別圓滿的月亮，我再三禮拜訴說衷腸：你
一定要總是飽滿清圓，不要有一點兒欠缺虧損，願天下的有情
人都像你一樣。

二、歡情

　　西方詩人喜歡將愛情與星星聯繫在一起，如英國詩人雪萊在〈伊斯蘭的反叛〉中曾説：「讓我的靈魂化作遙遠的夜空，凝視著你，用一千雙眼睛。」中國的癡男怨女則常常借明月以寄意，從中可見民族審美心理的差異。

西湖竹枝詞

〔元〕馮士頤

　　與郎情重爲郎容①，南北相看只兩峰②。
　　請看雙投橋下水，新開兩朵玉芙蓉！

作者簡介

　　馮士頤（生卒年不詳），字正卿，富春（今浙江省富陽縣）人，生活在元代末年。

注　　釋

　　①爲郎容：爲郎打扮。《詩經·衛風·伯兮》：「自伯之東，首如飛蓬。豈無膏沐，誰適爲容？」

②南北兩峰：杭州西湖旁有對峙兩峰，其名爲南高峰與北高
　　峰。

譯　文

　　與郎君恩情深重，爲郎君裝扮姿容，我們就像西湖邊南北
相看兩不厭的高峰。請看我們並肩在橋上臨湖照影，又有如兩
朵美麗的出水芙蓉。

點　評

　　義大利大詩人但丁在《神曲》中說：「愛，總是相互的。」
此詞以山峰與荷花爲喻，就地取材地表現了一對戀人的歡愛之
情，和女主人公美好的祈望。

- -

劈破玉

〔清〕趙南星

- -

俏冤家我咬你個牙廝對①，平空裡撞見
你，引得我魂飛。無顚無倒②，如癡如醉。
往常時心如鐵，到而今著了迷。捨生忘死

只是爲你。

作者簡介

趙南星（公元1550～1627年），字夢白，今河北省高邑縣人。工小曲。

注　釋

①冤家：本爲仇敵，後爲情人間的互稱。廝對：當面對質，此處爲當面數落一番之意。

②無顚無倒：神魂顚倒。

譯　文

漂亮的冤家我咬牙質問你，平空和你相遇，使得我魄蕩魂飛。神魂顚倒，如癡呆如酒醉。以往我見到別的男人都心如鐵石，而現在卻著了迷，只要是爲了你我可以捨生忘死不怕渾身碎。

點　評

此曲寫民間的而非士大夫的愛情，故出之以民歌的獨白方式和俗言俚句，表現女主人公「打是疼，罵是愛」的微妙心理，活色而生香。

秦淮花燭詞

〔清〕錢謙益

寶鏡臺前玉樹枝①，綺疏朝日曉妝遲②。
夢回五色江郎筆③，一夜生花試畫眉④。

作者簡介

　　錢謙益 (公元1582～1664年)，字受之，號牧齋，江蘇常熟縣人。與吳偉業、龔鼎孳合稱「江左詩文三大家」，明末清初詩壇領袖。

注　　釋

①玉樹枝：形容才貌之美。杜甫〈飲中八仙歌〉：「宗之瀟灑美少年，舉觴白眼望青天，皎如玉樹臨風前。」

②綺疏：即綺窗，窗戶上的鏤空花紋，或指鏤花的窗格。

③江郎筆：《南史・江淹傳》載，梁代江淹夜夢自稱郭璞者索其懷中五色彩筆。

④生花：傳說李白少時曾夢筆頭生花。畫眉：《漢書・張敞傳》載張敞為妻畫眉的故事。

譯　　文

　　華貴的鏡臺映照著女貌郎才，早妝遲遲朝陽從鏤花的窗格

中照進來。綺夢剛醒新郎手握生花的彩筆，試著在新婚的次日早晨爲新娘飾畫眉黛。

點　　評

　　俄國大作家托爾斯泰說：「只有愛情才能使婚姻神聖。」（《克萊采奏鳴曲》）這是一首妙用典故的寫新婚的詩，是對有愛情的婚姻之歌唱。

賦得對鏡贈汪琨隨新婚

〔清〕吳嘉紀

　　洞房深處絕氛埃①，一朵芙蓉冉冉開②。
　　顧盼忽驚成並蒂③，郎君背後覷儂來④。

作者簡介

　　吳嘉紀（公元1618～1684年），字賓賢，號野人，泰州（今江蘇省東臺縣）人。終身布衣，平生清苦。

注　　釋

　　①氛埃：塵埃。

②冉冉：慢慢地，漸進之貌。

③並蒂：同一枝條上兩朵並頭而開的花。

④覷：偷看，窺看，細看。

譯　文

　　新婚夫婦的深深臥室隔絕塵埃，對鏡梳妝如一朵荷花含苞初開。在顧盼中忽然驚奇爲什麼花開兩朵，原來是郎君悄悄從背後瞧我而來。

點　評

　　詩創作講究時空的跳躍或飛躍，其意象的組合與電影中的「蒙太奇」鏡頭有相似之處。此詩四句，三個鏡頭，其中的並蒂花爲大特寫，讀來歷歷如見。

內人生日

〔清〕吳嘉紀

　　潦倒丘圓二十秋，親炊葵藿慰余愁①。
　　絕無暇日臨青鏡②，頻遇凶年到白頭。

海氣荒涼門有燕③，溪光搖蕩屋如舟。
不能沽酒持相祝④，依舊歸來向爾謀。

作者簡介

見前。

注　釋

①葵：冬葵，蔬菜之一。藿：豆葉。以豆葉為食謂之粗食。
②青鏡：青銅製的鏡。
③海氣：作者家居臨海的泰州，此指海濱氣象。
④沽：買或賣。沽酒：買酒。爾：你。

譯　文

　　失意在山林田園已有二十秋，妳天天親自烹調葵藿和豆葉安慰我的憂愁。妳忙於家計而沒有閑暇去對鏡打扮，連連遇到荒月兇年，我們患難相扶共到白頭。海邊景象荒涼只有燕子出入門戶，在溪光晃漾裡茅屋如風雨中的小舟。窮得不能買酒祝賀你的生日，我只得回來同你計議商謀。

點　評

　　唐詩人元稹說：「貧賤夫妻百事哀。」此詩為作者賀其妻王睿生日而作，純用白描，真切感人。表面不無哀怨，實則表現了和衷共濟的伉儷深情。

從塞上偕內子南還賦贈

〔清〕屈大均

一聲雞唱整衣裳，眉黛沾殘子夜霜①。
行到白門春色滿②，梅花爲爾點新妝③。

作者簡介

屈大均（公元1630～1696年），字華夫，號翁山，番禺（今廣東省番禺縣）人。與陳恭尹、梁佩蘭並稱「江左三大家」。

注　　釋

①黛：青黑色化妝顏料，女子用之畫眉。

②白門：南京的別稱。

③梅花妝：壽陽公主係南北朝宋武帝劉裕之女，人日（正月初七）躺於簷下，一朵梅花飄落其前額，於是發明梅花妝。

譯　　文

聽到一聲雞鳴，我們就整頓行裝，奔波趕路損殘了畫眉黛色的是子夜嚴霜。來到南京正逢滿眼春色，飄落的梅花爲妳點染新妝。

二、歡情

153

點　評

　　這是詩人1668年秋南歸途中作者寫給其妻華姜的詩，表現與子偕行的夫妻情愛。作者是抗清志士，「嚴霜」與「春色」也許有深層的象徵意義。

夏夜示外①

〔清〕席佩蘭

　　夜深衣薄露華凝，屢欲催眠恐未應②。
　　恰有天風解人意③，窗前吹滅讀書燈。

作者簡介

　　席佩蘭（約公元1789年後在世），名蕊珠，字韻芬。昭文（今浙江省常熟市）人。清代詩人袁枚之女弟子，詩人孫原湘之妻。

注　釋

①外：舊時婦女稱自己的丈夫爲外或外子。
②應：應答，答應。
③解：了解，理解。

譯　文

夜深沈衣衫薄露水濃重，屢次想叫他就寢又怕他不答應。恰好有天風理解人的意願，颳進窗來吹滅了他的讀書燈。

點　評

此詩通過「吹燈」的細節，表現妻子對丈夫的關懷愛護，也使人想起英國維多利亞時代的詩人丁尼生的一句名言：「男思功名女盼愛。」人同此心，中外皆然。

贈　外

〔清〕林佩環

愛君筆底有煙霞，自拔金釵付酒家①。
修到人間才子婦②，不辭清瘦似梅花。

作者簡介

林佩環（生卒年不詳），清代詩人張問陶（公元1764～1814年）之妻。張幼年聰慧，過目成誦，詩、書、畫皆負盛名。

二、歡情

155

注　釋

①自拔金釵句：元稹〈遣悲懷〉：「泥他沽酒拔金釵」，金釵換酒表示夫婦和諧相得。

②修到人間才子婦：從宋代詩人謝枋得〈武夷山中〉的「幾生修得到梅花」句意化出。

譯　文

我喜愛你生花的彩筆飛舞煙霞，我為你換酒而拔下金釵付給酒家。今生有幸修成人間才子的妻室，我不辭清瘦像那亭亭的梅花。

點　評

張問陶伉儷情深，張之〈七夕憶內〉有「人間風露遙相憶，天上星河共此情」之句。林詩一出，傳唱人口。西諺云：「據說女人愛男人可以有六十七種不同的愛法。」將自己愛成清瘦的梅花，大約在西方的所有愛法之外。

新婚詞 (選二)

〔清〕完顏守典

乍時相見已相親①，斜面窺郎起坐頻②。
燭影搖紅人靜後，含羞猶自不回身。

繡囊蘭屑襲人香③，淺淺眉痕淡淡妝。
盡日輸情渾不語④，依郎肩坐讀西廂。

作者簡介

完顏守典（約公元1867～1893年），字孟常，滿州旗人，祖籍遼
瀋。有《逸園集》。

注　釋

①乍時：短暫、急促之時。
②頻：屢次，連續不斷。
③繡囊蘭屑：裝著蘭花屑的繡花香袋。
④輸：本爲運送、運輸，此處爲傳情之意。

譯　文

雖是短時間相見卻已經相親，她斜著面龐偷看郎君起坐頻
仍。紅燭搖曳清光在人聲寂靜之後，低眉含羞的她還不肯回轉

腰身。

　　裝著蘭花之屑的繡花袋散發襲人的清香，她眉痕畫得淺淺，穿著淡雅的衣裳。整天默默含情卻全不說話，靠著郎君的肩膀而坐並讀《西廂》。

點　　評

　　這兩首詩以新婚爲中心，第一首寫洞房花燭之夜，第二首寫新婚之後。主要人物是新娘以及她的神態和心理，但視角卻是新郎的眼光。詩作含蓄有致而又引人遐想，曲盡其情而又不落俗套。

一半兒　新婚夕

〔清〕覺羅廷奭

　　粉紅綾帳翠鈎垂，枕膩衾香兩意癡①。笑擁輕偎嫩玉肌。低聲悄相問，一半兒妝憨②，一半兒睡。　　春宵底事最消魂？漏滴銅龍燈影昏。香膩不勝春。問玉人，一半兒含羞一半兒肯。

作者簡介

覺羅廷奭（生卒年不詳），清末人，大約與黃遵憲同時，字紫然，號飯石道人。娶舅父之獨女為妻，伉儷情篤。

注　　釋

①膩：肥，細膩。此處可釋為軟。
②憨：傻氣。如憨厚，憨笑。

譯　　文

粉紅的帳幔和翠綠的帳鉤低垂，枕軟被香兩人心迷意醉。笑著輕輕偎擁你柔嫩的玉體，低聲詢問悄悄相推，她一半兒裝不懂一半兒裝睡。洞房花燭之夜，什麼最令人消魂？計時的銅漏催人而燈影朦朧。依偎著溫香軟玉，此情難忍難禁。問聲美麗心愛的人，她一半兒含羞，一半兒答應。

點　　評

「洞房花燭夜」是舊時代人生四喜之一，新時代何莫不然？此曲寫春宵旖旎風光，維妙維肖而又含蓄有致，令人意奪魂消。英國文學派詩人鄧恩的〈上床〉則十分裸露，是另一種詩風。

二、歡情

新嫁娘詩①

〔清〕黃遵憲

屈指三春是嫁期，幾多歡喜更猜疑。
閑情閑緒縈心曲，盡在停針倦繡時。

閑憑郎肩坐綺樓，香閨細事數從頭②。
畫屏紅燭初婚夕，試問郎還記得不③？

作者簡介

見前。

注　釋

①新嫁娘詩：組詩，共51首，此處選兩首。

②香閨細事：新婚生活的種種往事。

③不：通「否」，用於句尾表詢問語氣。

譯　文

　　扳指頭計算春季的三月是出嫁的日子，對未來的生活我多麼歡喜又免不了疑慮猜想。種種思量測度縈繞在心的深處，都在停針止繡神魂不定的時光。

　　悠閑地靠著郎君的肩膀坐在華美的樓房，新婚生活的種種

柔情蜜意從頭回想。那紅燭照著畫屏的新婚之夜，試問郎君是否還銘記在心上？

點　評

　　少女婚前與少婦婚後的心態，得到細膩入微又含蓄不露的刻劃。前一首中少女未有一語，後一首中少婦僅有一問，正如英國詩人丁尼生所說：「聰明的戀人，愛得多，說得少。」

三、離情——

江南紅豆相思苦

室　思

〔魏〕徐　幹

浮雲何洋洋，願因通我詞①。
飄搖不可寄，徙倚徒相思②。
人離皆復會，君獨無返期。
自君之出矣，明鏡暗不治③。
思君如流水，何有窮已時？

作者簡介

徐幹（公元170～217年），字偉長，北海（今山東省昌樂縣）人。
「建安七子」之一。

注　釋

①願：希望。因：憑藉。詞：言辭、信函。
②徙倚：徘徊，流連不去。
③治：整理，料理。

譯　文

天上的浮雲是多麼舒緩悠閒，我希望憑藉它傳達我的心
聲。流雲飄蕩啊不可寄託，我徘徊不定空懷相思之情。他人離
別都有再見的緣會，只有你獨獨沒有回返的行程。自從你離開

以後，明鏡不再擦拭已黯淡生塵，我對你的思念如不斷的東流水，哪裡有窮盡的時分？

點　　評

「室思」，即家室的思念。組詩〈室思〉共六章，此爲第三章。最後四句極富創造性，後世仿作甚多，有的即以「自君之出矣」爲題。

車遙遙篇

〔晉〕傅　玄

車遙遙兮馬洋洋①，追思君兮不可忘。
君安遊兮西入秦②，願爲影兮隨君身。
君在陰兮影不見，君依光兮妾所願。

作者簡介

傅玄（公元217～278年），字休奕，北地泥陽（今陝西省耀縣東南）人。西晉詩人、哲學家。

注　釋

①洋洋：意有多解，此處為無所歸貌。屈原〈哀郢〉：「順風
波以從流兮，焉洋洋而為客。」

②安：何，哪裡。秦：今陝西省一帶。

譯　文

車馬遙遙行遠去到何方，追念你的行蹤啊不能把你遺忘。
你遊歷到哪裡呢？是否西入秦地，我願像影子跟隨在你身旁。
你在暗處時影子無法隨身，希望你永遠依傍著光亮。

點　評

女主人公的離愁別緒，通過「如影隨形」這一比喻而得到
動人的表現，結尾兩句從正反兩方面分說，是所謂更進一層的
「加一倍」寫法。

送　別

〔南朝・梁〕范雲

東風柳線長，送郎上河梁①。
未盡樽前酒②，妾淚已千行。

不愁書難寄③，但恐鬢將霜。
空懷白首約，江上早歸航。

作者簡介

范雲（公元451～503年），字彥龍，南鄉舞陰（今河南省泌陽縣西北）人。與沈約友善，「竟陵八友」之一。

注　釋

①河梁：河上的橋樑。
②樽：本作「尊」，酒杯。樽前酒：指杯中酒。
③書：書信。

譯　文

春風吹拂吐翠的柳絲長長，送別郎君到河橋之上。一杯餞行酒還未喝乾，我的臉上已淚流千行。不愁書信難以寄達，只恐雙鬢因相思而飛上白霜。空懷著白頭到老的盟約，盼望你早早地從江上回航。

點　評

柳眼桃腮，本是歡樂的春遊景色，但女主人公卻要送郎遠行。這就是清代王夫之在《薑齋詩話》中所說的「以樂景寫哀，

以哀景寫樂，一倍增其哀樂。」

江南曲

〔南朝·梁〕柳　渾

汀洲採白蘋①，日暖江南春。
洞庭有歸客，瀟湘逢故人②。

「故人何不返③？春花復應晚。」
「不道新知樂，只言行路遠。」

作者簡介

柳渾（公元465～517年），字文暢，河東解（今山西省運城縣西南）
人。

注　釋

①汀洲：水中或水邊平地。蘋：又稱「四葉菜」，生於淺水，
多見於南方的溝渠與池塘。
②瀟湘：瀟水與湘水合稱，在湖南零陵縣境內二水合流。
③故人：舊友，原來的情人。

譯　文

在水邊的平地上採撈白蘋，風和日暖正是江南的初春。有遠從洞庭湖邊歸來的遊客，說道曾在湖南遇到我的情人。

「故人爲什麼還不回來？春花易謝春光易晚。」「他沒有說新相好的歡樂，只是講回來的路途遙遠。」

點　評

清人王夫之評〈江南曲〉說：「含吐曲直，流連輝映，足爲千古風流之祖。」(《古詩評選》) 此詩的對話含蓄不盡，留有餘地，如戲劇中的「潛臺詞」，如繪畫中的「空白」。

寄阮郎①

〔隋〕張碧蘭

郎如洛陽花，妾似武昌柳。
兩地惜春風，何時一攜手② ？

作者簡介

張碧蘭 (生卒年及生平不詳)，此詩載明代馮納維編《古詩紀》

卷一二八。此書正集一三〇卷，錄漢至隋詩歌。

注　釋

①阮郎：作者的戀人或遠出分離的丈夫，本事已無可考。

②惜：此處為可惜之意。

譯　文

郎君像洛陽的鮮花，我像武昌的楊柳。兩地分離千里可惜春光虛度，什麼時候我們才能手攜手？

點　評

此詩比喻優美，情意綿長，頗具中國的地域特色和民族特色，和西方詩人寫分離的比喻不同。如阿根廷詩人博爾赫斯的〈別離〉寫道：「三百個長夜猶如三百堵高牆，把我的情人和我分隔，我們中間將是一片夢幻的海洋。」這顯然是西方的提琴，而非中國的洞簫。

自君之出矣

〔隋〕陳叔達

自君之出矣，紅顏轉憔悴①。
思君如明燭，煎心且銜淚。

自君之出矣，明鏡罷紅妝②。
思君如夜燭，煎淚幾千行。

作者簡介

　　陳叔達 (公元573左右~635年)，字子聰，吳興人。隋末唐初詩人。

注　釋

　①紅顏：年輕人的紅潤臉色，也特指女子美豔的容顏。憔
　　悴：臉色困疲萎靡之貌。
　②紅妝：指女子盛妝，也指美女。

譯　文

　　自從你出門去到遠方，我紅潤的容顏變得枯黃憔悴。思君念君如同燃亮的蠟燭，煎熬心腸而且滿含悲淚。
　　自從你出門去到他鄉，我不再對著明鏡打扮梳妝。念君思君好似徹夜不熄的蠟燭，煎熬的苦淚淚落幾千行。

點　評

　　中國古代詩人寫戀人的別情，常常寄託於燭淚，陳叔達開了這種藝術表現的先河，以後如李商隱的〈無題〉中的「春蠶

到死絲方盡，蠟炬成灰淚始乾」，杜牧〈贈別〉中的「蠟燭有心還惜別，替君垂淚到天明」等，均是承襲了這一脈心香。

如意娘①

〔唐〕武則天

看朱成碧思紛紛②，憔悴支離爲憶君③。
不信比來常下淚，開箱驗取石榴裙。

作者簡介

武則天（公元624～705年），名曌，幷州文水（今山西省文水縣）人。唐高宗皇后，武周女皇帝。廣涉文史，亦能詩。

注　釋

①如意娘：武則天自創曲調名。
②看朱成碧：把紅色看成綠色。語出南朝梁王僧儒〈夜愁示諸賓〉：「誰知心眼亂，看朱忽成碧。」
③支離：困病或衰弱之貌。

譯　文

神思紛繁恍惚把紅色看成綠色，面容黃瘦病體衰疲是因爲
苦憶郎君。你如若不信近來我常常流淚，開啓衣箱可驗看石榴
裙上的斑斑淚痕。

點　評

中外寫相思而流淚的詩篇不少。武則天此作先狀外形後寫
內心情感，貴爲帝王而人同此心。智利詩人彼森特‧維多夫羅
的〈淚珠〉可以參照：「一顆淚珠順著你的面頰流下，落到了
咱們的腳邊；第二天，我又回到了那個地方，心中痛苦得不停
地打顫；但我無意中卻驚奇地看到，一枝鮮花正破土爭豔。」

賦得自君之出矣

〔唐〕張九齡

自君之出矣，不復理殘機①。
思君如滿月②，夜夜減清輝。

在天願作比翼鳥

174

作者簡介

　　張九齡（公元678～740年），字子壽，一名博物，韶州曲江（今廣東省韶關市）人。詩人、政治家。工詩能文，名重當時。

注　　釋

　　①不復：不再。殘機：留有殘絲尚未織完的織布機。

　　②滿月：圓月，每月十五的月亮。

譯　　文

　　自從郎君你去到遠地，尚未織完布的織機我再也無心操理。思君念君我如同十五的圓月，逐夜逐夜消減它明亮的清輝。

點　　評

　　「自君之出矣」是樂府古題。同一個閨婦思夫的主題，不同的詩人可以作不同的藝術表現，有如同一支樂曲，可以用相異的樂器來表現。此詩的主人公將自己比爲逐夜瘦損容光的滿月，極見作者的靈心慧想。

閨　情

〔唐〕王昌齡

閨中少婦不知愁，春日凝妝上翠樓①。
忽見陌頭楊柳色②，悔教夫婿覓封侯。

作者簡介

王昌齡（公元698～757年？），字少伯，京兆（今陝西省西安市），
一說太原（今山西省太原市）人。盛唐著名詩人，邊塞詩、閨怨詩、
別情詩為一時之擅，七絕尤佳。「秦時明月漢時關」一首被譽為
唐人七絕中的「壓卷之作」。

注　釋

①凝妝：嚴妝、盛妝，著意打扮梳妝。翠樓：翠色的樓臺；
　也可指樓臺春日被花木環繞，望之一片翠色。
②陌：古代指由東到西的大路。陌頭：路邊。

譯　文

香閨中的少婦不知道什麼叫做憂傷，春天她著意打扮登上
翠樓將春光眺望。忽然看到路邊楊柳青青的顏色，才後悔要丈
夫去覓取封侯的榮耀於你死我活的沙場。

　　少婦由「不知愁」而「知愁」，心理轉換的關鍵是「忽見陌頭楊柳色」，春光不可共賞而丈夫遠在死生莫測的沙場，對景懷人，怎不愁生滿眼？絕句中的第三句在絕句結構藝術十分重要，由此可見。

春　思

〔唐〕李　白

　　燕草如碧絲①，秦桑低綠枝②。
　　當君懷歸日，是妾斷腸時。
　　春風不相識，何事入羅帷③？

作者簡介

　　李白（公元701～762年），字太白，祖籍隴西成紀（今甘肅省秦安縣）人，自號青蓮居士。唐代大詩人。

注　釋

　　①燕草：燕地的草。燕，今河北省北部、遼寧省西南部。

②秦桑：秦地的桑樹。秦，今陝西省。

③羅帷：絲織的圍帳。

譯　文

　　你征戍的燕地苦寒春草細嫩得才如同青絲，我這裡的桑樹茂盛得已經低垂下綠枝。當你想到要回家的時候，已是我因相思而愁斷肝腸之時。春風啊，你爲什麼闖入我的帷帳？我和你素不相識相知。

點　評

　　此詩寫征婦春日懷遠，前四句從景物與心情兩兩對照，層次分明，最後兩句移情於物，以擬人化的手法寫春風，筆觸空靈且富象徵意義。

長相思

〔唐〕李　白

日色欲盡花含煙，月明如素愁不眠①。
趙瑟初停鳳凰柱②，蜀琴欲奏鴛鴦弦③。

此曲有意無人傳，願隨春風寄燕然④。

憶君迢迢隔青天。

昔時橫波目，今作流淚泉。

不信妾腸斷，歸來看取明鏡前。

作者簡介

見前。

注　釋

①素：白色；白色的生絹。

②趙瑟：趙地之瑟。據云趙地女子善鼓瑟，而趙瑟聞名天下。
鳳凰柱：刻柱爲鳳凰形。鳳凰是古代著名神鳥，鳳爲雄，
凰爲雌。

③蜀琴：見前司馬相如〈琴歌〉注。

④燕然：杭愛山，今之蒙古境內。此處指邊塞。

譯　文

夕陽西下薄暮中花蕊含煙，月光明潔如白絹，我因憂愁而
不能成眠。剛剛停罷柱上刻有鳳凰形狀的趙瑟，又想在蜀琴上
鳴奏鴛鴦之弦。此曲有情卻無人可以傳送，但願春風將它吹寄
到邊塞燕然。思念郎君啊路途遙遠又隔著高天。過去的秋水盈
盈之目，今天變成了湧淚之泉。如若不信我的肝腸寸斷，你回
來驗看吧在明鏡之前。

三、離情

點　評

　　寫少婦春夜懷念遠戍的征夫，層層深入，最後向對方呼告，可謂曲盡其情。大致相似的題材，高手卻可以作層出不窮的新的藝術表現。

菩薩蠻

〔唐〕李　白

　　平林漠漠煙如織，寒山一帶傷心碧①。暝色入高樓，有人樓上愁。　玉階空佇立②，宿鳥歸飛急。何處是歸程？長亭更短亭③。

作者簡介

　　見前。

注　釋

　　①一帶：遠山連綿如帶。傷心碧：極言寒山之青綠，同時也指寒山染上離人的傷感之情。

在天願作比翼鳥

180

②佇立：久久地站立。

③長亭更短亭：更，有層出不窮之意。亭，古代設於路旁供
　　行人休息的亭舍。庾信〈哀江南賦〉：「十里五里，長亭短
　　亭。」

譯　　文

　　遠望中平野的林木廣漠迷濛霧鎖煙籠，寒涼的青山如帶青
綠得令人傷情。遙想暮色漸漸地也融入了家鄉的高樓，有人在
樓上因遠懷遊子而憂愁。她又在玉階前久久地站立，看到回巢
的鳥兒雙雙對對歸飛得多麼迅疾。啊，哪裡是我回家的路程？
綿綿的長亭連接著綿綿的短亭。

點　　評

　　此詞抒發遊子思婦之情，全篇運用「從對面寫來」的藝術
手法，而以「歸程」二字一線貫穿。「長亭」、「短亭」本爲古代
詞語，今天似已無生命力，但余光中〈歡呼哈雷〉開篇卻說：
「星際的遠客，太空的浪子／一回頭人間已經是七十六年後／
半壁青穹是怎樣的風景？／光年是長亭或是短亭？」可謂化腐
朽爲神奇。

月　夜

〔唐〕杜　甫

今夜鄜州月①，閨中只獨看。
遙憐小兒女，未解憶長安。
香霧雲鬢濕②，清輝玉臂寒。
何時倚虛幌③，雙照淚痕乾？

作者簡介

杜甫（公元712～770年），字子美，自稱少陵野老，祖籍湖北襄陽，後遷居河南鞏縣。唐代大詩人。

注　釋

①鄜州：今陝西省富縣。
②香霧：霧本無香，從鬢髮中的膏沐生出。
③虛幌：薄帷在月光中有空明之感。

譯　文

今天晚上鄜州的夜月，只有閨中的妻子一個人月下獨看。我遙遙憐愛的不解人事的小兒女，他們還不懂得惦念父親流落在長安。染香的霧氣濡濕了妻子的鬢髮，月光久久照耀她的玉臂而生涼寒。什麼時候我們才能團聚而靠著帷帳，讓明月把我

們倆人的淚痕照乾？

點　　評

　　這是杜甫安史亂中被叛軍俘至長安後的作品。清人浦起龍
評論此詩說：「心已神馳到彼，詩從對面飛來。」讀此詩可與
李白〈菩薩蠻〉合參，並可領略杜甫「沈鬱頓挫」的藝術風格。

搗　　衣

〔唐〕杜　甫

　　亦知戍不返，秋至拭清砧①。
　　已近苦寒月，況經長別心。
　　寧辭搗衣倦②，一寄塞垣深③。
　　用盡閨中力，君聽空外音④。

作者簡介

　　見前。

注　　釋

　　①拭清砧：砧，搗衣石。將石擦拭乾淨準備搗衣。

②寧：怎能，不能。

③塞垣深：遙遠的邊城、邊防。

④空外：雲外。

譯　文

我也知道去守衛邊防的你還不能回來，秋風初起我就擦拭搗衣的石砧。苦寒的冬月即將來到，何況久別的我心中一直憶念著遠人。我怎麼能辭去搗衣的辛苦，而不著急將寒衣寄往遙遠的邊城。我在家用盡全力搗衣啊，你一定會聽到從雲外傳來的搗衣之聲。

點　評

杜甫與李白，是唐代詩國天空兩顆最輝煌的星座。杜甫的作品被譽為「詩史」，他的〈搗衣〉篇從一個側面表現了他所處的社會和時代，李白的〈子夜吳歌〉(之三) 也寫道：「長安一片月，萬戶搗衣聲。秋風吹不盡，總是玉關情。何日平胡虜，良人罷遠征？」兩顆星斗彼此輝耀。

春　夢

〔唐〕岑　參

洞房昨夜春風起①，故人尚隔湘江水②。
枕上片時春夢中，行盡江南數千里。

作者簡介

岑參 (公元715～770年)，先世居南陽棘陽 (今河南省新野縣東北)，生於仙洲 (今河南省葉縣)，後移居江陵 (今湖北省江陵縣)。唐代著名邊塞詩人。詩與高適齊名，號「高岑」。

注　釋

①洞房：深幽的臥室，常指婦女所居閨房。
②尚：還。湘江：水名，在湖南省境內。

譯　文

昨夜裡春風吹進了深幽的洞房，我夢見他還遠隔著湘江。在枕上爲時短暫的春夢裡，我爲了追尋他走遍了幾千里的南方。

點　評

岑參是盛唐著名邊塞派詩人，詩風雄渾高昂，也是僅次於

李白和王昌齡的七絕高手，但傑出的詩人能剛能柔，風格並不單調，此詩即是一證。宋代詞人晏幾道〈蝶戀花〉之「夢入江南煙水路，行盡江南，不與離人遇。」正是由此詩化出。

寫 情

〔唐〕李 益

水紋珍簟思悠悠①，千里佳期一夕休②。
從此無心愛良夜，任他明月下西樓。

作者簡介

李益（公元748～827年），字君虞，隴西姑臧（今甘肅省武威縣）人。邊塞詩能手，長於五律，尤擅七絕。

注　釋

①水紋：竹蓆之花紋像水上微波。珍簟：形容竹蓆之珍貴。
②佳期：美好的約會。休：停止，罷休。

譯　文

躺在珍貴的花紋如微波的竹蓆上，思緒萬千，千里去赴美

好的約會卻在一夜之間說罷休便罷休。從那以後我再沒有心思愛惜佳辰良夜，隨他明月升起又落下西樓。

點　評

據唐代蔣防〈霍小玉傳〉，李益早歲應試長安時與霍小玉相愛，其母爲之訂婚表妹盧氏，小玉飲恨而死，此詩當爲霍而作。好詩或有本事，但好詩之所以傳唱人口，創造出爲許多人所共鳴的具有普遍意義的藝術情境，是必具條件之一，此詩也可作如是觀。

長相思

〔唐〕陳　羽

相思長相思，相思無限極①。相思苦相思，
相思損容色。容色眞可惜，相思不可徹②。
日日長相思，相思腸斷絕。腸斷絕，淚還
續，閑人莫作相思曲。

作者簡介

陳羽（約公元753～？年），江東（今江蘇省南京市一帶）人，與韓

三、離情

愈、戴叔倫等交往酬唱。

注　釋

①無限極：沒有終極，沒有盡頭。
②不可徹：沒完沒了，沒有完結。

譯　文

相思啊長長地相思，相思之情沒有盡頭。相思啊苦苦地相思，相思瘦損容顏是因爲憂愁。青春的容顏眞是可珍可愛，相思卻沒有完結的時候。天天久久地相思，相思得肝腸斷絕心傷透。腸斷絕，淚還流，勸沒有相思情事的人莫寫相思曲。

點　評

六朝樂府舊題的〈長相思〉，本是寫男女相思之情。本詩共十一句，集中表現相思之「長」與「苦」，「相思」二字複沓十次之多，在兩句中還重複疊用，可稱創格。

江南行

〔唐〕張　潮

茨菰葉爛別西灣①，蓮子花開猶未還②。
妾夢不離江上水，人傳郎在鳳凰山③。

作者簡介

張潮（生卒年不詳），一作張朝，丹陽（今江蘇省丹陽縣）人。
大曆年間（公元766～779年）詩人。今存詩五首，七絕二首。

注　釋

①茨菰：即慈姑，秋天開花的水生植物。
②蓮子花：即芙蓉花、荷花。
③鳳凰山：此山有多處，不能確指。

譯　文

秋末冬初慈姑葉爛相別在西灣，春去夏來荷花盛開你仍不
見回還。我的夢魂總離不開江上的波浪，聽人傳說你還滯留在
遙遠的鳳凰山。

點　評

張潮作品多寫江南婦女的採蓮生活，頗受民歌影響，他的
另一首七絕是〈採蓮詞〉：「朝出沙頭日正紅，晚來雲起半江中。
賴逢鄰女曾相識，並著蓮舟不畏風。」與此作均堪稱語近情遙，
風韻宛然。

三、離情

寫眞寄夫①

〔唐〕薛 媛

欲下丹青筆②，先拈寶鏡寒。
已驚顏索寞③，漸覺鬢凋殘。
淚眼描將易，愁腸寫出難。
恐君渾忘卻④，時展畫圖看。

作者簡介

薛媛（生卒年不詳），濠梁（今安徽省鳳陽縣）人，中唐南楚材之妻，工詩善畫，美姿容。

注　釋

①寫眞寄夫：寫眞即畫像。南楚材爲穎州地方官賞識，欲妻之以女，楚材應允。薛媛聞之作此詩並自畫像以寄，楚材遂歸。

②丹青：紅色與青色顏料，詩文中多代指繪畫。

③索寞：寂寞，此處指愁容消瘦。

④渾：全部，簡直。

譯　　文

　　剛想握筆濡染顏料作畫，先拿起鏡子自照而心寒。已經驚嘆鏡中人愁容消瘦，漸漸覺得鬢髮也已衰殘。外形的淚眼描畫起來容易，表達內心的憂愁情感是多麼艱難。恐怕你把我全忘記了，寄上這幅自畫像請你時常展看。

點　　評

　　這首詩的頸聯是世人所熟知的名句，出自女詩人的纖纖素手。詩主情，首先要有真情，其次要將它動人地表現出來，這就是詩人的本色和本事。

玉臺體①

〔唐〕權德輿

　　昨夜裙帶解②，今朝蟢子飛③。
　　鉛華不可棄，莫是藁砧歸④？

作者簡介

　　權德輿（公元759～818年），字載之，秦州略陽（今甘肅省秦安縣

三、離情

191

東北）人。能詩善文，樂府詩頗有特色。

注　釋

①玉臺體：南朝徐陵曾將古代言情詩編爲《玉臺新詠》十卷。
權德輿之閨情詩十二首，因之題爲「玉臺體」，即寫閨情的
詩體。

②裙帶解：夫婦好合之兆。

③蟢子：也稱喜子、喜珠、蟻蛸，長腳蜘蛛。「蟢」、「喜」諧
音，古人認爲它的出現是吉兆。

④藁砧：古代行刑時斬割的墊具，斬時用鈇（鍘刀），
「鈇」、「夫」同音，故藁砧爲「夫」即「丈夫」的隱
語。

譯　文

昨天晚上裙帶鬆解，今天早晨蟢子翔飛。鉛粉不可棄
置趕快梳妝打扮，這些喜兆莫不是說遠行的丈夫就要回
歸？

點　評

司馬遷在〈報任安書〉中說：「女爲悅己者容。」詩
中主人公因喜兆而梳妝打扮，其情何深，其情也何癡！這
種感情與心理具有普遍意義，置之今日社會，也仍然廣泛
存在。

春閨思

〔唐〕張仲素

裊裊城邊柳①，青青陌上桑②。
提籠忘採葉，昨宿夢漁陽③。

作者簡介

張仲素（約公元769～819年），字繪之，河間（今河北省河間縣）人。在中唐，其七絕僅次於李益和劉禹錫等人。

注　釋

①裊裊：柔長之貌。此處形容柳思。
②陌上桑：田間路上的桑樹。這裡暗用漢樂府〈陌上桑〉詩意。
③漁陽：郡名，治所在今河北省天津市之薊縣。此處泛指北方邊塞。

譯　文

城邊的柳絲隨風飄拂，田間路上的桑樹油綠翠亮。她提著籃子神情恍惚忘了採摘桑葉，原來昨夜她夢見丈夫遠戍之地的漁陽。

點　評

　　此詩用倒敍之法，先寫景興起，中間出之以「提籠忘採葉」的精彩細節描寫，最後點明原因，迴環曲折，尺水興波。《詩經·周南·卷耳》篇説：「採採卷耳，不盈頃筐。嗟我懷人，寘彼周行」，張仲素詩有出藍之美。

有所思

〔唐〕盧　仝

　　當時我醉美人家，美人顏色嬌如花。今日美人棄我去，青樓珠箔天之涯。天涯娟娟姮娥月，三五二八盈又缺①。翠眉蟬鬢生別離，一望不見心斷絕。心斷絕，幾千里，夢中醉臥巫山雲，覺來淚滴湘江水。湘江兩岸花木深，美人不見愁人心。含愁更見綠綺琴②，調高弦絕無知音。美人兮美人！不知爲暮雨兮爲朝雲。相思一夜梅花發，忽到窗前疑是君。

在天願作比翼鳥

作者簡介

　　盧仝（公元？～835年），自號玉川子，濟源（今河南省濟源縣）人。工詩，以苦吟著稱。

注　釋

　①「三五」句：月亮十五日團圓，十六日開始虧損。此句語
　　帶雙關，既指彼此合而離，又指美人不得見。
　②綠綺：古代名琴，此借指精美之琴。

譯　文

　　當年我醉酒在美人的家，美人的容顏嬌豔如同鮮花。今天美人已經棄我而去，珍珠帘子的華美樓房遠隔海角天涯。天涯美好的嫦娥月，十五日團圓十六日就開始虧缺。翠色的黛眉蟬翼般的髮鬢生生地別離，望穿雙眼不見伊人心腸斷絕。心腸斷絕，相隔幾千里路雲和月，醉夢中和像巫山神女般的她幽會，一覺醒來忍不住淚流如同湘江水。湘江兩岸花繁樹密，不見美人使我憂心。我滿含悲愁又看到室內的綠綺琴，曲調高雅琴弦已斷，美人去後無知音。美人啊美人，妳如縹緲的巫山神女，不知是化爲了暮雨還是變成了朝雲。一夜相思不知梅花已經開放，早晨起來忽然見到窗前的梅花，我又驚又喜地猜疑那莫不是妳的身影。

點　評

　　想像飛騰，詩情激蕩，對「美人」的六次呼告如怨如訴，

結尾將情、景、人融爲一體，疑幻疑眞，與篇首尾環合，令人遐想。

贈　別

〔唐〕杜　牧

多情卻似總無情，唯覺樽前笑不成①。
蠟燭有心還惜別，替君垂淚到天明②。

作者簡介

杜牧（公元803～852年），字牧之，京兆萬年（今陝西省西安市）人。區別於「杜甫」，後世稱爲「小杜」，頗多名作，七絕尤爲出色，是晚唐重要詩人。

注　釋

①樽：酒杯。此處指告別的酒宴。

②蠟燭二句：以燭淚象徵別情。晏幾道〈蝶戀花〉之「紅燭自憐無好計，夜寒空替人垂淚」即從此化出。

在天願作比翼鳥

譯　文

內心柔情千種但外表卻像是無義無情，只覺得在這餞行宴上離愁別緒使我笑不出聲。請看那無知的蠟燭還有心依依惜別，替我們垂落眼淚一直到天明。

點　評

此詩之「卻似」與「惟覺」的虛詞轉折，「蠟燭有心」之擬人與象徵，均令人玩味，而「多情」與「無情」組合在同一詩句中兩相激蕩，表現深層的複雜的心理狀態，卻是現代詩學所豔稱的「矛盾語」，由此也可見詩心之今古相通。

囉嗊曲①

〔唐〕劉采春

不喜秦淮水②，生憎江上船。
載兒夫婿去，經歲又經年。

莫作商人婦，金釵當卜錢③。

朝朝江口望，錯認幾人船。

作者簡介

　　劉采春（生卒年不詳），淮甸（今江蘇省淮安一帶）人，一作越州（今浙江省紹興市）人，伶工周季崇之妻。善歌，爲詩人元稹所賞識。

注　　釋

①囉嗊曲：一說即「望夫歌」，一說即「來囉」、「來呀」、「回來呀」之意。
②秦淮水：秦淮河，發源於江蘇省溧水縣東北，流經南京城內而入長江。
③卜錢：占卜吉凶用的銅錢。

譯　　文

　　不喜歡秦淮河的流水，最恨的是長江上的帆船。它們載著我的丈夫遠去，久別不歸使得我盼望一年又一年。

　　不要做商人的妻室，神思恍惚竟誤把金釵當成卜卦的銅錢。天天站在江頭凝望，一次次將別人的風帆當成丈夫的歸船。

點　　評

　　〈囉嗊曲〉表現商人婦的離愁別恨。第一首移情於物，不是愛屋及烏而是恨及河水與江船，第二首寫主人公的錯覺，頗具心理深度。

楊柳枝

〔唐〕周德華

清江一曲柳千條①，二十年前舊板橋。
曾與情人橋上別，更無消息到今朝②。

作者簡介

周德華（生卒年不詳），唐伶工周季崇、歌妓劉采春之女，如其母一樣善歌而又能自製新詞。

注　釋

①清江：清澈的江水。或可解爲〈清江引〉，〈清江引〉是曲牌之名。

②更無：更，再。更無：即再沒有或至今沒有。

譯　文

彎彎曲曲江水旁，春風楊柳綠千條，這裡有一座二十年前的舊板橋。二十年前我曾和情人在這座橋上話別，二十年後直到今天他再沒有消息魚沈雁杳。

點　評

　　空間是「舊板橋」，時間是「二十年」，人物是女抒情主人公和未正式出場的她的「情人」，全詩構思婉曲，設置了空白與懸念，刺激讀者的審美聯想和想像。

春　怨

〔唐〕金昌緒

　　打起黃鶯兒①，莫教枝上啼②。
　　啼時驚妾夢，不得到遼西③。

作者簡介

　　金昌緒 (生卒年不詳)，臨安 (今浙江省杭州市) 人。《全唐詩》僅存其〈春怨〉(一作〈伊州歌〉) 一首。

注　釋

　　①兒：語助詞。
　　②莫教：不讓。
　　③遼西：遼河以西，此處泛指邊地。

譯　文

　　用竹竿預先打飛樹上的黃鶯，爲的是不讓它在枝頭啼鳴。它的啼鳴會驚醒我的春夢，使我在夢裡尋夫不能到達遙遠的邊城。

點　評

　　好詩一定要有巧妙的構思，陸游就曾說過「詩無傑思知才盡」。此詩在衆多的懷念征夫的作品中一枝秀出，就是因爲它有婉曲高明的構思，側面著筆，一句一轉，在閨怨詩中別具一格。金昌緒僅以此「孤詩」而名傳後世，可見詩人要力求寫出出類拔萃之作，而非「韓信將兵，多多益善」。

望江南

〔唐〕溫庭筠

梳洗罷，獨倚望江樓。過盡千帆皆不是①，
斜暉脈脈水悠悠②，腸斷白蘋洲③。

作者簡介

見前。

注　釋

①皆不是：都不是所盼之人回來的船。

②脈脈：含情而視之貌。此處形容夕暉將盡未盡而似乎有情。

③白蘋洲：蘋，水草，葉浮水面，夏秋開小白花。白蘋洲即開滿白色蘋花的水邊小洲。古詩詞中常指男女離別之地。

譯　文

早晨起來梳洗之後，我孤獨地倚靠在望江的樓頭，千百頁風帆過去都不是他回來的船隻，夕陽的餘暉仍在含情凝視而江水仍在悠悠奔流，望穿秋水我柔腸寸斷在白蘋之洲。

點　評

這首寫閨情的詞是溫庭筠的代表作品之一。溫詞風格穠豔，是花間派詞的先聲，但此詞摒除絲竹，一洗鉛華，設色淡雅，純用白描，把真摯的感情表現得清婉動人，說明一位優秀的詩人可以有多種筆墨。

更漏子

〔唐〕溫庭筠

玉爐香，紅蠟淚，偏照畫堂秋思①。翠眉薄②，鬢雲殘，夜長衾枕寒。　　梧桐葉，三更雨，不道離情正苦③。一葉葉，一聲聲，空階滴到明。

作者簡介

見前。

注　釋

①秋思：秋天的愁思。

②翠眉薄：古代婦女用「黛」這種青黑色的顏料畫眉。此句說無心描眉，致使顏色淺淡。

③不道：不懂得，不管，不顧。

譯　文

精美的香爐中青煙裊裊，燃燒的紅燭蠟淚斑斑，華美居室裡的燭光，斜斜地照著秋夜思婦淒苦的容顏。她眉毛上的翠色已經暗淡，耳邊的鬢髮也因輾轉失眠而散亂。窗外幾株梧桐，雨點正滴三更，它們不懂得令人悲苦的離情別意，那打在梧桐

葉上的雨聲，那滴在空階上的雨聲，一直滴滴答答敲敲打打到天明。

點　　評

　　李清照〈聲聲慢〉的「梧桐更兼細雨，到黃昏點點滴滴。這次第怎一個愁字了得」，借鑒了此詞的藝術手法。詩人洛夫返鄉後所寫的〈與衡陽賓館的蟋蟀對話〉，其中有「窗外偶爾傳來／從歐陽修殘卷中逃出來的秋聲／小雨說兩句／梧桐跟著說兩句」，其「梧桐雨」也是中國古典詩文中的原型意象。

代贈 (二首) ①

〔唐〕李商隱

樓上黃昏欲望休，玉梯橫絕月中鈎②。
芭蕉不展丁香結③，同向春風各自愁。

東南日出照高樓，樓上離人唱〈石洲〉④。
總把春山掃眉黛⑤，不知供得幾多愁？

作者簡介

見前。

注　　釋

①代贈：代擬之贈人作品。

②玉梯橫絕：華美的樓梯橫斷，無由得上。暗喻情人受阻而
　無由一會。

③芭蕉不展：蕉心緊裹未展。丁香結：丁香開花後其子緘結
　於厚殼之中。二者是實景也是隱喻。

④石洲：見《樂府詩集》，爲戍婦思夫之作。

⑤總：唐人詩中多作「縱」、「縱使」解。

譯　　文

黃昏獨上高樓欲望還休，樓梯橫斷情郎不來，一彎新月如
鈎。蕉心未展丁香也鬱結未解，它們同時向著春風各自憂愁。

日出東南方照耀高樓，樓上心懷離愁的人唱著歌曲名叫
〈石洲〉。縱然眉黛像春山、春山如眉黛，也不知承受得多少憂
愁？

點　　評

寫景與隱喻融爲一體，抽象的感情（愁）具象化，是〈代贈〉
藝術上的高明之處。金代元遺山〈鷓鴣天　妾薄命〉之「天也老，
水空流，春山供得幾多愁」從此化出。

夜雨寄内①

〔唐〕李商隱

君問歸期未有期，巴山夜雨漲秋池②。
何當共剪西窗燭③，卻話巴山夜雨時。

作者簡介

見前。

注　釋

①寄內：寄給妻子。唐宣宗大中二年（公元848年），李商隱在巴
　蜀（今四川省東部一帶），得妻子王氏從北方家中來信詢問歸
　期，作此詩（又題「夜雨寄北」）以答。
②巴山：泛指川東一帶的山。
③何當：何時能夠。

譯　文

　　你問我何時歸來我還不能確定歸期，今天晚上巴山秋雨已
經落滿了池塘。什麼時候才能相聚而共剪西窗下的燭花？回首
往事我再給你講巴山夜雨苦憶遠人的時光。

點　評

　　有人考證此詩非寄妻子而是寄給朋友，這正說明了好詩的
多義性與多解性。它以「巴山夜雨」爲意象中心，時空交揉，
構思婉曲，創造了具有普遍意義的藝術意境，成爲一代名篇。
洛夫〈湖南大雪——致長沙李元洛〉開篇的「君問歸期／歸期
早已寫在晚唐的雨中／巴山的雨中」，正是遠承了李商隱的心
香一瓣。

無　題

〔唐〕李商隱

相見時難別亦難①，東風無力百花殘。
春蠶到死絲方盡②，蠟炬成灰淚始乾。
曉鏡但愁雲鬢改③，夜吟應覺月光寒。
蓬山此去無多路④，青鳥殷勤爲探看⑤。

作者簡介

　　見前。

三、離情

注　釋

①「相見」句：前「難」指機會難得，後「難」指別情難堪，二者有所不同。

②絲：蠶絲，與「思」諧音。

③雲鬢改：雲鬢本指青年女子的鬢髮，此處借指青春年華。

④蓬山：神話傳說中的海上仙山，此指所懷女子居住之所。

⑤青鳥：神話中傳遞消息的仙鳥。探看：探望，看望，「探」讀去聲，「看」讀平聲。

譯　文

見面是多麼困難離別也使人難堪，暮春時節東風漸歇百花已凋殘。我的思念如春蠶吐絲直到死才算了結，又如同蠟燭要變成灰燼淚水才會流乾。我想像她晨起對鏡只愁年華易老，涼夜吟詩該會覺得月色淒寒。從這裡去海上仙山路途並不遙遠，我請那青鳥殷勤致意代為探看。

點　評

此詩解說紛紜，如同李義山的其它無題詩一樣。義有多解而非單解，常能增加詩的欣賞價值。這首詩的領聯為千古傳誦的名句，是全篇的錦上之花。

江陵愁望有寄

〔唐〕魚玄機

楓葉千枝復萬枝，江橋掩映暮帆遲①。
憶君心似西江水②，日夜東流無歇時。

作者簡介

　　魚玄機（公元？～868年），字幼微，一字蕙蘭，長安（今陝西省西安市）人。工詩，有才志，曾爲補闕李億妾，億妻不容，始出家爲女道士。

注　　釋

　①掩映：遮掩，襯托。
　②西江：江之上游，此處泛指長江。

譯　　文

　　江邊的楓葉千枝萬枝如同我的思念沈重紛繁，楓枝楓葉和江橋照映暮靄中有緩緩前行的船帆。我懷念你的情思像不盡的長江水，日夜東流而無止無還。

點　　評

　　此詩是作者在江陵寫寄李億的。《楚辭・招魂》：「湛湛江

水兮上有楓，極目千里兮傷春心。」作者對景傷情，和古來詩人多借楓葉抒愁情相一致，而結句從徐幹〈室思〉的「思君如流水，無有窮已時」化出，青出於藍而勝於藍。

寄　夫

〔唐〕陳玉蘭

夫戍邊關妾在吳①，西風吹妾妾憂夫。
一行書寄千行淚②，寒到君邊衣到無？

作者簡介

陳玉蘭（生卒年不詳），晚唐詩人王駕（公元851～？年）之妻。

注　釋

①戍：戍守，保衛。妾：女子或妻子的謙稱。吳：今之江蘇
　省蘇南一帶。
②寄：一作「信」。

譯　文

夫君遠遠地戍守邊關，我在吳地苦候，西風吹到我身上，

我怕夫君寒冷而憂愁。一行信裡浸透了千行眼淚，嚴寒已降臨你身邊，我寄的寒衣到了沒有？

點　　評

　　空間是距離遙遠的「邊關」與「吳地」，時間是「西風」吹「寒」的秋冬，人物是「夫」與「妾」，物件則是「信」和「衣」。「寒」已到而「衣」如何，「一行」信中竟有「千行」之淚，寥寥二十八字，情深一往，言短意長。

菩薩蠻

〔五代〕韋　莊

　　紅樓別夜堪惆悵①，香燈半捲流蘇帳②。殘月出門時，美人和淚辭。　琵琶金翠羽③，弦上黃鶯語。勸我早歸家，綠窗人似花。

作者簡介

　　見前。

注　釋

①紅樓：彩繪豔麗的樓閣，代指大家閨秀的住所。

②流蘇：用五彩毛羽或絲綢做成的鬚帶或垂飾。

③金翠羽：羽毛美麗的鳥，琵琶上的裝飾。

譯　文

紅樓中離別之夜令人心傷，照耀著半捲的結綵羅帳是香氣氤氳的燈光。殘月在天不得不出門之時，美人流著珠淚和我告辭。她懷抱的琵琶上飾有美麗的鳥兒，鳥兒有美麗的毛羽，她彈奏琵琶時弦上鳴囀著黃鶯的歌語。琵琶聲聲都是勸我早早還家，聲聲訴說綠窗之下人兒似玉如花。

點　評

上片寫別離情景，下片抒相思之情。學者鄭振鐸說韋莊詞「明白如話，而蘊藉至深」，由此詞可見一斑。「弦上黃鶯語」尤為詞中秀句。

女冠子

〔五代〕韋　莊

四月十七，正是去年今日。別君時：忍淚
佯低面①，含羞半斂眉②。　不知魂已斷，
空有夢相隨。除卻天邊月，沒人知。

作者簡介

見前。

注　釋

①佯：假裝。

②斂眉：皺眉。

譯　文

今天是四月十七日，和他離別已整整一年，時光如水東流。
還記得去年今日和他分手，我強忍熱淚怕人看到只好假裝低著
頭，半皺著眉毛想叮嚀珍重卻又欲語還羞。你是否知道我因思
念你而心碎魂消，只有在夢中我才能和你相隨相邀。這一腔心
事除了天邊的夜月，沒有人能夠明白知曉。

先敍去年離別之狀，後抒今日相思之情。以數字成句並領起全篇，在詞中頗爲罕見。敍事、寫景、抒情一爐而冶。前人說韋莊詞如「初日芙蓉春月柳」，於此可見。

寄　人

〔五代〕張　泌

別夢依稀到謝家①，小廊回合曲闌斜。
多情只有春庭月②，猶爲離人照落花。

作者簡介

見前。

注　釋

①謝家：唐詩常以蕭娘、謝娘指所愛之人。東晉謝安的姪女謝道韞是有名之才女，此處借喩。
②春庭：春天的庭院。

譯　文

別後的夢魂依依不捨地又飛到了她的家，小廊環繞曲闌回護，我們曾相偎相依說著綿綿情話。而現在伊人不見，多情的只有春庭上空的明月，它還在為離別的人照耀著地上的落花。

點　評

唐代孟棨〈本事詩〉說張泌曾和鄰女相善，後久不復相見，結想成夢而作此詩。此作以景寄情，去直陳而求曲達，頗具朦朧之美，一如籠罩在詩中迷離的月光。

生查子

〔五代〕牛希濟

春山煙欲收①，天淡稀星小。殘月臉邊明，別淚臨清曉。　　語已多，情未了，回首猶重道②：「記得綠羅裙，處處憐芳草③。」

作者簡介

見前。

注　釋

①煙欲收：煙，指山上的霧氣。欲收：煙霧將散。

②重道：反覆地說。

③憐：愛，惜。

譯　文

　　室外的春山煙霧將要消散，天色微明稀疏的晨星小小。將落未落的月光照耀著室內離人的臉龐，離別的淚珠分外晶瑩在這春日的拂曉。臨別的叮嚀已萬語千言，但滿懷的離情卻沒完沒了。回過頭來還反覆地說道：「記得綠色的羅裙啊，會處處愛惜那青青的芳草。」

點　評

　　「記得綠羅裙，處處憐芳草」是千古傳唱的名句，它是眼前實景，也是美學上所謂的「移情」，「憐芳草」即「憐羅裙」，也就是「憐人」。「重道」者為誰？中國古典詩詞中的主詞常常省略，增加了解釋的多樣性，也擴展了讀者想像的空間。

江樓望鄉寄內

〔五代〕劉　兼

獨上江樓望故鄉，淚襟霜笛共淒涼。
雲生隴首秋雖早①，月在天心夜已長。
魂夢只能隨蛺蝶②，煙波無計學鴛鴦。
蜀箋都有三千幅③，總寫離情寄孟光④。

作者簡介

劉兼（生卒年不詳，公元960年前後在世），長安（今陝西省西安市）
人。後周末年官榮州刺史。

注　釋

①隴首：又名隴坻、隴坂、隴山，在今陝西省隴縣，西北入
　甘肅省境。
②蛺蝶：《莊子‧齊物論》：「昔者莊周夢爲蝴蝶，栩栩然蝴
　蝶也。」此處暗喻夫妻成雙。
③蜀箋：四川製造之彩色紙箋。都：總共。
④孟光：東漢梁鴻之妻，梁進食時孟必舉案齊眉，後世以孟
　爲賢妻的代稱。

三、離情

217

譯　文

　　我獨上江邊的高樓眺望故鄉，淚染衣襟和霜中笛韻一樣淒涼。隴上白雲飄飛秋天來得很早，明月高懸天頂寒夜已經深長。只有在夢魂中，我們才能如蝴蝶成雙翩舞，眼前煙波浩渺卻無法學作對的鴛鴦。川地所製的彩色紙箋共有三千張吧，張張都是書寫離愁別緒寄給家鄉的孟光。

點　評

　　此詩作於榮州（今四川省榮州縣）刺史任上。開篇點題，結尾照應，中間兩聯情景分寫而彼此交融，結構謹嚴而情意深摰。

長相思

〔宋〕林　逋

吳山青①，越山青②。兩岸青山相送迎，誰知離別情？　君淚盈，妾淚盈。羅帶同心結未成③，江頭潮已平。

在天願作比翼鳥

218

作者簡介

　　林逋（公元967～1028年），字君復，死後謚「和靖先生」，錢塘（今浙江省杭州市）人。酷愛植梅養鶴，時人稱其「以梅爲妻，以鶴爲子」。「疏影橫斜水清淺，暗香浮動月黃昏」（《山園小梅》）是其千古傳唱的名句。

注　　釋

　　①吳山：錢塘江北岸之山，古代屬吳國，故稱吳山。
　　②越山：錢塘江南岸之山，古代屬越國，故稱越山。
　　③同心結：象徵定情或愛情的心形之結。

譯　　文

　　吳山青青，越山青青，夾岸的青山從古以來就對離人相送相迎，它們誰知那不盡的別緒離情？你的熱淚盈眶，我的別淚盈盈。絲織的衣帶同心結沒有打成，江潮已漲船將遠行。

點　　評

　　林逋隱居西湖孤山二十年，終生未曾婚娶，但他此詞卻柔情如水，綺思無窮。民歌的反覆手法的運用，連句韻的聲義相諧，更平添了這首詞的動人風致。

一叢花令

〔宋〕張　先

　　傷高懷遠幾時窮？無物似情濃。離愁正引
千絲亂，更東陌，飛絮濛濛。嘶騎漸遙，
征塵不斷，何處認郎蹤？　雙鴛池沼水溶
溶，南北小橈通①。梯橫畫閣黃昏後②，
又還是斜月簾櫳。沈恨細思，不如桃杏，
猶解嫁東風③。

作者簡介

　　見前。

注　　釋

①橈：船槳，此處代指船。
②梯橫：放倒梯子。
③嫁東風：桃杏在東風中盛開。東風：代指春天。

譯　　文

　　傷心地登高懷遠這日子何時窮盡？世間沒有什麼東西比得
上蜜意濃情。離愁正引動得風中的遊絲紛亂，更何況東邊的田
間小路上柳絮迷濛。嘶鳴的馬漸漸遠去飛揚的塵土不斷，哪裡

在天願作比翼鳥

去辨認郎君的影蹤？一雙雙鴛鴦游於寬闊的池塘春水溶溶，小船南來北往一水相通。梯子橫斜從樓閣下來已是黃昏之後，又還是斜斜的月光照進窗櫺。深深地悵恨細細地回想，人還不如桃杏啊，桃杏還知道及時地嫁給春風。

點　　評

　　張先長於寫「心中事」、「眼中淚」、「意中人」，故前人稱之為「張三中」。此詞結句從李賀〈南園〉詩「可憐日暮嫣香落，嫁與東風不用媒」化出，張先由此名句又被稱為「桃杏嫁東風郎中」。

蝶戀花

〔宋〕晏　殊

　　檻菊愁煙蘭泣露①，羅幕輕寒，燕子雙飛去。明月不諳離恨苦②，斜光到曉穿朱戶。
　　昨夜西風凋碧樹，獨上高樓，望斷天涯路。欲寄彩箋兼尺素③，山長水闊知何處？

作者簡介

見前。

注　　釋

①檻：花圃的圍欄。

②諳：熟悉，了解。

③彩箋：古人用以題詩的精美的紙，此處即指詩箋；尺素：
古人書寫所用的長約尺許的生絹，此處指書信。

譯　　文

圍欄中的菊花在煙霧裡憂愁蘭草帶露像在泣哭，燕子雙雙
飛去，早寒透過了絲綢帘幕。明月不知道離別的痛苦，殘月的
斜暉到天明還穿窗入戶。昨天晚上一夜秋風凋零了碧樹，我一
人獨上高樓，望盡了通向天邊的道路。想寄詩箋和書信給她啊，
山也長水也闊寄向何處？

點　　評

上片寫室內和庭院，取境小而風格柔婉，下片寫登臨所見
所感，境界大而格調悲壯。「昨夜句」純用白描，意境高遠，極
具藝術概括力量，王國維《人間詞話》以之形容古今成大事業、
大學問的第一種境界。

生查子

〔宋〕歐陽修

含羞整翠鬟①，得意頻相顧。雁柱十三弦
②，一一春鶯語。　　嬌雲容易飛③，夢斷
知何處？深院鎖黃昏，陣陣芭蕉雨。

作者簡介

見前。

注　釋

①翠鬟：古代婦女髮式的美稱。
②雁柱句：唐宋時箏有十三弦，斜如雁行。
③嬌雲：與下句之「夢斷」均是用典，典出宋玉〈高唐賦〉，
　　指男女之幽會。

譯　文

她含羞地整理美麗的雲鬟，彈到得意之時頻頻回顧。在形
如雁行的十三弦上，啼囀起春日黃鶯的歌語。她的離去是多麼
輕易飄忽，我幽夢醒來不知人在何處？暮靄已經籠罩深深的院
落，敲打芭蕉的是陣陣急雨。

點　評

　　上片實寫彈者，虛寫聽者，下片反之，虛實相生而留下許多想像餘地，情景交融而讓讀者主動參與藝術的再創造。歐陽修一代文宗，抒寫愛情則見之於詞，這真如美國詩人愛默生所說：「是否懂得愛情是檢驗詩人的標準。」

玉樓春

〔宋〕歐陽修

　　別後不知君遠近，觸目淒涼多少悶。漸行漸遠漸無書，水闊魚沈何處問①？　夜深風竹敲秋韻②，萬葉千聲皆是恨。故欹單枕夢中尋③，夢又不成燈又燼④。

作者簡介

　　見前。

注　釋

　　①魚沈：喻音信斷絕。

②秋韻：韻為有節奏的聲音，此指秋聲。

③敧：同「攲」，斜倚之意。

④燼：灰燼，燭燃化為灰燼。

譯　文

別後不知道你行蹤的遠近，觸目傷懷多少淒涼多少愁悶。你越行越遠逐漸沒有來音，山長水闊音信斷絕到何處追問？寒夜深沈西風敲竹奏響秋聲，萬葉千聲都是深愁苦恨。我有心斜倚單枕想去夢中相尋，輾轉反側一夜不眠燭花又化成灰燼。

點　評

上片寫「悶」，下片抒「恨」，全詞以「別」字領起，表現秋閨思婦的孤苦之情與悲恨之意，正如清人劉熙載在《藝概》中所說：「馮延巳詞，晏同叔得其俊，歐陽修得其深。」

古別離①

〔宋〕夏之中

郎上孤舟妾上樓②，欄干未倚淚先流。

片帆漸遠郎回首，一種相思兩處愁③。

作者簡介

夏之中 (生卒年不詳)，宋代人，生平不詳。

注　釋

①古別離：漢樂府舊題，多寫男女別離相思的情意。

②「郎上」句：南朝樂府〈西洲曲〉：「望郎上高樓，樓高望
不見，盡日欄干頭。」

③「一種」句：李清照〈一剪梅〉：「一種相思，兩處閑愁。」

譯　文

郎君你登上孤舟我急忙攀上高樓，還沒有靠倚欄干我就柔
腸百結珠淚先流。孤帆一片漸行漸遠彷彿還看到你頻頻回首，
我們懷著同樣的思念卻天各一方兩處憂愁。

點　評

男女之間的離愁別恨，可以說是文學創作的共題或母題。
對前人寫過千百次的題材，本詩仍然有自己的藝術處理：兩兩
分寫又合二為一，古風與民歌風兼而有之。

寄賀方回①

〔宋〕賀鑄姬

獨倚危樓淚滿襟，小園春色懶追尋。
深思總似丁香結，難展芭蕉一片心②。

作者簡介

賀鑄姬（生卒年不詳），北宋著名詞人賀鑄之妾或戀人。人以詩傳，此作見於《宋詩紀事》。

注　釋

①賀方回：即北宋詞人賀鑄。賀答以〈石州引〉詞，中有「欲知方寸，共有幾許清愁，芭蕉不展丁香結」之句。

②「深思」二句：見前李商隱〈代贈〉詩注。

譯　文

獨自倚立在高樓淚滿衣襟，小園的美好春光我也懶得去賞尋。我愁思不解如同丁香含蕾鬱結，愁懷難舒好似芭蕉緊裹蕉心。

點　評

此詩情采清華，意境幽美。賀方回的作品本來善用李商隱、

溫庭筠詩的成句，他曾說：「吾筆端驅使李商隱、溫庭筠，常奔命不暇」，而此作妙用李詩〈代贈〉中「芭蕉不展丁香結，同向春風各自愁」以自喻，賀讀之當莞爾而笑。

玉樓春

〔宋〕周邦彥

桃溪不作從容住①，秋藕絕來無續處。當時相候赤欄橋，今日獨尋黃葉路。　煙中列岫青無數②，雁背夕陽紅欲暮。人如風後入江雲，情似雨餘黏地絮。

作者簡介

見前。

注　　釋

①桃溪：劉義慶《幽明錄》說，東漢劉晨、阮肇入天臺山，見山有桃樹，下臨大溪，遇二仙女，邀住七載，回家時已歷子孫七代。

②岫：山，峰巒。

譯　文

　　當年在春日的桃溪旁沒有從容地長住，現在卻如同秋藕中斷沒有接續之處。憶往昔等候她在紅色欄干的橋邊，今天卻獨自追尋陳跡在落滿黃葉的道路。煙雲中排列無數青綠的山巒，夕陽照紅了雁背時光已近薄暮。人如同風來吹散投影在江心的流雲，綿綿難絕的感情卻好似雨後黏在地上的柳絮。

點　評

　　此詞的結語是傳唱人口的名句。此外，此詞八句全爲七言，且兩兩相對，但情景、今昔、人我的對比饒多變化，頗具錯綜之美，讀者可以領略「變化在產生美上是具有多麼重要的意義」（英國17世紀著名藝術理論家荷迦茲語）。

減字木蘭花

〔宋〕秦　觀

天涯舊恨，獨自淒涼人不問①。欲見回腸，斷盡金爐小篆香②。　　黛蛾長斂，任是東

風吹不展。困倚危樓，過盡飛鴻字字愁。

作者簡介

見前。

注　釋

①人：此處並非泛指，而是指遠在天涯的主人公朝思暮想之
　人。
②篆香：盤香，因其形回環如篆而得名。亦可解爲香煙繚繞
　如篆文之形。

譯　文

遠在天涯分離已久多少新愁舊恨，一人獨自咀嚼淒涼滋味
那人兒不聞不問。誰要想知道她傷離念遠的九曲柔腸，請看那
金爐中寸寸斷盡的篆香。黛青色的蛾眉久久地蹙斂，任憑是催
放百花的春風也吹它不展。困頓無聊地倚望在高樓，過盡的鴻
雁沒有傳書那雁行卻字字成愁！

點　評

開篇點「恨」，結穴點「愁」，首尾相應，一線貫穿，全詞
有謹嚴的意象結構。以「篆香」比「回腸」，就近取喻，妙手天
成。詩人向明的〈線香〉中説：「芳香是一路漸行漸遠的回顧」，
也是對裊裊香煙的絕妙描寫。

臨江仙

〔宋〕朱敦儒

　　直自鳳凰城破後①，擘釵破鏡分飛。天涯海角信音稀。夢回遼海北，魂斷玉關西。

　　月解重圓星解聚，如何不見人歸？今春還聽杜鵑啼②。年年看塞雁，一十四番回③。

作者簡介

　　朱敦儒（公元1081～1175年？），字希眞，號岩壑，洛陽（今河南省洛陽市）人。北宋與南宋之交的詞人。

注　　釋

①鳳凰城：帝城，此指北宋京城汴梁。

②杜鵑：即子規，啼時泣血，鳴聲好像「不如歸去」。

③一十四番回：春天雁自南而北，深秋雁自北而南，翹首望雁達七年則一十四回也。

三、離情

231

　　自從京城汴梁被金人攻破之後，我們如同剖開的釵破碎的鏡兩地分散。你在天之涯我在海之角音信杳然，我思念你的夢魂一會兒飛向東北的遼海，一會兒飛向西北的玉門關。月亮知道重圓星辰知道再聚，然而爲什麼不見你回還？今年春天我又聽到杜鵑鳥「不如歸去」的啼囀。年年翹首盼望春去秋來的鴻雁啊，我已經看過它們十四次往往返返。

點　評

　　在傷離念遠的宋詞之林中，此作別具一格。它突破了個人內心情感的藩籬，反映了那一國破家亡的時代，具有較深厚的社會生活內容。

一剪梅

〔宋〕李清照

紅藕香殘玉簟秋。輕解羅裳，獨上蘭舟。
雲中誰寄錦書來①？雁字回時②，月滿西

樓。　花自飄零水自流。一種相思，兩處
閑愁。此情無計可消除，才下眉頭，卻上
心頭。

作者簡介

見前。

注　釋

①錦書：錦是有彩色花紋的絲織品，錦書即帛書。
②雁字：雁群飛時排成「一」字或「人」字，故名。

譯　文

　蓮塘中紅荷凋謝室內的竹蓆報道涼秋，輕輕解開絲織的衣
裳，形單影隻地登上木蘭之舟。茫茫雲空中有誰寄書信來？鴻
雁回來之時，月光照滿西樓。花兒自管飄零逝水自管東流。我
思念他他也思念我，相思原是一樣卻兩地生愁。這滿懷思念之
情沒有辦法可以消除啊，它剛剛從愁眉中解開，卻又立即襲上
心頭。

點　評

　李清照詞的一個特色，就是「用淺俗之語，發清新之思」，
此作即為明證。語言樸素洗鍊，感情真摯清純，抒寫對丈夫趙
明誠的懷念，如花之開，如泉之湧，如月之明。

醉花陰

〔宋〕李清照

薄霧濃雲愁永晝，瑞腦消金獸①。佳節又重陽，玉枕紗廚②，半夜涼初透。　東籬把酒黃昏後③，有暗香盈袖。莫道不消魂，帘捲西風，人比黃花瘦④。

作者簡介

見前。

注　釋

①瑞腦：一種香料，又稱龍腦。

②紗廚：又名碧紗廚。木架，外蒙輕紗，中放床位，夏日可避蚊蠅。

③東籬：陶淵明〈飲酒〉：「采菊東籬下」。

④黃花：菊花。

譯　文

薄霧濃雲的陰晦天氣令人整天生愁，癡癡看著瑞腦香燃完

在金獸形的香爐。又逢親人團聚的重陽佳節，我卻孤眠玉枕獨
寢在碧紗廚裡，長夜不眠感到秋寒初透。東籬把酒在黃昏之後，
菊花的幽香飄滿了衣袖。不要說此情此景不令人黯然消魂啊，
西風吹捲起門帘，人比菊花更爲消瘦。

點　　評

　　據說李清照以此詞函致丈夫趙明誠，明誠忘食忘寢三天三
晚，寫了五十首詞和李清照之作一起隱名請友人陸德夫評議，
陸卻只贊賞李作的後三句。此詞特別是「莫道」三句，意象清
超，聲情雙絕，千百年來膾炙人口。

鷓鴣天　代人賦

〔宋〕辛棄疾

晚日寒鴉一片愁，柳塘新綠卻溫柔①。若
教眼底無離恨，不信人間有白頭。　腸已
斷，淚難收，相思重上小紅樓。情知已被
山遮斷，頻倚闌干不自由②。

作者簡介

見前。

注　釋

①卻：正，正好。

②不自由：不由自主，情不自禁。

譯　文

　　黃昏時歸巢的寒鴉撩人憂愁，水漫春塘柳絲初綠正是景色溫柔。若是使得心頭眼底沒有離愁別恨，不信人間的黑髮會變成白頭。柔腸已斷，苦淚難收，思念遠人我重新登上小紅樓。雖然明知道重重青山已遮斷他的身影，但我卻不由自主地再三倚欄展望遠眸。

點　評

　　此詞是「代人賦」，辛詞中還有多首也是如此，可能是實以「代人」，也可能是虛以自託，如李商隱之〈代贈〉，如蘇軾之〈少年遊　潤州作代人寄遠〉之類。「若教」二句乃詞中警句。

祝英台近 晚春

〔宋〕辛棄疾

寶釵分①，桃葉渡②，煙柳暗南浦③。怕
上層樓，十日九風雨。腸斷片片飛紅，都
無人管，更誰勸、啼鶯聲住？　鬢邊覷，
試把花卜歸期，才簪又重數。羅帳燈昏，
哽咽夢中語：「是他春帶愁來，春歸何處？
卻不解、帶將愁去。」

作者簡介

見前。

注　釋

①寶釵分：古人以分釵作爲離別的紀念。
②桃葉渡：見前王獻之〈桃葉歌〉注。此處泛指送別的渡口。
③南浦：江淹〈別賦〉：「春草碧色，春水綠波。送君南浦，
傷如之何？」此泛指送別之地。

譯　文

分釵留別，渡口相送，晚春時送別之地已綠柳成蔭。怕上
高樓望遠，十天中有九日朝來寒雨晚來風。無人理會，令人腸

斷的是片片落紅，更有誰來勸說黃鶯兒不再啼鳴。看鬢邊插著的花朵，才戴上又重新細數，試把它占卜離人的歸程。羅帳外燈光昏暗，睡夢裏哽哽咽咽語不成聲：「是春天將憂愁帶來，現在它到哪裡去了，反倒不懂得將憂愁帶走隨行。」

點　　評

辛棄疾詞多作金釭之聲，但也有如同此詞的洞簫之曲，可見傑出的作家其創作是多樣與多變的，絕不單調，也絕不守成不變，而是多樣中見統一，統一中見多樣。

滿江紅

〔宋〕辛棄疾

敲碎離愁，紗窗外，風搖翠竹。人去後，吹簫聲斷，倚樓人獨。滿眼不堪三月暮①，舉頭已覺千山綠。但試把，一紙寄來書，從頭讀。　　相思字，空盈幅；相思意，何時足？滴羅襟點點，淚珠盈掬②。芳草不迷行客路，垂楊只礙離人目。最苦是，立

盡月黃昏，欄干曲③。

作者簡介

見前。

注　釋

①不堪：不能忍受，難以忍受。
②盈掬：滿把，滿手。
③曲：角落。

譯　文

　　紗窗外風吹翠竹的響聲，聲聲敲碎了我的心我的離愁。伊人去後鳳簫不再吹奏，剩下我淒涼地獨倚高樓。滿眼是令人傷懷難以忍受的暮春景色，擡頭望只見流光飛逝千山已經碧綠。且試著把你寄來的書信，一字一字又從頭誦讀。信上相思的話徒然滿紙，相思之情何時可以了結和滿足？滿把的眼淚啊，點點滴滴濕了衣襟袖口。遍地芳草不會迷失你的道路，阻礙我遠望的是依依的楊柳。最令人悲苦的是整天佇望在欄干的一角，直到夜色深深明月當頭。

點　評

　　法國大作家雨果說：「詩人是唯一既賦有雷鳴也賦有細雨的人，就像大自然既有雷電轟隆，也有樹葉顫動。」辛棄疾之詞大都風發雷奮，讀之令壯士起舞，但他同時也有纏綿俳惻之

章，無情未必眞豪傑，讀之也令壯士低眉。

品　令

〔宋〕石孝友

困無力，幾度偎人，翠鬢紅濕①。低低問：
「幾時麽？」道：「不遠，三五日。」　「你
也自家寧耐②，我也自家將息③。蟇然地、
煩惱一個病，教一個、怎知得？」

作者簡介

　　石孝友（生卒年不詳），字次仲，南昌（今江西省南昌市）人，
乾道二年（公元1166年）進士。

注　釋

　　①翠鬢：皺起青綠色的眉黛。紅濕：淚水沾濕臉上的脂粉。
　　②寧耐：忍耐。
　　③將息：保重，保養，調養。

譯　文

　　精神困倦心緒愁煩，幾度依偎在郎君的懷中，低聲地相問：「幾時才能回還？」他回答說：「時間不久，只有三天五天。」「你自己要多多忍耐，在外保重啊我自己也會注意。要是忽然我們有一個因憂煩而生病，教另一個怎麼知道消息？」

點　評

　　此詞的特色有二，一是運用淺俗的口語入詞，而且寫人物的對白，構成詞中少見的問答體的藝術結構；二是作者是宋人，但此詞有元人散曲的韻味，已有變調之聲。

題邸間壁①

〔宋〕鄭　會

　　酴釀香夢怯春寒②，翠掩重門燕子閑。
　　敲斷玉釵紅燭冷③，計程應說到常山。

作者簡介

　　鄭會（生卒年不詳），字有極，號亦山，南宋人。此詩選自《宋

詩紀事》卷六四。

注　釋

①邸：旅舍。
②酴醾：亦名「荼蘼」，初夏時開白花，香氣清遠。
③玉釵：玉製之釵，古代婦女頭飾。

譯　文

　　荼蘼飄香於幽夢裡深閨寂寂懼怯春寒，綠樹遮掩重重門戶燕子不飛棲息於樑間。思念遠人敲斷玉製的頭釵紅燭也因夜深而清冷，妳在家計算我的旅程該在說已經到了常山。

點　評

　　此時寫羈旅在外的自己懷念在家的妻子，但卻筆筆寫妻子對自己的懷念，構思新穎而婉曲。「敲斷玉釵」句，與宋代趙師秀〈約客〉之「有約不來過夜半，閒敲棋子落燈花」有異曲同工之妙。

香奩體①

〔宋〕葉茵

千里相思兩寂寥，東陽應減舊時腰②。
書中喜有歸來字，攜傍紅窗把筆描③。

作者簡介

葉茵（生卒年不詳），字景久，笠澤（今江蘇省吳江縣）人。宋
代詩人，有《順適堂吟藁》。

注　釋

①香奩體：唐代韓偓《香奩集》多男情女愛綺羅脂粉之語，
　　後稱此種作品為「香奩體」。
②東陽：晉代謝安之姪謝朗，官東陽太守。
③紅窗：指閨房之窗。

譯　文

遠隔千里兩地相思你和我都倍感寂寥，遙想你衣帶漸寬腰
圍該比以前窄小。欣喜的是你信中有即將回家的字樣，我急忙
拿著信箋到窗下對鏡把眉毛畫描。

此詩在內容上並無多少新意，遠承《詩經・衛風・伯兮》的「自伯之東，首如飛蓬。豈無膏沐，誰適爲容」的傳統，但在藝術表現上卻以「書信」爲轉折，輔之以「把筆描」的特寫，頗覺生動。

清平樂

〔金〕元好問

離腸宛轉①，瘦覺妝痕淺。飛去飛來雙語燕，消息知郎近遠？　樓前小雨珊珊②，海棠帘幕輕寒。杜宇一聲春去③，樹頭無數青山。

作者簡介

元好問（公元1190～1257年），字裕之，號遺山，太原秀容（今山西省忻縣）人，金代鮮卑族詩人。詞風近似蘇辛，其詩被稱爲金末的詩史。

注　釋

①宛轉：曲折，展轉。
②珊珊：本形容衣裙玉佩的聲音，此處指春雨之連綿不斷。
③杜宇：即杜鵑鳥，啼聲似「不如歸去」。

譯　文

因思念遠人而愁腸曲折展轉，本來粉黛不施更覺妝痕輕淺。雙宿雙飛情語呢喃的燕子，你們可知道我郎君的消息啊行蹤的近遠？樓前小雨連綿不斷，海棠經雨生愁帘幕裡也透進春寒。杜鵑鳥一聲聲啼叫春光消歇不如歸去，遠望樹梢之外是無數環列的青山。

點　評

元好問著名的〈論詩〉三十首，贊揚剛健雄渾的詩風，批評秦觀〈春雨〉的「有情芍藥含春淚，無力薔薇臥晚枝」是「女郎詩」，但他此詩也不免英雄氣短而兒女情長。

〔雙調〕沈醉東風

〔元〕關漢卿

咫尺的天南地北①，霎時間月缺花飛②。手執著餞行杯，眼擱著別離淚。剛道得聲「保重將息」，痛煞煞教人捨不得③。「好去者望前程萬里。」④

作者簡介

關漢卿（約公元1220～1300年?），號已齋，大都（今北京市）人，傑出的古典戲劇家，著有雜劇六十多種，有「中國的莎士比亞」之稱。

注　釋

①咫尺：咫為古之八寸，咫尺形容距離很近。
②月缺花飛：「花好月圓」比團聚，此指別離。
③煞煞：語助詞。表示達於極點。
④者：語助詞。

譯　文

本來近在咫尺一下子天之南地之北，眨眼間月又缺花又飛。手裡拿著餞行的酒杯，眼裡噙著傷別的眼淚，「保重調養」

在天願作比翼鳥

246

的話兒剛剛出口，心中痛苦已極叫人好生難分難捨。但接著還是再三叮嚀：「好好走啊，祝願你前程萬里展翅高飛。」

點　　評

　　此曲寫女子為情人送別。首二句破空而來，「咫尺」與「天南地北」，「霎時」與「月缺花飛」，其矛盾修辭頗具藝術表現力量。曲中通過人物語言傳達人物心理的複雜性，也很真實感人。

〔雙調〕沈醉東風

〔元〕關漢卿

　　憂則憂鸞孤鳳單①，愁則愁月缺花殘。為則為俏冤家②，害則害誰曾慣？瘦則瘦不似今番③。恨則恨孤幃繡衾寒，怕則怕黃昏到晚。

作者簡介

　　見前。

注　釋

①鸞孤鳳單：形容夫妻或情人之離別。

②冤家：原爲仇人，此爲情人間的暱稱。

③今番：今天這樣，現在這樣。

譯　文

　　憂就憂有情人如鸞鳳分散，愁就愁情人分散如月缺花殘，爲就爲那個可愛的冤家，害就害但有誰能夠習慣？瘦就瘦從來不像現在這樣消瘦，恨就恨幃帳孤單繡被清寒，怕就怕黃昏寂寂長夜漫漫。

點　評

　　此曲寫情人去後女子內心的相思之苦。作者以散曲的重疊句法，層層遞進地表現了女主人公的「憂」、「愁」、「恨」、「怕」之情，文辭俗而雅，雅而俗，堪稱雅俗相宜而雅俗共賞。

〔雙調〕沈醉東風

〔元〕關漢卿

伴夜月銀箏鳳閑①，暖東風繡被常慳②。
信沈了魚，書絕了雁，盼雕鞍萬水千山。
本對利相思若不還③，則告與那能索債愁
眉淚眼。

作者簡介

見前。

注　　釋

①銀箏鳳閑：飾有鳳頭的銀箏閑置一旁。
②慳：本為吝嗇、欠缺之意，此處意為冷落孤清。
③本對利：本錢與利息相等。

譯　　文

夜月相陪本當雙雙彈唱但鳳頭銀箏卻閑置一旁，東風送暖
本是良辰美景但繡被卻冷落淒涼。魚沈雁絕不傳書信，遠行人
奔波在萬水千山使我久勞盼望。這本利相等的相思債若不歸
還，我就去告那能索債的愁眉蹙蹙淚眼汪汪。

點　　評

此曲也是寫獨守空閨的女子的相思之情，前幾句雖也不
俗，但並非不凡，結句以「本利」、「債」表相思，而「索債」
的竟然是「愁眉淚眼」，比喻巧妙，轉折更出人意表。

三、離情

十二月過堯民歌

〔元〕王實甫

自別後遙山隱隱，更那堪遠水粼粼。見楊
柳飛綿滾滾，對桃花醉臉醺醺，透內閣香
風陣陣①，掩重門暮雨紛紛。怕黃昏不覺
又黃昏，不銷魂怎地不銷魂②，新啼痕壓
舊啼痕，斷腸人憶斷腸人。今春，香肌瘦
幾分，裙帶寬三寸。

作者簡介

　　王實甫（生卒年不詳），名德信，大都（今北京市）人。著有雜
劇十四種，最著名的是《西廂記》。約與關漢卿同時或稍後。

注　　釋

①內閣：深閨，內室。
②銷魂：形容失魂落魄、神思茫然之狀。

譯　　文

　　自從離別之後望斷遠山約約隱隱，更受不了照眼傷情的遠

水波光粼粼。眼見陌頭的柳絮不斷地飛揚，面對著如喝醉了酒的桃花臉色緋紅。香風陣陣吹進了深閨，掩上庭院的重重門戶暮雨瀟瀟落個不停。雖然怕黃昏寂寞不覺又黃昏，不黯然傷神怎能不傷神，新的啼痕疊印舊的啼痕，柔腸寸斷的人憶念肝腸寸斷的人。今年春天啊，香潤的肌膚消瘦了幾分，裙帶也寬了三寸。

點　　評

　　「十二月」每句之尾均為疊字句，「堯民歌」除結尾兩句之外均為複字句，誦唱時珠圓玉潤，回環宛轉，聲情並茂，益增其打動人心的藝術力量。

〔雙調〕落梅風

〔元〕馬致遠

　　從別後，音信絕，薄情種害殺人也。逢一個見一個因話說①，不信你耳輪不熱。　從別後，音信杳②，夢兒裡也曾來到，問人知行到一萬遭③，不信你眼皮兒不跳。

作者簡介

見前。

注　釋

①因話說：找個因由詢問情人消息。

②杳：遙遠，深遠。此處指一去全無影蹤。

③問人知行：問人知不知道情人行蹤。

譯　文

自從離別之後，音信都斷絕，不重情義的傢伙真是害死人也。我每見到一個人就詢問你在哪裡，不信你的耳朵根子不發熱。自從離別之後，音信都縹緲，只在睡夢裡頭見到。我問人知不知道你的行蹤有一萬遍，不信你的眼睛皮子不發跳。

點　評

誰叨念誰，誰就耳輪發熱或眼皮跳動，作者運用民間傳說和民間口語，表現了一位潑辣率真的民間女子的形象，同是對愛情的追求，卻和上層社會的女子大異其趣。

〔正宮〕小梁州

〔元〕貫雲石

巴到黃昏禱告天①，焚起香煙。自從他去
淚漣漣，關山遠，拋閃的奴家孤枕獨眠②。
告青天早早重相見，知他是甚日何年。則
願的天可憐，天與人行方便。普天下團圓，
帶累的俺也團圓。

作者簡介

見前。

注　釋

①巴到：等到，望到。
②拋閃：拋開，丟開。

譯　文

眼巴巴盼到黃昏來臨禱告蒼天，口中唸唸有詞燃起香煙。
自從他離去以後我淚眼漣漣，千山萬關多麼遙遠，拋丟得我一
人抱枕獨眠。祈求上天讓我們早日重新相見，不然誰知道他歸
來是何月何年。只希望老天多多垂憐，老天慈悲最願為人行方
便，普天之下有情人都團圓，順便攜挈我們也團圓。

點　評

　　自開篇二句之後，全曲均是抒情女主人公的内心獨白。市井俚語，活色生香，別有一番風味，如同久住雕樑畫棟、車水馬龍的城市，忽然來到鄉野，只見山花照眼，清流映目，當會心曠而神怡。

〔雙調〕殿前歡 離思

〔元〕張可久

　　月籠沙①，十年心事付琵琶②。相思懶看幃屏畫，人在天涯。春殘豆蔻花，情寄鴛鴦帕，香冷荼蘼架。舊遊臺榭③，曉夢窗紗。

作者簡介

　　張可久（約公元1274～1344年？），名伯遠，字可久，號小山。慶元(今浙江省鄞縣)人。畢生致力散曲創作，與喬吉並稱「雙璧」。

注　釋

①月籠沙：月色籠罩平沙。從杜牧〈夜泊秦淮〉中之「煙籠
　寒水月籠沙」化出。

②「十年」句：白居易〈琵琶行〉：「弦弦掩抑聲聲思，似訴
　平生不得志。低眉信手續續彈，說盡心中無限事。」此句
　櫽括白詩之意。

③舊遊臺榭：點化晏殊〈浣溪沙〉中「去年天氣舊亭臺」句
　意。

譯　文

　　月色淒迷籠罩平沙，離別十年的心事都託付給琵琶。相思
磨人我無心再看那幛屏上的圖畫，當時同欣共賞的人已遠走天
涯。豆蔻夏初開花時已是春殘，滿腔情思寄託在繡著鴛鴦的羅
帕，夏天才有花事的荼蘼它的芬芳冷落在花架。眼前只有昔日
並肩共遊的樓臺亭閣，要追尋往事只能夢寐在碧紗窗下。

點　評

　　前人曾評「張可久的才情確足以領袖群倫」，此言不虛。此
曲清華秀雅，語無虛設，例如「豆蔻」與「荼蘼」，既是寫景也
是象徵，寓意春光已逝，青春難再，可謂含不盡之意見於言外。

三、離情

竹枝詞

〔元〕丁鶴年

竹雞啼處一聲聲①，山雨來時郎欲行。
蜀天恰似離人眼②，十日都無一日晴③。

作者簡介

丁鶴年（公元1335～1424年），元末明初詩人。回族。字永庚，
有《丁鶴年集》。

注　釋

①竹雞：山禽，鳥綱雉科。
②蜀：四川有古國名蜀，故後爲四川省簡稱。
③晴：諧音「情」，見前劉禹錫〈竹枝詞〉注。

譯　文

山丘叢林間竹雞一聲聲啼鳴，山雨來臨之時你卻要離我遠
行。四川的天空就像那離人的淚眼，十天裡也沒有一天放晴。

點　評

「竹枝詞」這種源於民間的詩體，自唐代劉禹錫以來，歷
代許多詩人都競試身手，後來者要有精彩的表現頗爲不易。丁

鶴年之作由「山雨」而生發出「蜀天恰似離人眼」的比喻，可
稱妙想天成。

竹枝詞

〔元〕馬 稷

與郎久別夢相思，不作西園蝴蝶飛①。
化作春深鶗鴂鳥②，一聲聲是勸郎歸。

作者簡介

馬稷 (生卒年不詳)，字民立，元末吳郡 (今江蘇省蘇州市) 人。
生平不詳，只知其身為商賈而工於詩。

注　釋

①西園：蘇州閶門外之園林。

②鶗鴂：又名「鵜鴂」，即子規、杜鵑。

譯　文

我與郎君分別已久魂夢相思，不能和你像西園蝴蝶般雙雙
翩飛。我只願化作春深時節的子規鳥，一聲聲啼血是勸你早日

回歸。

點　評

　　「竹枝詞」可以說是詩壇的一個共同的試題，不同的作者交出的答卷各有不同。與馬稷大致同時的丁鶴年將雨天比作離人的淚眼，而馬稷筆下的女主人公則願化作啼聲似「不如歸去」的子規，二者均獨出機杼。

送別曲

〔明〕謝　榛

　　郎君幾載客三秦①，好憶儂家漢水濱②。
　　門外兩株烏柏樹③，叮嚀說與寄書人。

作者簡介

　　見前。

注　釋

①三秦：秦亡後，項羽三分秦故地關中。此處泛指今陝西省一帶。

②好：表程度深或數量多，此處意爲「最」。儂家：女子自
　稱。

③烏桕樹：木名，落葉喬木。

譯　文

郎君會有幾年時光作客在三秦，你最要憶念的是我家在漢
水之濱。我的門外有兩株高大的烏桕樹，你要再三叮嚀清楚那
帶信來的人。

點　評

此詩不是一般地寫別後相思，而是寫送別時女主人公的語
言和心理，特別是通過對以資識別的「烏桕樹」的濃墨渲染，
把人物的一往深情表現得十分婉曲動人。如果重複前人的視角
與表現方式，此詩就會黯然無光了。

臨江仙　戍雲南江陵別內

〔明〕楊　愼

楚塞巴山橫渡口①，行人莫上江樓。征驂

去棹兩悠悠②，相看臨遠水，獨自上孤舟。

卻羨多情沙上鳥，雙飛雙宿河洲③。今宵明月爲誰留？團團清影好，偏爲別離愁！

作者簡介

楊慎（公元1488～1559年），字用修，號升庵，新都（今四川省新都縣）人。文、詞、散曲自成一家，著述達四百餘種。

注　釋

①「楚塞」句：江陵是春秋時楚國郢都，其西之南津關，是巴東三峽之一的西陵峽的出口處，其東爲古之楚地。

②驂：一車駕三馬，亦指一車三馬或四馬中的兩旁兩匹。此處指馬。

③「雙飛」句：暗用《詩經·周南·關雎》篇之「關關雎鳩，在河之洲」詩意。

譯　文

東之楚塞西之巴山橫亙在江陵渡口，遠去他鄉的行人不要登上江樓。我將騎馬去雲南妳將乘船上三峽兩人相隔愈來愈遠，面對浩浩長江彼此執手相看，我只得送妳獨自登上孤舟。反倒羨慕多情多福的江上鷗鳥，雙飛雙宿在河之洲。今天晚上的明月是爲誰而留？團圓的清光本來很好，今宵偏偏照我的別恨離愁！

點　評

　　這是楊慎貶戍雲南時在江陵告別妻子的作品，全用白描，情深意永，纏綿悱惻。其另一首〈臨江仙〉則爲詠史之作（「滾滾長江東逝水，浪花淘盡英雄」），同樣全是白描，卻筆力豪壯，感慨蒼涼。

寄　外

〔明〕黃　峨

　　雁飛曾不度衡陽，錦字何由寄永昌①？
　　三春花柳妾薄命，六詔風煙君斷腸②。
　　曰歸曰歸愁歲暮③，其雨其雨怨朝陽④。
　　相聞空有刀環約⑤，何日金雞下夜郎⑥？

作者簡介

　　黃峨（公元1498～1569年），字秀眉，遂寧（今四川省遂寧縣）人，楊慎繼室。博通經史，能詩文，善書札，與楊慎夫唱婦和，伉儷情深。

注　釋

①錦字：書信。永昌：今雲南省保山地區。

②六詔：唐代西南夷中烏蠻六個部分的總稱。「詔」爲王之意。此處代指永昌。

③「曰歸」句：「曰」，語助詞。《詩經・小雅・采薇》：「曰歸曰歸，歲亦暮止。」

④「其雨」句：表祈求之語氣副詞。《詩經・衛風・伯兮》：「其雨其雨，杲杲日出。」

⑤刀環：刀頭之環，「環」「還」諧音，暗喻「回還」。

⑥金雞：古代大赦時，豎長杆，頂立金雞，擊鼓以宣赦令。

譯　文

鴻雁南飛到回雁峰就折返不曾越過衡陽，書信有什麼辦法寄到更南更南的永昌？面對花紅柳綠的三春美景我自嘆薄命，遠在雲南的煙雲瘴氣中你也因爲懷念我而斷腸。歸來啊歸來啊又是愁人的一年將盡之日，盼雨啊盼雨啊卻又是令人心怨的炎炎朝陽。聽說朝廷空有允許回家的消息，什麼時候赦書才能頒到遙遠的夜郎？

點　評

楊慎貶戍雲南永昌近三十年，此詩是其妻黃峨寄他的作品中的一篇。全詩句句用典而且恰到好處，可以加深擴展作品的內在容量，也可獲得一種暗示與隱喻的效果，引發讀者豐富的聯想。

蟾宮曲

〔明〕馮惟敏

正青春人在天涯，添一度年華，少一度年
華。近黃昏數盡歸鴉，開一扇窗紗，掩一
扇窗紗。雨紛紛風翦翦①，聚一堆落花，
散一堆落花。悶無聊愁無奈，唱一曲琵琶，
撥一曲琵琶。業身軀無處安挿②，叫一句
冤家，罵一句冤家。

作者簡介

　　馮惟敏（公元1511～約1580年），字汝行，號海浮山人。臨朐（今
山東省臨朐縣）人。詩文雅麗，尤擅散曲，有曲壇辛棄疾之稱。

注　釋

①翦翦：「翦」同「剪」，形容風輕微而帶有寒意。
②業身：即「身業」，佛家語，謂所作所爲，此處暗示女主人
　公和情人發生的關係。

譯　文

我正青春正茂他卻遠在天涯，過去一歲年齡平添一載年華，但生命卻少了一載年華。時近黃昏我數盡暮天的歸鴉，開啓一扇窗紗，關閉一扇窗紗。細雨紛紛寒風拂拂，地上聚集一堆落花，又吹散一堆落花。煩悶得無所依托悲愁得無可奈何，伴唱一曲琵琶，彈撥一曲琵琶。啊，我已以身相許這樣的身子往何處安置，呼叫一聲冤家，恨罵一聲冤家。

點　評

寫人物又愁又悶又恨又愛的複雜的内心活動，出之以十分高明的疊字句法與動詞運用，語言通俗而經提煉，風格俊爽而多含蘊，是同類題材中的上選之作。

水仙子

〔明〕薛論道

西風吹妾妾衣單，君戍蕭關君自寒①。知他定把寒衣盼，提起來心上煩。舊征衣再

補重翻，剪刀動，心先慟②，針線拈，淚
已殘，寄一年一損愁顏。

作者簡介

　　薛論道（公元1531～1600年），字談德，號蓮溪居士，直隸定興
（今河北省易縣）人。棄文就武，戍邊幾十年，存小令千餘首。

注　　釋

　　①蕭關：古關名，故址在今寧夏回族自治區。
　　②慟：十分悲痛之狀。

譯　　文

　　西風吹我單薄的衣衫，遠戍邊地的夫君當會更感雨冷風
寒。我知道他定然在把寒衣企盼，我提起衣裳心自憂煩。敝舊
的征衣再補綴重改翻，剪刀才動心中痛，拈起針線淚已乾，一
年寄一回征衣憔悴一回青春的愁顏！

點　　評

　　作者長期戍守邊塞，對軍旅生活感受殊深，此作正寫在家
的征婦，暗寫在外的征夫，實為一石二鳥之筆，所謂手揮五絃
而目送飛鴻是也。

夢江南

〔清〕柳如是

人去也，人去鸞鸞洲。菡萏結爲翡翠恨①，
柳絲飛上鈿箏愁②。羅幕早驚秋③！

作者簡介

柳如是（公元1618～1664年），名隱，字如是，號河東君。本姓
楊，名愛，吳江（今江蘇省吳江縣）人。明末名妓，後爲錢謙益妾，
參加復明運動。工詩詞，善書畫。

注　釋

①菡萏：夏日荷花。翡翠：綠色的玉，此處形容荷葉。
②鈿箏：嵌鑲著金銀飾件的箏。
③羅幕：用絲織品織成的帷幔。

譯　文

情人去了，情人去了遙遠的白鷺洲。紅荷綠葉相連相結引
起我兩地分離的怨恨，飛上鈿箏是春天柳絲勾起的我們不得團
聚的憂愁。風吹帷幔令人心驚的又早是涼秋！

點　　評

　　文史學家陳寅恪曾説柳如是為「女俠，名妹，文宗，國士」。此詞情致深婉而意象清超，語言飛動而内涵豐厚，三、四兩句聯想曲折而語言方式新創，頗有現代詩的韻味。

裁衣曲

〔清〕毛先舒

　　剪征衣，親手作，君身長短何須度①。肥瘦定然不如昨。新衣為君裁，舊淚為君落。還將銅斗細熨灼②。莫使衣上沾猩紅③，君見淚痕不肯著。

作者簡介

　　毛先舒（公元1620～1688年），字稚黃，浙江錢塘（今浙江省杭州市）人。與毛奇齡、毛際可齊名，時稱「浙中三毛，文中三豪」。

注　　釋

　　①度：度量，衡量。

②熨灼：熨燙衣服使之平整。

③猩紅：像猩猩血的鮮豔紅色。代指淚痕。

譯　文

我親手剪裁製成征夫的衣裳，你身材的高矮不用度量，但胖瘦定然不和過去一樣。新的衣裳爲你縫製，以前未乾的眼淚又爲你流淌。我仍然拿著銅斗細心地熨燙，不要使衣襟沾染我的淚漬，你見到淚痕會不忍心穿上。

點　評

古典詩詞中寫思婦爲丈夫寄征衣的篇什不少，也不乏佳作，此詩前幾句表現思婦心理頗爲細膩，但並非十分精彩，結尾卻從對方想來，感人至深，如同清鐘一記，餘韻悠長。

蓮絲曲

〔清〕屈大均

蓮絲長與柳絲長①，歧路纏綿恨未央②。
柳絲與郎繫玉臂，蓮絲與儂續斷腸！

作者簡介

見前。

注　釋

①蓮絲、柳絲：「絲」均諧音「思」，「蓮」諧音「憐」(愛)，一語雙關。

②未央：未盡，未已。

譯　文

　　蓮藕的絲長啊春柳的絲也長，在三叉路口難分難捨愁恨無窮難度量。柳絲啊給郎君繫住手臂，蓮絲啊給我接續斷絕的衷腸！

點　評

　　折柳贈別是古代的習俗，古典詩詞中寫這一類題材的作品很多，此詩借此表現愛情而非友情，語意雙關，比喻巧妙，人、物夾寫，題材雖然陳舊，但藝術表現上卻有新意。

廣州竹枝詞

〔清〕彭孫遹

木棉花上鷓鴣啼①，木棉花下牽郎衣。
欲行未行不忍別，落紅沒盡郎馬蹄。

作者簡介

　　彭孫遹（公元1631年～1700年），字駿孫，號羨門，海鹽（今浙江省海鹽縣）人。與王士禎齊名，時稱「彭王」。

注　　釋

①木棉花：又稱攀枝花，高達三、四米之落葉喬木，花色紅豔，生長於我國南方。鷓鴣：生於我國南部的一種鳥，鳴時常立於山巔樹上，鳴聲猶如「行不得也哥哥」。

譯　　文

　　紅花燒眼的木棉樹上鷓鴣不住地鳴啼，在木棉花下依依不捨地牽著郎君的衣。要走但遲遲未走是因為不忍心分別，落紅成陣遮蓋了郎君的馬蹄。

點　　評

　　首句描繪富於象徵意義的景色，「鷓鴣啼」是所謂「原型意

象」，次句寫送別的女主人公的典型動作，第三句直陳其意並作
轉折，結句意象鮮明而意在象外，聳動讀者的耳目，如音樂中
的重錘，如繪畫中的異彩。

灞橋寄內 ①

〔清〕王士禎

太華終南萬里遙②，西來無處不魂消。
閨中若問金錢卜③，秋雨秋風過灞橋。

作者簡介

　　王士禎（公元1634～1711年），字子真，號阮亭，又號漁洋山
人，新城（今山東省桓臺縣）人。繼吳偉業、錢謙益之後的詩壇盟
主。

注　　釋

①灞橋：古來送別之地，在長安灞水上。
②太華：即西嶽華山，在陝西省渭南縣東南。終南：即終南
　　山，在陝西長安之南。
③金錢卜：用金錢卜問凶吉禍福以及歸期。

譯　文

太華山終南山離家鄉有萬里之遙，獨自西遊到處都令人黯然魂消。妳在閨房中若用金錢爲我占卜，我此刻正在秋雨秋風中經過灞橋。

點　評

王漁洋論詩提倡「神韻」，追求「得意忘言」，注重語言的含蓄精煉和意境的創造。此詩整體可觀，結句尤爲出色，頗有唐人風韻，遠承陸游之「細雨騎驢入劍門」，近啓秋瑾之「秋雨秋風愁煞人」。

浪淘沙 七夕

〔淸〕董元愷

新月一弓彎，烏鵲橋環①，雲軿縹緲度銀灣②。天上恐無蓮漏滴③，忘卻更殘。　莫爲見時難，錦淚潸潸。有人猶自獨憑欄。如果一年眞一度，還勝人間。

作者簡介

董元愷（公元1635～1687年），字舜民，號子康，武進（今江蘇省武進縣）人。

注　釋

①環：鵲橋爲拱形，故云形狀如環。

②雲軿：「軿」爲有帷幕之車，「雲軿」指雲中的軿車。銀灣：銀河。

③蓮漏：「漏」爲古代滴水之計時器。相傳東晉名僧遠公之弟子製芙蓉漏以定時，後代稱之爲蓮花漏。

譯　文

一眉新月像弓一樣彎彎，喜鵲在銀河上架的橋樑其形如環，在渺遠迷茫的空中織女坐著雲車渡過了河漢。只恐怕天上沒有計時的器具，沈浸在蜜意柔情中的牛郎織女會忘卻夜盡更殘。他們不要因爲相見不易而眼淚潸潸，地上有人在夜靜更深時還孤寂地依倚著欄干。如果七夕相聚眞是一年一次，那還是勝過癡男怨女離多會少的人間！

點　評

在古典詩詞中，「七夕」也是許多詩人反覆詠唱的「共題」，此作承接秦觀〈鵲橋仙〉中「金風玉露一相逢，便勝卻人間無數」的餘緒，在內涵與藝術表現上都有自己的發展和創造。

三、離情

273

閨　思

〔清〕韓　菼

抱得朱絲琴①，臨風彈別鶴②。
愁如江潮生，不共江潮落。

作者簡介

　　韓菼（公元1637～1740年），字元少，號慕廬，江蘇長洲（今江蘇省吳縣）人。

注　釋

①朱絲琴：琴弦爲朱紅色。
②別鶴：即〈別鶴操〉，樂府琴曲名。據崔豹《古今注》說，商陵牧子娶妻五年而未生子，父兄將爲之改娶，其妻中夜倚戶悲嘯，牧子愴然援琴而歌，後人因之作〈別鶴操〉。此處喻夫妻離分。

譯　文

　　抱著朱紅色弦線的琴，對風彈奏曲名叫〈別鶴〉。離愁像江潮一樣洶湧，卻不像江潮一樣退落。

點　評

　　將別恨離愁比爲「江潮」，而且只如江潮之「生」，沒有江潮之「落」，内在的深重愁情獲得了獨特的具象外化，其含蓄蘊藉與西方許多詩作的直抒胸臆不同，如英國詩人彭斯的〈一個令人心醉的吻〉：「如果我倆從未那麼熱烈相愛，如果我倆從未那麼癡心互戀，從未相逢，也從未分離，我們也就絕不會如此心痛欲裂！」

江城子 憶別

〔清〕何龍文

　　別時猶自怯春殘。剪刀寒，坐更闌①。小語叮嚀：「珍重記加餐②。」卻愛子規沿路叫，歸去也，早回鞍。　而今不覺已秋還。路漫漫，恨漫漫。暗約當歸，何事隔關山？只有相思千里月，清露下，好同看。

作者簡介

　　何龍文 (生卒年不詳)，字信周，德化 (今江西省九江市) 人。

康熙八年（公元1669年）舉人。

注　釋

①更闌：「闌」此處作「晚」解。「更闌」即夜靜更深。

②加餐：典出漢樂府〈飲馬行〉：「上言加餐飯，下言長相
　憶。」表夫妻間叮囑保重。

譯　文

分離時正是令人心怵的殘春，妳爲我裁縫衣裳的剪刀涼
寒，我們喁喁私語直到夜深更闌。妳再三細語叮囑：「記得在
外好好保重，多加餐飯。」分手後我反倒喜愛一路上子規的啼
叫，不如歸去啊，早早打馬回鞍。時光如電而現在不覺秋天已
來到人間。歸路迢迢，離恨漫漫。當時私下相約屆時歸來，爲
什麼還人各一方阻隔關山？寄託相思只有那流照千里的明月，
在深宵清涼的露水下，我們好仰首同看。

點　評

中國人寫友情或愛情，都與月亮結下了不解之緣。此詞中
的「卻愛」固然是反常之筆，而結尾也師承前人而有所創新，
不是一味地蹈陳襲故地炒現飯。

一剪梅 懊惱詞

〔清〕季式祖

初長天氣困人時①。花一枝枝，柳一枝枝。朝來慵起夜眠遲。日上窗兒，月上窗兒。

沈郎漸減瘦腰肢②。愁也絲絲，淚也絲絲。不堪訴說是相思。有個人知，沒個人知。

作者簡介

季式祖 (生卒年不詳)，江蘇泰興 (今江蘇省泰興縣) 人，有《吏隱集》。約與納蘭性德同時。

注　釋

①初長天氣：早春時氣候漸暖而白天漸長。
②沈郎：《梁書·沈約傳》說沈約「百日數旬，革帶常應移孔」，後以「沈腰」指腰圍消瘦。

譯　文

春風送暖白晝漸長是離人困乏落寞的時光，春花一枝枝輕舞，細柳一枝枝輕颺。早晨懶起晚上遲遲才入夢鄉，旭日照臨窗戶，明月照臨紗窗。我腰圍減小日漸消瘦了容光，愁情也悠

遠，淚水也悠長。不能也不好訴說的是苦戀使人神傷，有個人知道我相思滿懷，沒個人知道我愁思滿腔。

點　　評

「良辰美景奈何天」，春光雖然明媚，但抒情主人公卻愁緒滿懷，這就是藝術表現上的以反寫正，以樂景寫哀傷。正如古希臘哲人赫拉克利特所說：「互相排斥的東西結合在一起，不同的音調造成最美的和諧。」

菩薩蠻

〔清〕納蘭性德

問君何事輕離別？一年能幾團團月①！楊柳乍如絲②，故園春盡時。　春歸歸不得，兩槳松花隔③。舊事逐寒潮，啼鵑恨未消！

作者簡介

納蘭性德（公元1654～1685年），字容若，號楞枷山人，滿州正黃旗人。工詩詞，尤長於小令。小令為有清一代冠冕，詞風近似李煜。

注　釋

①團圞：圓貌。此處暗示團聚、團圓。

②乍：恰，正，才。

③松花：指發源於吉林省而流入黑龍江省之松花江。康熙祭
　祀長白山，作者以侍衛隨行。

譯　文

　　問你為什麼要輕易地離別？一年之中能有幾次團圓的明月！北國的楊柳才如同線絲，故鄉卻已是三春過盡之時。春光已盡但我仍然有家歸而未得，雙槳輕搖有松花江江水阻隔。憶舊之情競逐著寒冷而澎湃的江潮，杜鵑聲聲啼叫「不如歸去」我的愁恨更難消！

點　評

　　納蘭性德是婉約派的名家，清新婉麗之中有濃重的感傷情調，擅長白描手法，語言純美自然如白蓮花，清香把之不盡，此詞正是如此。

浣溪沙

〔清〕納蘭性德

消息誰傳到拒霜①？兩行斜雁碧天長。晚秋風景倍淒涼。　銀蒜押帘人寂寂②，玉釵敲竹信茫茫③。黃花開也近重陽。

作者簡介

見前。

注　釋

①拒霜：又名木蓮，木芙蓉之別稱。仲秋開花，以性極耐寒而得名。

②銀蒜：銀製，其形如蒜。「押」通「壓」。

③敲竹：歐陽修〈蝶戀花〉：「夜深風竹敲秋韻，萬葉千聲皆是恨。」此處從歐詞化出。

譯　文

是誰捎信說木蓮花開時征人就會回鄉？風吹兩行斜斜的雁字雲淡天長。深秋時節的蕭索風景加倍令人淒涼。銀蒜吊壓著垂帘閨房清寒冷寂，以鬢上的玉釵頻頻敲竹嘆息音信渺茫。木蓮花謝秋菊花開時令已近重陽。

點　評

　　上片寫室外秋景，下片寫室內離人，以「拒霜」起，以「黃花」結，非但情景交融，而且意象結構十分圓融完整，天球不琢，信是才人手筆。

江上竹枝詞

〔清〕姚　鼐

　　東風送客上江船①，西風催客下江船②。
　　天公若肯如儂願③，便作西風吹一年！

作者簡介

　　姚鼐（公元1731～1815年），字姬傳，室名惜抱軒，人稱惜抱先生，桐城（今安徽省桐城縣）人。詩人，桐城派古文代表作家。

注　釋

①上江：「江」指長江，「上江」即逆江而上。
②下江：順江而下。
③儂：吳語之「我」，詩中女子自稱。

譯　文

東風送客登上順江而上的船,西風催客登上順江而下的船。天老爺假若肯如我的心願,便颳起西風吹它整整一年!

點　評

詩中女子所思之人大約遠去了長江的上游,苦思而不得見,她忽發奇想:願天公作美,颳一年西風,總可以把他吹來吧!同是寫相思之情,優秀作品的構思各不相同,真是所謂天底下沒有一片完全相同的樹葉。

送外入都①

〔清〕席佩蘭

打疊輕裝一月遲,今朝真是送行時。
風花有句憑誰賞②?寒暖無人要自知。
情重料因非久別,名成翻恐誤歸期。
養親課子君休念③,若寄家書只寄詩。

作者簡介

見前。

注　釋

①外：舊時夫妻相稱曰外、內。此詩爲作者送其夫孫原湘入
　京應試而作。

②風花：自然界的美麗景色。

③課子：教授子女讀書。

譯　文

　　一個月來緩緩地爲你收拾行裝，今天眞的到了送別的時
光。留連自然美景得到的佳句和誰欣賞？無人問暖噓寒要自己
留意參詳。我們情義深厚應該不會有長久的離別，倒是恐怕你
金榜題名耽誤如期回鄉。侍奉雙親教子讀書你不要掛念，如果
寄家書回來你只寄詩章。

點　評

　　作者抓住「送別」這一典型瞬間，細膩入微地抒寫了自己
的心曲，以及對丈夫的軟語叮嚀。其夫孫原湘也是袁枚弟子，
「性靈派」的重要作家，詩的結句不惟可知伉儷情深，也可見
唱和之樂。

三、離情

寄衣曲

〔清〕席佩蘭

欲製寒衣下剪難，幾回冰淚灑霜紈①。

去時寬窄難憑準，夢裡尋君作樣看②。

作者簡介

見前。

注　釋

①霜紈：白色的細絹。

②君：此處為作者指自己的丈夫。

譯　文

想縫製過冬的衣裳下剪卻很為難，多少次淚灑雪白的手帕淚漬斑斑。你離家時衣裳的寬窄已難作憑準，只好在夢魂中尋找你量體相看。

點　評

在古典詩歌的園林中，以寄衣為題材的閨怨而兼情愛的詩是別具風采的一支。同是寫縫衣寄遠，此詩不僅句句扣緊題目，一絲不走，而且在第三句的轉折之後，第四句翻出新境，給人

以新穎之感。藝術，永遠厭棄重複而崇尚創新。

感　舊 (之一)

〔清〕黃景仁

　　大道青樓望不遮①，年時繫馬醉流霞②。
　　風前帶是同心結，杯底人如解語花③。
　　下杜城邊南北路④，上闌門外去來車⑤。
　　匆匆覺得揚州夢⑥，檢點閑愁在鬢華。

作者簡介

　　見前。

注　釋

①青樓：此指豪華富麗的樓房。

②年時：當年，那時。流霞：神話傳說中的仙酒，後泛指美
　酒（見《抱朴子‧袪惑》）。

③解語花：原為唐玄宗李隆基贊美楊貴妃之詞，後以之比喻
　美人（見《開元天寶遺事》）。

④下杜：地名，在陝西長安縣南故杜縣西。

⑤上闌：即「上蘭」，在長安城西，與下杜均爲長安繁華之
　地。此處代指女子居所附近。
⑥揚州夢：杜牧〈遣懷〉：「十年一覺揚州夢，贏得青樓薄倖
　名。」作者借指自己的情緣綺事。

譯　文

　　遠望無遮的大道旁的高樓就是她的家，當年樓前繫馬我和
她共醉流霞。她的衣帶打成連環回文樣式的同心結在風中飄
動，在高高舉起的酒杯下她嬌豔的容顏像解語之花。她的居所
靠近下杜城邊和上闌門外，那貫通南北的道路上常常馳過我的
車馬。歲月匆匆醒來原是一場成空的綺夢，查點無限的愁思都
在那鬢邊的白髮。

點　評

　　組詩〈感舊〉寫作者年輕時的一次戀情，具體情事已不可
考，也不必考。詩的情境朦朧而非坐實，反倒可以刺激讀者的
想像的積極參與。現代名作家郁達夫即據此詩敷演爲小說「采
石磯」。

感　舊 (之二)

喚起窗前尚宿醒①，啼鵑催去又聲聲。
丹青舊誓相如札②，禪榻經時杜牧情③。
別後相思空一水，重來回首已三生④。
雲階月地依然在，細逐空香百遍行。

作者簡介

　　見前。

注　釋

①醒：醉酒而神志不清之貌。

②丹青：即丹砂和青䕡，兩種不易褪色可製顏料的礦物，故
　常以之喻堅貞的愛情。相如札：漢代司馬相如的書信與詩
　作。見前司馬相如〈琴歌〉注。

③禪榻：僧人坐禪的床。杜牧情：杜牧〈題禪院〉：「今日鬢
　絲禪榻畔，茶煙輕颺落花風。」謂情愛已矣，心事成空。

④三生：佛家語，即「三世」，指前生、今生、來生。

譯　文

　　窗前喚醒還帶著昨夜的酒意神思朦朧，撩人愁緒的杜鵑鳥

「不如歸去」的啼囀一聲又一聲。丹青寫下的堅貞不渝的誓言宛然猶在，但經時歷日人已參悟禪機心事已成空。別離後兩地相思空隔著盈盈一水，今日重遊舊地前塵如夢彷彿已過了漫漫三生。從前晴雲麗月照臨的相會之地依然如故，我尋覓她飄散在空中的餘香一遍又一遍地徘徊巡行。

點　　評

在中國詩史中，黃景仁是繼李商隱之後最優秀的愛情詩人，他的作品為中國古典愛情詩增添了新的光采：感情深沈高潔而多東方式的悲劇情調，用典恰到好處而語言不失洗鍊清華，對難以為繼的律詩藝術作了新的創造。

感　　舊 (之三)

〔清〕黃景仁

遮莫臨行念我頻①，竹枝留浣淚痕新②。
多緣刺史無堅約③，豈視蕭郎作路人④。
望裡彩雲疑冉冉，愁邊春水故粼《粼。
珊瑚百尺珠千斛⑤，難換羅敷未嫁身⑥。

作者簡介

見前。

注　釋

①遮莫：請勿，莫要，切莫。

②竹枝留浣：暗用舜妃娥皇女英哭舜而泣竹成斑的典故。
　浣：沾汚，弄髒。

③刺史：此指杜牧遊湖州時，愛悅一位十餘歲少女，與其母
　約定「等我十年，不來然後嫁」。十四年後杜爲湖州刺史，
　此女已嫁三年而生三子，杜因作〈嘆花〉一詩。

④蕭郎：唐代崔郊〈贈去婢〉：「侯門一入深如海，從此蕭郎
　是路人。」泛指女子所愛戀的男子。

⑤斛：量器名。古代十斗爲一斛，南宋末年改爲五斗一斛。

⑥羅敷：古代傳說中之已嫁美女，見漢樂府〈陌上桑〉詩。

譯　文

臨別時勸她莫要頻頻呼喚我而傷神，竹枝上還是沾滿了她
新灑的斑斑淚痕。恨只恨因爲我像杜牧沒有定下堅如磐石的後
約，她怎麼會把我當成素不相識的陌路之人？緩緩飄來的彩雲
疑是她的身影，粼粼漾起的春波有意撩起我的愁情。縱然有名
貴的珊瑚百尺明珠千斛，也難以換取她的未嫁之身。

點　評

作者寫舊時的情人已嫁，自己追悔莫名，結句尤能使天下

有情人而未能成眷屬者爲之一慟。俄國大詩人普希金〈我曾經愛過妳〉的結句卻是：「我曾經那樣忠誠、那樣溫柔地愛過妳，但願上帝保佑妳，另一個人也會像我愛你一樣。」詩心中外不同，讀者可以互參。

感　舊 (之四)

〔清〕黃景仁

從此音塵各悄然，春山如黛草如煙。
淚添吳苑三更雨①，恨惹郵亭一夜眠②。
詎有青鳥緘別句③，聊將錦瑟記流年④。
他時脫便微之過⑤，百轉千回祇自憐。

作者簡介

見前。

注　釋

①吳苑：吳地的園林，代指女子的新居。
②郵亭：古代設於路途以供歇宿的館舍。
③詎有：豈有，哪有。青鳥：應爲相傳爲西王母使者的「青

鳥」，因就平仄而改。別句：表達傷別相思之情的詩句。

④錦瑟：李商隱〈錦瑟〉詩：「錦瑟無端五十弦，一弦一柱思華年。」作者借以指自己的〈感舊〉。

⑤脫：倘或，也許。微之：唐詩人元稹，字微之，曾作〈會眞記〉寫張生和崔鶯鶯戀愛，崔被張遺棄後嫁給他人，後來張生過其居求見，鶯鶯不出，潛寄一詩云：「自從消瘦減容光，萬轉千回懶下床。不爲旁人羞不起，爲郎憔悴卻羞郎。」

譯　　文

自從分別之後人各兩地音信杳然，遠處的青山如她的眉黛草色如煙。她的眼淚增添了吳地園林三更的雨水，我懷愁抱恨奔波道途在郵亭一夜難眠。哪裡有青鳥爲我傳送書信和詩句？聊且將這些感舊之作記錄那逝水流年。將來倘使能像元稹一樣經過她的居所，她也會千回百轉暗自傷情而無法再續前緣。

點　　評

此詩是〈感舊〉四首的最後一首，有如音樂中的「悲愴奏鳴曲」的尾聲，瀰漫的是濃重的悲劇氛圍，令人想起元好問〈邁陂塘〉的起句「問世間，情是何物？直教生死相許」，想起莎士比亞在「仲夏夜之夢」中所說：「愛神眞不好，慣惹人煩惱！」

綺　懷

〔清〕黃景仁

幾回花下坐吹簫？銀漢紅牆入望遙①。
似此星辰非昨夜，爲誰風露立中宵？
纏綿思盡抽殘繭②，宛轉心傷剝後蕉③。
三五年時三五月④，可憐杯酒不曾消⑤！

作者簡介

見前。

注　釋

①銀漢：銀河。紅牆：指女子所居之處。

②思盡：諧音「絲盡」，表絕望之情。

③剝後蕉：芭蕉主幹外包葉多層，可剝落。

④三五：十五。年時：年華。

⑤可憐：可惜，可傷。

譯　文

　　多少回因憶念她而坐在花下吹簫，見到的天上銀河地上紅牆都一樣的迢遙。今夜的星辰已經不是昨夜的星斗，我在風露之下爲誰久久佇立到中宵？纏綿的情思已經竭盡如抽殘的蠶

繭，宛轉的心靈遭到創傷似剝剩的芭蕉。看到十五的明月就想到她十五的年華，可憐我借酒澆愁綿綿此恨怎能消！

點　評

　　此詩情致深長，佳句疊出，讀之餘香滿口而愁腸百結。洪亮吉《北江詩話》稱「似此星辰」一聯爲「雋語」，作者的友人楊荔裳也最愛誦此二句，而電視歌曲〈昨夜星辰〉亦由此而得名，可見此作之膾炙人口。

臺灣竹枝詞

〔清〕梁啓超

　　相思樹底説相思①，思郎恨郎郎不知。
　　樹頭結得相思子②，可是郎行思妾時？

作者簡介

　　見前。

注　釋

　　①相思樹：即「臺灣相思樹」，生長於我國南方特別是臺灣。

②相思子：又名「紅豆」，形如豌豆而色澤鮮紅，常用來作愛
　情的表記或相思的象徵。

譯　文

在相思樹下傾訴我的相思，我思念你怨恨你你卻全然不
知。樹上結得纍纍相思子的時候，是不是你遠行在外思念我之
時？

點　評

作者1911年（宣統三年）曾往遊在日本帝國主義者佔領下的
臺灣，整理當地的民歌創作了一組竹枝詞。此詞後兩句之反問，
可說是「無理而妙」的癡情癡想，而迭詞的運用與句式的複沓，
更是民歌的當行本色。

寄　內①

〔清〕梁啓超

一縷柔情不自支，西風南雁別卿時②。
年華錦瑟蹉跎甚③，又見荼蘼花滿枝。

作者簡介

見前。

見前。

注　釋

①寄內：此爲作者寄給妻子李蕙仙的詩。其時李返故里貴
州，作者已回廣東，兩地分離。

②西風南雁：秋天雁由北方飛向南方。

③年華錦瑟：借用李商隱〈錦瑟〉之「錦瑟無端五十弦，一
弦一柱思華年」詩意。蹉跎：本意爲失足、顚躓，此處喩
光陰虛度。

譯　文

一縷蜜意柔情使我不能自持，去年秋天西風蕭瑟北雁南飛
正是和你分離之時。美好的靑春年華因久別而虛度，時當初夏
又見荼蘼的白花開滿了枒枝。

點　評

此詩一、三句寫情，二、四句寫景，雖然景中含情，情由
景出，但畢竟是情景分寫之筆墨，妙在「西風南雁」既是寫景，
也暗示人物分離的方向（西之貴州，南之廣東），而結句也是傳統詩
法中所謂「以景截情」，表時光之流轉，含蘊不盡。

三、離情

集義山句懷金鳳①

〔清〕蘇曼殊

收將鳳紙寫相思，莫道人間總不知②。
盡日傷心人不見③，莫愁還有自愁時④。

作者簡介

見前。

注　釋

①集義山句：蒐集前人成句另成一詩稱爲「集句詩」。此詩集
　李商隱詩句成篇。金鳳：與作者相善的秦淮河上的歌伎。

②「收將」、「莫道」句：集自〈碧城〉(其三)：「七夕來時先
　有期，洞房簾箔至今垂。玉輪顧兔初生魄，鐵網珊瑚未有
　枝。檢與神方教駐景，收將鳳紙寫相思。武皇內傳分明在，
　莫道人間總不知。」鳳紙：帝王用紙，亦泛指珍貴之紙，
　因繪有金鳳而得名。

③「盡日」句：集自〈遊靈枷寺〉：「碧煙秋寺泛湖來，水打
　城根古堞摧。盡日傷心人不見，石榴花滿舊琴臺。」

④「莫愁」句：集自〈莫愁〉：「雪中梅下有誰期？梅雪相兼
　一萬枝。若是石城無艇子，莫愁還自有愁時。」莫愁，古
　代傳說中的美女，此指金鳳。

譯　文

　　拿取珍貴的紙張書寫我的相思，不要說人世間總沒有人曉知。整天傷心所懷想的伊人不見，雖名莫愁卻還自有愁情滿懷之時。

點　評

　　集句詩起於西晉的傅咸，至北宋的石延年與王安石而大盛。蘇曼殊以集句的方式表現自己的戀情，隨手拈來，如同己出，由此也可見才人的慧心和身手。

四、怨情——

別有幽愁暗恨生

白頭吟

〔漢〕卓文君

皚如山上雪，皎若雲間月。
聞君有兩意，故來相決絕。
今日斗酒會①，明旦溝水頭。
躞蹀御溝上②，溝水東西流。
淒淒復淒淒，嫁娶不須啼。
願得一心人，白頭不相離。
竹竿何嫋嫋③，魚尾何簁簁④。
男兒重意氣，何用錢刀為⑤？

作者簡介

卓文君（生卒年不詳），西漢蜀郡臨邛（今四川省邛崍縣）人。
寡居時聽司馬相如彈琴，與之私奔。晉葛洪《西京雜記》說：
「司馬相如將聘茂陵人女為妾，文君作〈白頭吟〉以自絕，相
如乃止。」

注　釋

①斗：盛酒的器皿。
②躞蹀：徘徊。御溝：流經御苑或環流宮牆的水溝。
③竹竿：此處指魚竿。古典詩詞中常以竹竿釣魚隱喻男

女愛情。

④篰篰：魚尾很長之貌。

⑤錢刀：即刀錢，漢代的一種貨幣。

譯　文

你的心思明白得像山上的雪，也明白得像雲間的月。聽說你有二心，所以我來和你斷絕。今天還杯酒相聚，明天就各自東西。傷心又傷心，出嫁時不必哭啼。只希望得到個忠誠的夫君，白頭到老也不分離。細細的釣魚竿水上搖曳，長長的魚尾巴擺動不息？何用講財論富那算得了什麼？男兒重的是至死不渝的情義。

點　評

作者並非「怨而不傷，哀而不怒」，而是表現了一種強烈的人性尊嚴感和獨立自主的意識，這在中國古代婦女中是難能可貴的。多用比喻並頗爲恰切，是此詩藝術上的可取之處。

怨歌行

〔漢〕班婕妤

新裂齊紈素①，鮮潔如霜雪。
裁爲合歡扇②，團團似明月。
出入君懷袖，動搖微風發。
常恐秋節至，涼飆奪炎熱。
棄捐篋笥中③，恩情中道絕。

作者簡介

班婕妤（生卒年不詳），樓煩（今山西省寧武縣）人。史學家班固的祖姑。漢成帝時選入宮中爲婕妤（女官名），後失寵幽居於長信宮。

注　釋

①裂：撕開，裁斷。紈素：潔白精細的絹，以齊地所產最爲有名。

②合歡扇：扇名。古代器物常名「合歡」以示吉祥美滿。

③篋笥：裝盛衣物的竹箱。

譯　文

新剪斷的齊地出產的細絹，光鮮潔白如霜似雪。裁成表示吉祥美滿的合歡扇，團團圓圓像一輪明月。相攜不離在你的懷抱之中，搖動起來清風徐徐不歇。常常耽心的是秋天來臨，颼颼的涼風取代了炎熱。扇子被棄置在的竹箱裡，半路上就恩情斷絕。

點　評

　　「比喻之作用大矣哉！」兩千多年前亞里斯多德在其《修辭學》中如此贊嘆。此詩之妙，妙在全用比體，比喻是全詩的美學結構的同義語，以致「秋風圑扇」成了婦女被遺棄的典故而流傳後世。

四愁詩 (選二)

〔漢〕張　衡

我所思兮在桂林①，欲往從之湘水深，
側身南望涕沾襟。美人贈我琴琅玕②，
何以報之雙玉盤。路遠莫致倚惆悵，
何爲懷憂心煩快！

我所思兮在雁門③，欲往從之雪雰雰，
側身北望涕沾巾。美人贈我錦繡緞，
何以報之青玉案④。路遠莫致倚增嘆，
何爲懷憂心煩惋！

作者簡介

張衡（公元78～139年），字平子，南陽西鄂（今河南省南陽縣）人。東漢天文學家、文學家。

注　釋

①桂林：桂林郡，今之廣西省境內。

②琴琅玕：「琅玕」爲美石，意爲美玉鑲製的琴。

③雁門：漢之北疆，今山西省北部之雁門關。

④靑玉案：古時貴重的食器。案：承杯箸之盤。

譯　文

我所思念的人啊在桂林，想到她那裡去湘水深深，側身遙望南方涕淚打濕了衣襟。美人贈我美玉鑲製的瑤琴，用什麼報答呢只有一雙白玉盤。路途遙遠不能送達我獨自傷感，不要問我爲何滿懷愁思心憂煩。

我所思念的人啊在雁門，想到她那裡去雨雪紛紛，側身遙望北方涕淚打濕了衣巾。美人贈我精美華麗的錦緞，用什麼報答呢只有靑玉的餐盤。路途遙遠不能送達我獨自長嘆，不要問我爲何滿懷愁思心悶煩。

點　評

曾發明世界上最早的渾天儀和候風地動儀的張衡，不僅寫有大賦〈二京賦〉與小賦〈歸田賦〉，也有如〈四愁歌〉這樣纏綿悱惻的華章。反之復之，一唱三嘆，此作在政治上也許別有

寄託，但也不妨視爲一首美妙的情詩。

昔思君

〔晉〕傅 玄

昔君與我兮形影潛結①，今君與我兮雲飛
雨絕②。昔君與我兮音響相和③，今君與
我兮落葉去柯④。昔君與我兮金石無虧
⑤，今君與我兮星滅光離⑥。

作者簡介

見前。

注　釋

①潛結：暗中連結。

②雲飛雨絕：雲雨喻男女私情，此處暗用宋玉〈高唐賦〉巫
　山神女的典故。

③響：聲音的回聲，如響應。

④去：離開。柯：樹枝。

⑤金石無虧：「金石」喻堅固、堅貞，「無虧」喻無隙、無損。

⑥星滅光離：流星隕落，光亮消失。

譯　文

　　過去你與我啊像形與影暗中連結，今天你與我啊像流雲飛散驟雨停歇。過去你與我啊像聲音和回響相應和鳴，今天你與我啊像離開了樹枝的落葉。過去你與我啊像金石般堅貞沒有縫隙，今天你與我啊像星星隕落光芒逝滅。

點　評

　　此詩用許多比喻來形容「今」和「昔」的感情的不同，是比喻中的所謂「博喻」，同時作者又運用了強烈的藝術對比，可以稱之爲「對比式博喻」。比喻，本來是詩之驕子，由此篇也可見到它的藝術魅力。

擬行路難(之九)

〔南朝·宋〕鮑　照

剉蘗染黃絲①，黃絲歷亂不可治。
我昔與君始相值②，爾時自謂可君意③。

結帶與我言：「死生好惡不相置④。」
今日見我顏色衰，意中索寞與先異，
還君金釵玳瑁簪，不忍見之益愁思！

作者簡介

鮑照（公元414～466年），字明遠，東海（今山東省郯城縣）人。其七言詩成就最著。曾任前軍參軍，杜甫稱讚其詩爲「俊逸鮑參軍」。

注　釋

①「剉蘗」句：「剉」爲「銼」之異體字，斫削磋磨之意。
　蘗：即黃蘗，落葉喬木，莖可作黃色染料。絲：諧音「思」。
②相值：和好，投合。
③爾時：那時，當時。可：合宜，使人滿意。
④不相置：不相棄。

譯　文

磋磨黃蘗的莖用來染黃絲，黃絲紛亂糾結理不直。過去我和你剛剛要好，那是自己覺得使你滿意之時。我們成婚你結帶相親與我言：「相依不離好好歹歹同生死。」今天見我容顏已衰老，你態度冷淡異昔日。還給你送的金釵和玳瑁簪吧，不忍睹物生情更增添我的愁思！

點　評

　　沒有哭泣和哀求，作者塑造了一位外柔而內剛的弱女子的形象，在古典詩詞婦女形象的畫廊中，獨具光采。全詩以七言為主，雜以五言，曼聲促節，跌宕悲涼。

玉階怨

〔南朝·齊〕謝　朓

....

　　夕殿下珠簾①，流螢飛復息。
　　長夜縫羅衣，思君此何極②！

作者簡介

　　謝朓（公元464～499年），字玄暉，陳郡陽夏（今河南省太康縣）人。與謝靈運同族，故稱「小謝」。與沈約、王融等共同開創「永明體」，是南朝山水詩的重要作家。

注　釋

　　①夕殿：夕陽照耀下的宮殿。
　　②極：窮極，窮盡。

譯　　文

　　夕陽照耀下的宮殿放下了重重珠簾，夏夜的流螢飛去飛來終於漸漸停息。在漫漫長夜縫製絲織的衣裳，思君念君此情何時窮極！

點　　評

　　此詩寫的是宮女，卻也概括了民間怨婦的遭遇和思想情感。通篇沒有一個怨字而其怨自見，顯示了「含而不露」這一中國古典詩歌的傳統藝術特色，啟發了李白〈玉階怨〉之「玉階生白露，夜久侵羅襪。卻下水精簾，玲瓏望秋月」的詩思。

閨怨篇

〔南朝・陳〕江　　總

寂寂靑樓大道邊，紛紛白雪綺窗前①。
池上鴛鴦不獨自，帳中蘇合還空然②。
屛風有意障明月 ，燈火無情照獨眠。
遼西水凍春應少，薊北鴻來路幾千③。

願君關山及早度，念妾桃李片時妍。

作者簡介

　　江總（公元519～594年），字總持，濟陽考城（今河南省蘭考縣）人。是宮體詩的代表詩人之一。

注　　釋

　　①綺窗：雕鏤花紋的窗子。
　　②蘇合：植物名，梵語咄嚕瑟劍，原產小亞細亞。自樹中取膠製為蘇合香，作香料，可入藥。然：「燃」的本字，燃燒之意。
　　③薊北：今河北省一帶，泛指東北邊塞。

譯　　文

　　冷冷清清的高樓矗立在大路邊，紛紛揚揚的雪花落在綺窗前。池塘中的鴛鴦成雙作對，帷帳內的蘇合香空自燒燃。室內的屏風似乎有意遮擋明月，燭臺的燈火卻是無情照我獨眠。遼河之西水凍成冰春光應遲遲不至，薊州之北鴻雁飛來道路是迢迢幾千。希望你渡越關山早日回到家裡，念及我青春年華如桃李只有短暫的鮮妍。

點　　評

　　江總大約可以歸於御用文人或幫閒文人之列，但此詩也還有些社會內容，線索分明，鋪排得當，特別是對偶整齊，韻律

和諧，已開唐人七律與七言排律的先聲。

春宮曲

〔唐〕王昌齡

昨夜風開露井桃①，未央前殿月輪高②。
平陽歌舞新承寵③，簾外春寒賜錦袍。

作者簡介

見前。

注　釋

①露井：沒有井亭覆蓋之井。

②未央：未央宮，漢宮殿名。

③平陽歌舞：《漢書・外戚傳》記載，孝武衛皇后字子夫，
原是平陽公主的歌女，武帝見之悅，因入宮。後來武帝拋
棄其表妹陳皇后（即陳阿嬌），子夫被立爲后。此處借指新承
寵者。

昨天晚上東風吹開了露井邊的春桃，未央宮殿前的明月高高照耀。平陽公主家的歌女新得到寵愛，珠簾外還有春寒帝王就賜給錦袍。

點　評

他人為「新」，自己為「舊」，他人得寵，自己的失寵可想而知。清人沈德潛《說詩晬語》談到此詩時說：「王龍標絕句，深情幽怨，音旨微茫。」這也正是中國古典詩歌的美學特色：含蓄蘊藉，充分刺激讀者的想像以參與作品的再創造。

西宮秋怨

〔唐〕王昌齡

芙蓉不及美人妝，水殿風來珠翠香。
卻恨含情掩秋扇①，空懸明月待君王②。

作者簡介

見前。

四、怨情

注　釋

①「卻恨」句：卻恨含情，一作「誰分含啼」。秋扇，即團扇。
　自漢代班婕妤〈怨歌行〉寫團扇在秋天「棄捐篋笥中，恩
　情中道絕」之後，它就成為一個象徵性的原型意象。

②「空懸」句：用司馬相如〈長門賦〉中「懸明月以自照兮，
　徂清夜於洞房」句意。

譯　文

夏日的出水荷花都趕不上美人的豔妝，碧水環護的宮殿清
風吹來一身珠翠也生香。正令有情人生恨的是收拾起秋天見棄
的團扇，宮院上空空懸一輪明月等待薄情的君王。

點　評

前兩句極寫抒情主人公之美豔，後兩句則是反跌之筆，含
而不露地抒發怨望之情。從此詩可見封建時代婦女的悲劇命
運，也可見有「詩家天子」之稱的作者的不凡身手。

北風行

〔唐〕李　白

燭龍棲寒門，光耀猶旦開①。

日月照之何不及此？唯有北風號怒天上
來。

燕山雪花大如席②，片片吹落軒轅臺③。

幽州思婦十二月，停歌罷笑雙娥摧。

倚門望行人，念君長城苦寒良可哀。

別時提劍救邊去，遺此虎文金鞞靫④。

中有一雙白羽箭，蜘蛛結網生塵埃。

箭空在，人今戰死不復回！

不忍見此物，焚之已成灰。

黄河捧土尚可塞，北風雨雪恨難裁！

作者簡介

見前。

注　釋

①「燭龍」二句：燭龍見於《淮南子‧墜形訓》，是人面龍身而無
足的神。寒門：極北嚴寒之地。燭龍睜眼爲晝，閉眼爲夜。

②燕山：山名，今河北省薊縣東南，此處泛指我國北方。

③軒轅臺：遺址在今河北省懷來縣喬山上。

④鞬靫：刀鞘與箭靫，此處偏指裝箭的袋子。

譯　　文

　　燭龍棲息在極北苦寒之地，它睜眼時才是光芒照耀的白天到來。太陽和月亮爲什麼照不到那裡？只有北風呼號如怒從天上撲來。燕山的雪花大得像蓆片，片片如蓆吹落在軒轅臺。幽州的思婦在風號雪虐的寒冬，停歌止笑一雙蛾眉緊鎖悲哀。她倚著門閭遙望遠征的人，憶念他在苦寒的長城實在傷懷。分別時他提著寶劍去解救邊境的急難，留下這裝飾著虎文的金箭袋。箭袋中空有一雙白羽箭，蜘蛛在其中結網遍生塵埃。箭徒然留在這裡，人卻已戰死沙場再不會回來。我不忍見到它，把它燒成灰。滔滔黃河手捧泥土還可以塞住，對這漫天的朔風冷雪卻無法制裁！

點　　評

　　此詩受鮑照〈北風行〉影響，但卻有出藍之美。它寫思婦的苦恨深怨，不僅有曲盡其情的細膩描繪，而且有超拔的想像和大膽的幻想與誇張，閃耀著浪漫主義的奇光異彩。

佳　人

〔唐〕杜　甫

絕代有佳人，幽居在空谷。
自云良家子，零落依草木。
關中昔喪亂①，兄弟遭殺戮。
高官何足論，不得收骨肉。
世情惡衰歇②，萬事隨轉燭。
夫婿輕薄兒，新人美如玉。
合昏尚知時③，鴛鴦不獨宿。
但見新人笑，那聞舊人哭？
在山泉水清，出山泉水濁。
待婢賣珠回，牽蘿補茅屋。
摘花不插髮，采柏動盈掬④。
天寒翠袖薄，日暮依修竹。

作者簡介

見前。

注　釋

①「關中」句：關中指今陝西省潼關縣以西一帶。喪亂：指
　安史之亂。

②惡：讀如「誤」，憎恨、討厭。

③合昏：亦名合歡，其花朝開夜合。

④柏：木名，常以之喻堅貞的操守。此處指柏樹籽，喻意相同。盈掬：滿把，滿手。

譯　文

有一位美貌絕世的佳人，幽獨地住在空寂的山谷。她說自己本是好人家的女兒，如今敗落飄零來依附於草木。關中過去遭到連年戰亂，兄弟們都慘遭殺戮。官高位顯有什麼可說的？屍首無著不得埋葬骨肉。世上人情都厭惡失勢的人，一切事情都像焰火隨風而轉的蠟燭。丈夫是個無情寡義的小人，他另有新歡而新人美如璧玉。合歡花朝開夜合而有信知時，鴛鴦雌雄成對而不單遊獨宿。他只見新人的歡笑，那聞舊人的啼哭？在山泉水清澈堅貞自守，厭舊喜新如同出山的泉水污濁。摘下花朵不插戴頭髮，採集柏子經常滿滿一掬。天氣已涼翠袖單薄，夕陽西下時她佇倚著長長的綠竹。

點　評

在廣闊的時代背景下寫個人的悲劇命運，這是杜甫的大手筆。此詩敍事與抒情兼而有之，全篇運用倒敍手法，有故事，有人物，有波瀾，有人物的自白，也有作者的客觀敍述，是抒情詩的上選，也可視為「微型」敍事詩。

春　怨

〔唐〕劉方平

紗窗日落漸黃昏，金屋無人見淚痕①。
寂寞空庭春欲晚②，梨花滿地不開門。

作者簡介

劉方平 (生卒年不詳)，河南洛陽人。一生未出仕，隱居潁陽
大谷山，和元結、李頎等交往。工詩善畫，尤以七言絕句見長。

注　釋

①金屋：宮殿。〈漢武故事〉：「若得阿嬌作婦，當作金屋貯
之。」
②春欲晚：時令暮春，春光將逝。

譯　文

夕暉從紗窗上落下時間漸是黃昏，深宮寂寂沒有人見到我
的淚痕。淒清空曠的庭院春光即將消逝，重門不開任它梨花落
地白紛紛。

四、怨情

點　評

劉方平的絕句素以「寫景幽深，含情言外」而知名，如「更深月色半人家，北斗闌干南斗斜。今夜偏知春氣暖，蟲聲新透綠窗紗。」(〈月夜〉) 即是如此。本詩刻劃宮女的形象與心理，均可稱妙到毫芒而讓讀者於言外可想。

謝賜珍珠①

〔唐〕江采蘋

桂葉雙眉久不描②，殘妝和淚污紅綃。
長門盡日無梳洗③，何必珍珠慰寂寥！

作者簡介

江采蘋 (生卒年不詳)，莆田 (今福建省莆田縣) 人。開元 (公元713～741年) 初入宮，為玄宗寵幸，稱江妃。楊貴妃得寵後，貶居上陽宮。

注　釋

①謝賜珍珠：唐玄宗在花萼樓封一斛 (十斗) 珍珠密賜江妃，

江不受而作此詩。

②桂葉雙眉：眉毛細長如桂葉。

③長門：長門宮。漢武帝陳皇后失寵後貶居於此，江妃借以
　　自況。寂寥：寂寞，冷清。

譯　　文

　　如桂葉般細長的雙眉久不畫描，眼淚和著殘留的脂粉污染
了紅色的綢衣。在長門宮一天到晚也無心梳洗，何必用珍珠來
安慰我的孤寂！

點　　評

　　江妃曾受寵於唐玄宗，因江喜好梅花，玄宗又稱之爲「梅
妃」，並在〈題梅妃畫眞〉一詩中稱江爲「嬌妃」。從此詩可見
帝王之用情難專，也可見被損害的弱女子竟然敢無視皇權而維
護自己人性的尊嚴。

相思怨

〔唐〕李季蘭

人道海水深，不抵相思半①。
海水尚有涯②，相思渺無畔③。
攜琴上高樓，樓虛月華滿。
彈著相思曲，弦腸時一斷④。

作者簡介

李季蘭（公元？～784年），名冶，字季蘭，烏程（今浙江省吳興縣）人。善琴書，工詩，後為女道士。

注　釋

①抵：相當。

②涯：邊際，水邊。

③畔：田界，邊側。

④「弦腸」句：用六朝北周庾信〈怨歌行〉「為君能歌此曲，不覺心隨斷弦」詩意。

譯　文

人家都說海水淵深，我說它抵不上相思的一半。海水尚且有際有邊，相思之情渺遠而無涯岸。手持瑤琴登上高樓，高樓空寂月光盈滿。彈著相思的曲調，琴弦與柔腸同時崩斷。

點　評

古人常以海水比況憂愁，頗多名句可摘，所以李冶以海水比相思，算不上獨創，雖然前四句仍堪稱海水與相思分寫，唱

嘆有情，更精彩的卻是結句。相思如此，夫復何言。

閨　怨

〔唐〕戴叔倫

看花無語淚如傾①，多少春風怨別情。
不識玉門關外路②，夢中昨夜到邊城。

作者簡介

戴叔倫（公元732～789年），字幼公，潤州金壇（今江蘇省金壇縣）人。論詩名言為「詩家之景，如藍田日暖，良玉生煙，可望而不可置於眉睫之前」，其作品言簡意長，時見佳句。

注　釋

①傾：傾注，傾瀉。
②玉門關：古代通西域之孔道，在今甘肅省玉門市。

譯　文

獨自看花默默無言眼淚如流水瀉傾，多少度春風吹來似乎也在怨恨離別之傷情。雖然不認識玉門關外的道路啊，昨晚在

夢裡也到了遙遠的邊城。

點　　評

　　首句以樂景寫哀，次句移情於物，如此表現已經可以動人情腸了，後兩句先説「不識」，然後偏偏説「到」，眞中有幻，幻中有眞，在表層的矛盾語言中，更爲感人地揭示了思婦內心深層的愁怨。

江南曲

〔唐〕李　益

嫁得瞿塘賈①，朝朝誤妾期。
早知潮有信②，嫁與弄潮兒③。

作者簡介

　　見前。

注　　釋

①瞿塘賈：瞿塘，瞿塘峽，代指爲當時商業中心的夔州。賈：
　　讀如「古」，商人。

在天願作比翼鳥

324

②潮有信：潮水漲落有時，故稱「潮信」。

③弄潮兒：弄潮者。弄潮為古代的一種水上遊戲。「兒」讀如「梨」。

譯　文

　　嫁給遠去瞿塘峽做生意的商人，天天延誤約期使我失望。早知道那潮水漲落有信，不如嫁給依時弄潮的兒郎。

點　評

　　前兩句寫「誤」是實，是現實的描繪，後兩句寫「不誤」是虛，是想像的飛騰，正因為有這種不知從何處飛來的癡想，此詩才成為千古絕唱。清人賀裳《載酒園詩話》說得好：「詩又有無理而妙者，如李益『早知潮有信，嫁與弄潮兒』，此可以理求乎？然自是妙語。」

宮　怨

〔唐〕李　益

露濕晴花春殿香，月明歌吹在昭陽①。

似將海水添宮漏②，共滴長門一夜長③。

作者簡介

見前。

注　釋

①昭陽：漢宮殿名，趙飛燕女弟昭儀所居。此處喻得寵者之居所。
②宮漏：宮中盛水漏刻計時之銅壺。
③長門：長門宮。漢武帝陳皇后（阿嬌）失寵後退居於此，命司馬相如作〈長門賦〉抒寫悲愁。

譯　文

夜露沾濕晴明的花枝春殿飄香，月明之夜歌揚樂奏在熱鬧的昭陽。似乎是將海水也添進宮漏裡，一起滴答寂寞的長門之夜其夜何長。

點　評

昭陽歌吹與長門滴漏對比，人寵己衰，情何以堪。「似將海水添宮漏」，以自然而靈動的想像表現愁人心理，極妙。在眾多的宮怨之作中，此詩毫不重複前人，別開生面。

古　怨

〔唐〕孟　郊

　　試妾與君淚①，兩處滴池水。
　　看取芙蓉花②，今年爲誰死？

作者簡介

　　孟郊（公元751～814年），字東野，湖州武康（今浙江省德清縣）人。以苦吟著稱，詩風瘦硬奇崛，與韓愈齊名，時稱「孟詩韓筆」，又與賈島並稱，蘇東坡謂之「郊寒島瘦」。

注　　釋

　①試：嘗試，試用。
　②看取：驗看。芙蓉花：此爲種在池塘中的荷花。

譯　　文

　　嘗試著將我的和你的眼淚，從你我兩地同時滴進池塘。驗看那池塘中的荷花，今年是爲誰的眼淚浸漬而萎亡？

點　　評

　　花死是由於淚的深淺和情的眞僞，這是一種奇特的表現愛情的方式，如同近人劉永濟在《唐人絕句精華》中所説：「此

四、怨情

詩設想甚奇，池中有淚，花亦爲之死，怨深如此，眞可以泣鬼神矣。」蘇軾評論孟郊和賈島，有所謂「郊寒島瘦」之語，此詩之悲苦淒寒的意象，確實只能出之於苦吟派詩人孟郊之手。

竹枝詞

〔唐〕劉禹錫

山桃紅花滿上頭①，蜀江春水拍山流②。
花紅易衰似郎意，水流無限似濃愁！

作者簡介

見前。

注　釋

①上頭：山上頭，山上。
②蜀江：長江流經四川之一段稱蜀江。

譯　文

山桃樹的紅花開滿了山頭，長江碧綠的春水拍山而流。花紅匆匆易衰好像郎易衰的心意，江水悠悠不盡如同我不盡的哀愁！

　　劉禹錫被貶爲夔州刺史時，學習當地民歌而寫了多首〈竹枝詞〉。此詩比興兼具，清新自然，第三句承第一句，第四句承第二句，隔句相承相對，可見章法之謹嚴，結構之完美。至於男子之易於見異思遷，中外皆然，可引莎士比亞之〈無事生非〉爲證：「不要嘆氣，姑娘，不要嘆氣，男人們都是些騙子。一腳在岸上，一腳在海裡，他們天性裡朝三暮四。」

長相思

〔唐〕白居易

　　汴水流①，泗水流②，流到瓜洲古渡頭③。
吳山點點愁④。　思悠悠，恨悠悠，恨到
歸時方始休。月明人倚樓。

作者簡介

　　見前。

注　釋

①汴水：發源於今河南省榮陽縣，至江蘇徐州與泗水會合後
　　流入淮河。

②泗水：發源於山東省泗水縣。

③瓜洲：長江北岸古渡口，今江蘇省邗江縣南郊，大運河流
　　入長江處。本爲江中砂磧，其形如瓜。

④吳山：長江下游南岸群山，古爲吳國屬地，故名。

譯　文

汴水往東流，泗水往東流，流經千里到瓜洲古渡口，只見
江南的群山點點使人憂愁。思念也悠悠，怨恨也悠悠，恨到他
回來時才會止休，月明之夜有伊人懷遠久倚高樓。

點　評

上片寫景，也是寫思婦追溯丈夫江上航程的意識流，景中
有情；下片寫情，也是寫思婦月夜倚樓懷人的現實像，情中有
景。上下片的結句均如洞簫一曲，餘音裊裊。

後宮詞

〔唐〕白居易

淚濕羅巾夢不成，夜深前殿按歌聲①。
紅顏未老恩先斷，斜倚薰籠坐到明②。

作者簡介

見前。

注　　釋

①按歌：「按」即打拍子，按節拍而歌。
②薰籠：即薰爐、香爐、香籠。銅製，內燃香料，香煙從爐
　孔中飄出。

譯　　文

　　清淚沾濕了絲巾還不能入夢，夜已深沈前面的宮殿仍傳來
按拍而唱的歌聲。青春的容顏還未老去君王的恩情就先已斷
絕，斜靠在薰籠邊枯坐長夜到天明。

點　　評

　　白居易還有一首同題絕句：「雨露由來一點恩，爭能遍布
及千門？三千宮女胭脂面，幾個春來無淚痕！」兩首詩都是直

四
、
怨
情

書其事，但由於意象鮮明，語言凝煉，仍覺餘味深長。從詩人的大膽直言，也可見唐代比較自由和開放。

望夫詞

〔唐〕施肩吾

手爇寒燈向影頻①，回文機上暗生塵②。
自家夫婿無消息，卻恨橋頭賣卜人③。

作者簡介

施肩吾（生卒年不詳），字希聖，睦州（浙江省建德縣）人。元和十五年（公元820年）登進士第，後隱居洪州之西山。善寫閨情，以七言絕句見長。

注　釋

①爇：點燃。

②回文機：織回文錦之織機。《晉書·列女傳》記載竇滔被徙流沙，其妻蘇蕙織錦為回文旋圖詩以贈滔，可宛轉循環讀之，詞甚悽惋。

③賣卜人：以占卜為職業的人。

譯　文

點燃寒燈頻頻地顧影傷情，織回文錦的織機上已暗暗生滿灰塵。自己的丈夫出門後沒有音信，反倒怨恨那橋頭賣卦的不靈。

點　評

前兩句是後兩句的鋪墊，沒有這種必要的鋪墊，後兩句無從引發，但如有鋪墊而沒有光彩照人的昇華，全詩就會流於平庸。此詩不怨丈夫不歸，卻怨卜人不靈，而怨卜人其實又是怨丈夫，構思新穎而婉曲，結句後來而居上。

贈內人①

〔唐〕張　祜

禁門宮樹月痕過②，媚眼惟看宿燕窠。
斜拔玉釵燈影畔，剔開紅焰救飛蛾。

作者簡介

張祜（生卒年不詳），字承吉，清河（今河北省清河縣）人。終

四、怨情

333

生困頓，狂放不羈，元和、長慶間，詩名甚著，絕句爲中唐名家。

注　釋

①內人：《教坊記》：「妓女入宜春院，謂之內人。」後亦泛指宮人。

②禁門：即宮門。過：讀如「鍋」，平聲。

譯　文

宮門裡的樹枝上有月影經過，明媚的眼睛只凝望著燕子雙飛雙宿的巢窩。在燈光旁斜斜拔下頭上的玉釵，剔開蠟燭上的火焰挽救撲火的飛蛾。

點　評

全詩只寫了人物的「看」、「拔」、「剔」、「救」四個動作，但卻有豐富的心理內涵和潛臺詞，默望燕窠是羨慕它們的雙舞雙棲，剔救飛蛾是由主體及於客觀之物的他憐與自憐，但這一切均訴之於意象呈現，絕不作赤裸裸的說明，此所以爲高明。

破　鏡①

〔唐〕杜　牧

佳人失手鏡初分，何日團圓再會君？
今朝萬里秋風起，山北山南一片雲。

作者簡介

見前。

注　釋

①破鏡：唐孟棨〈本事詩〉記載，南朝陳亡時，徐德言與其
妻樂昌公主破一銅鏡，各執其半，相約正月十五日賣於都
市。陳亡後公主爲楊素所得，德言如期至京，見一人叫賣
破鏡，出所藏破鏡合之，題〈破鏡詩〉一絕：「鏡與人俱
去，鏡歸人不歸；無復嫦娥影，空留明月輝。」公主得詩，
悲泣不食，楊素知之，讓他們同回江南終老。後以「破鏡
重圓」喻夫妻失散或離婚後重又團聚。

譯　文

美人失手一面圓鏡裂爲兩半離分，什麼時候才能破鏡重圓
見到郎君？千里萬里的肅殺秋風今朝吹起，山北山南只見一片
雲霧迷濛。

點　評

　　這首詩前兩句敘事，後兩句寫景。詩中人物的身分是什麼？他們為什麼會分離？能否破鏡重圓？「秋風」與「雲」有何象徵意義？如此等等，詩人沒有明白道出，而是若隱若現，留下了大量的供讀者聯想和想像的空白，這正是其詩藝高明之處。

無　題

〔唐〕李商隱

　　來是空言去絕蹤，月斜樓上五更鐘。
　　夢為遠別啼難喚，書被催成墨未濃。
　　蠟照半籠金翡翠①，麝熏微度繡芙蓉②。
　　劉郎已恨蓬山遠③，更隔蓬山一萬重④！

作者簡介

　　見前。

注　釋

①金翡翠：以金線繡成翡翠鳥圖樣的帷帳。

②麝熏：古代富家常以名貴香料熏衣服被帳。繡芙蓉：繡有
荷花圖案的被褥。

③劉郎：據《神仙記》載，東漢時劉晨與阮肇入天臺山採藥，
遇仙女留居半年，還家後已歷七世，復尋仙境不可復至。

④蓬山：傳說中的海上神山蓬萊山，泛指仙境，本詩指女子
所居之地。

譯　文

她空說要來相會其實別後就再不見影蹤，我久候樓頭直到
殘月西斜敲響了五更鐘。因遠別而結想成夢暗中哭泣無法自
止，一夢醒來匆匆提筆寫信墨汁尚未磨濃。燭光半罩著繡有金
翡翠鳥的帷帳，芬芳的麝香微微透過被縟上繡著的芙蓉。我像
古代的劉郎本已恨蓬山遙遠，更何況她現在更隔著蓬山千重萬
重！

點　評

李商隱的〈無題〉詩旨趣朦朧，手法新穎，常用象徵與暗
示，刺激讀者參與想像，雖為古典，卻頗具現代詩的韻味。本
詩也是如此，有佳句更有佳篇，誦之口頰生香。

四、怨情

龍　池

〔唐〕李商隱

龍池賜酒敞雲屛①，羯鼓聲高衆樂停②。
夜半宴歸宮漏永，薛王沈醉壽王醒③。

作者簡介

見前。

注　釋

①龍池：唐玄宗李隆基在長安隆慶坊之舊邸建興慶宮，宮內
　有池名龍池。雲屛：雲母屛風。

②羯鼓：古代少數民族羯族傳至中原的樂器，其聲高亢急
　促，玄宗最愛縱擊爲樂。

③薛王：玄宗弟李業封薛王，此指其子李玙。壽王：玄宗子
　李瑁，娶楊玉環爲妃，玄宗奪媳，先度爲女道士，後納入
　宮中，天寶初年冊立爲貴妃。

譯　文

　　在龍池舉行家宴賜酒作樂張開雲母之屛，羯鼓的聲音高亢
衆樂聲停。半夜宴罷歸來宮中的銅壺滴漏水聲悠永，薛王已醺
然沈醉而長夜難眠的壽王獨自清醒。

點　評

　　白居易的〈長恨歌〉，對唐玄宗奪媳的醜行不無遮掩，李商隱則不僅在〈驪山有感〉中譏刺說「平明每幸長生殿，不從金輿惟壽王」，而且在本詩中作了更大膽更具藝術力量的批判，結句之「醉」與「醒」的對照，所謂無聲之泣，過於慟哭。

春女怨

〔唐〕朱　絳

　　獨坐紗窗刺繡遲①，紫荊花下囀黃鸝②。
　　欲知無限傷春意，盡在停針不語時。

作者簡介

　　朱絳（生卒年不詳），生平無可查考，《全唐詩》錄存其詩一首。

注　釋

　　①遲：此處作「緩慢」解，與「速」相對。如白居易〈長恨歌〉：「遲遲鐘鼓初長夜，耿耿星河欲曙天。」

四、怨情

339

②黃鸝：亦稱黃鶯、黃鳥，毛黃，歌聲婉轉動聽。

譯　文

獨坐在紗窗下緩緩地刺繡，紫荊花下黃鳥在婉轉地啁啾。如想知道她無限傷春的情意，都在停住針線凝思不語的時候。

點　評

鳥語花香的春景描繪，是爲了反襯春女內心的愁怨。「遲」字本已透露了此中消息，而結句更由此而生發開來，寫到「停針不語」便戛然而止，含不盡之意見於言外，如一支小夜曲的餘韻悠長的尾聲。

浣溪沙

〔五代〕李　璟

菡萏香銷翠葉殘，西風愁起綠波間。還與韶光共憔悴，不堪看。　細雨夢回雞塞遠①，小樓吹徹玉笙寒②。多少淚珠何限恨，倚闌干。

作者簡介

　　李璟（公元916年～961年），初名景通，字伯玉，徐州（今江蘇省徐州市）人，史稱南唐中主。政治上無所作為，在詞壇卻別開一幟，後人將他及其子李煜的作品，合刻爲《南唐二主詞》。

注　　釋

　①雞塞：即雞塵塞，又名雞祿山，今之陝西省橫山縣西。在漢代是匈奴與中原接觸之地，此處泛指邊關。

　②吹徹：吹遍。「徹」，本爲大曲最後一遍，此處可釋爲曲終或長時間的吹奏。

譯　　文

　　荷花的芬芳消歇碧綠的荷葉凋殘，憂愁的西風吹皺清碧的水面。荷花荷葉與美好的時光一同憔悴，景物淒涼肅殺不能賞看。細雨紛飛中千里夢回倍覺征人去路遙遠，小樓上一遍又一遍吹奏玉笙其聲淒寒。我有多少淚珠無限的愁恨，頻頻地懷人眺遠獨倚闌干。

點　　評

　　宋代詩人王安石最欣賞「細雨夢回雞塞遠，小樓吹徹玉笙寒」一聯，清人王國維則獨賞開篇兩句，可謂見仁見智，人各不同。此詞風格清超，感情沈鬱，結構細密，語言婉麗，確爲詞史中的上品之作。

四、怨情

訴衷情

〔五代〕顧　敻

永夜拋人何處去①？絕來音。香閣掩②，
眉斂③，月將沈。爭忍不相尋④？怨孤衾。
換我心，爲你心，始知相憶深。

作者簡介

　　顧敻（生卒年不詳），五代蜀詞人，也是花間派詞人之一。多
作豔詞，藝術成就較高。

注　　釋

①永夜：長夜。
②香閣：閨中小門。
③眉斂：「斂」爲收斂、收縮。「眉斂」即皺眉。
④爭忍：怎忍。

譯　　文

　　在漫漫長夜你拋開我到哪裡去了？斷絕了來臨的音訊。我
失望地掩上閨門，眉頭緊蹙，眼見明月將沈。你怎麼忍心不來

尋問？我只得怨恨孤眠的被衾。換我的心，爲你的心，你才會知道我憶念你的感情有多深。

點　評

　　花間派的詞風本來以柔婉綺媚著稱，但此詞卻全用口語白描，直抒胸臆，頗具民歌風味，是詞人的另一種變奏，尤其是結句更爲膾炙人口。明代戲劇家湯顯祖説：「若到換心田地，換與他未必好。」(湯評《花間集》)清詩人王士禎則認爲：「自是透骨情語。」(《花草蒙拾》)

寓　意

〔宋〕晏　殊

　　油壁香車不再逢①，峽雲無跡任西東②。
　　梨花院落溶溶月，柳絮池塘淡淡風。
　　幾日寂寥傷酒後，一番蕭索禁煙中③。
　　魚書欲寄何由達④，水遠山長處處同。

作者簡介

　　見前。

注　釋

①油壁香車：油漆塗壁、香料裝飾之車。

②峽雲：暗用楚襄王和巫山神女相會的傳說。

③禁煙：清明前一日爲寒食節，不舉火，俗名禁煙或禁火。

④魚書：書信。古人有魚雁傳書之說。

譯　文

　　油漆與香料塗飾的車子走後就不再相逢，如同峽雲飄忽不知她的蹤跡是往西還是往東。開滿梨花的院落裡月光溶溶如水，柳絲搖曳的池塘邊蕩漾淡淡清風。借酒澆愁好些天在傷酒之後更感寂寞，寒食節中的景象更是一番蕭瑟凄清。書信寫好了想寄給她怎麼能送到呢？到處都是山高水遠阻隔難通。

點　評

　　優秀的詩作既抒寫了個人獨特的經歷和感受，又創造了具有普遍意義的情境讓讀者投入。此詩以「不再逢」領起全篇，空靈而不泥實，頷聯寫景固然清新俊逸，尾聯更是作了高度的藝術概括，不同時代的讀者都可以各有會心。

在天願作比翼鳥

玉樓春

〔宋〕晏　殊

綠楊芳草長亭路，年少拋人容易去①。樓頭殘夢五更鐘，花底離情三月雨②。　　無情不似多情苦，一寸還成千萬縷。天涯地角有窮時，只有相思無盡處。

作者簡介

見前。

注　釋

①年少：詞中女子對所愛的人的稱呼。

②三月雨：即梅雨，雨不絕而撩人愁思。

譯　文

綠色柳枝萋萋芳草長長的旅途，那人兒輕易地拋下我而遠去。在樓頭別夢初回五更的鐘聲令人傷懷，平添我的離情是淅瀝在花間的綿綿梅雨。無情不會像多情那麼悲苦，一寸相思可以化成千絲萬縷。天之涯地之角還有個邊，只有相思之情卻沒有窮盡之處。

點　評

　　上片以景寫情頗爲成功，如「綠楊」即暗寓折柳贈別之意，「芳草」即寓久客不歸之情。(《楚辭·招隱》：「王孫遊兮不歸，春草生兮萋萋。」) 下片得力於藝術對比，即「無情」與「多情」，「一寸」與「千萬」，「有窮」與「無盡」。正是因爲如此，傳統的題材得到了新的表現。

蝶戀花

〔宋〕歐陽修

　　庭院深深深幾許？楊柳堆煙，簾幕無重數。玉勒雕鞍游冶處①，樓高不見章臺路②。　　雨橫風狂三月暮③，門掩黃昏，無計留春住。淚眼問花花不語，亂紅飛過秋千去。

作者簡介

　　見前。

注　釋

①玉勒雕鞍：「勒」為馬籠頭，此是說玉琢的馬銜和雕繪的馬鞍，代指車馬華麗。

②章臺路：漢代長安章臺之下的街名，多妓居，後指遊冶之地。

③橫：猛烈，兇暴。

譯　文

深深的庭院到底有多深？煙霧籠罩著楊柳，數不清的簾幕重重。他坐著華麗的車馬到外面尋歡作樂，我佇立高樓那歌臺妓館也看不分明。已是雨暴風狂的暮春三月，閨門在黃昏時關上，沒有方法可以留住殘春。淚眼問花花也默然不語，飛過秋千去的是片片落紅。

點　評

此詞作者一作馮延巳，但去歐不遠的李清照斷為歐陽修，並激賞其首句並多有做作。詞中之「春」既指春色，也指青春年華，同時還隱喻愛情，一詞多義。結句最為傳誦，從溫庭筠〈惜春詞〉之「百舌問花花不語」和嚴惲〈落花〉之「盡日問花花不語，為誰零落為誰開」化出，前人說二句中蘊含四層意思，讀者請思而得之。

四、怨情

君難托

〔宋〕王安石

　　槿花朝開暮還墜①，妾身與花寧獨異。
　　憶昔相逢俱少年，兩情未許誰最先？
　　感君綢繆逐君去②，成君家計良辛苦③。
　　人事反覆那能知？讒言入耳須臾離。
　　嫁時羅衣羞更著，如今始悟君難托。
　　君難托，妾亦不忘舊時約！

作者簡介

　　王安石（公元1021～1086年），字介甫，晚年號半山，撫州臨川（今江西省撫州市）人。工詩詞與散文，為「唐宋八大家」之一。

注　　釋

①槿花：即六月開花而易凋謝之木槿花。
②綢繆：情意纏綿深厚。
③良：實在，確實。

譯　　文

　　槿花早晨開放黃昏時就已凋謝，我的命運與花難道有什麼差異。回憶過去相逢時都在青春年華，兩情沒有確定是誰最先

提及？爲你的纏綿情意所感動我就隨你而去，替你操持家計而辛苦不息。人事的翻覆變化那能預先想到？你聽信誹謗之言不多久就將我離棄。出嫁時的羅衣我羞於再穿，如今才覺悟你不可依托悔之莫及。你雖然不可信託啊，當初的海誓山盟我也還是不能忘記！

點　　評

這是一首通篇作棄婦口吻的自述詩。作者通過開篇的比喻、情事的鋪敍和人物的內心抒情獨白，表現了封建時代被遺棄的婦女的悲劇命運，詞采平實而詩風樸素。

浣溪沙

〔宋〕晏幾道

日日雙眉鬥畫長①，行雲飛絮共輕狂。不將心嫁冶遊郎②。　濺酒滴殘歌扇字，弄花熏得舞衣香③，一春彈淚説淒涼。

作者簡介

見前。

注　釋

①鬥：爭妍競麗。反秦韜玉〈貧女〉之「不把雙眉鬥畫長」
之意。

②冶遊：「冶」通「野」，舊時專指狎妓。

③弄花：「弄」為賞玩之意。于良史〈春山夜月〉：「掬水月
在手，弄花香滿衣。」

譯　文

天天爭妍鬥麗地將雙眉畫得長長，和天上流雲風中柳絮一
樣輕浮飄颺。但不將自己的心嫁給那遊冶的兒郎。酒濺在歌扇
上浸蝕了上面的字跡，玩賞春花舞衣也被薰得芬芳。整個春天
暗彈珠淚訴說著內心和身世的淒涼。

點　評

晏幾道由於家道中落，飽嘗世態炎涼，加之性情純厚，所
以由己及人，在此詞中表現了歌伎舞女的不幸命運和對她們的
同情。上下兩片均是在前兩句描繪之後，第三句陡反其意，這
種突降逆轉的筆法，如同流水奔來，陡成瀑布，分外醒人耳目。

菩薩蠻 回文，夏閨怨

〔宋〕蘇 軾

柳庭風靜人眠晝，晝眠人靜風庭柳。香汗
薄衫涼，涼衫薄汗香。手紅冰碗藕①，藕
碗冰紅手②。郎笑藕絲長③，長絲藕笑郎。

作者簡介

蘇軾（公元1037～1101年），字子瞻，號東坡居士，眉州眉山（今
四川省眉山縣）人。文為「唐宋八大家」之一，詩獨樹一幟，詞則
開創了「豪放詞派」，書法與繪畫自成一家。

注　釋

①冰：此處為名詞，即冰塊。
②冰：此處為動詞，即「冰了、寒了」之意。
③藕絲長：「藕」諧音「偶」，「絲」諧音「思」，此語象徵情
　意綿長。

譯　文

微風不起庭柳低垂的庭院人眠在午晝，晝眠時人聲已靜清
風又吹動庭柳。風吹香汗薄薄的羅衫生涼，涼涼的羅衫透出依
微的汗香。紅潤的手拿著碗碗中裝有冰和藕，裝著冰和藕的碗

四、怨情

冰涼了紅潤的手。郎君譏笑藕絲象徵情意綿長，象徵情意綿長的藕絲也嘲笑薄情郎。

點　　評

　　回文詩是中國詩歌特有的一體，最早可追溯到秦時女詩人蘇蕙的織錦回文〈璇璣圖〉。其詞句回旋往返均可成文，或可倒讀成文，雖大都近於文字遊戲，但不妨聊備一格，何況也有可誦之篇，如蘇軾此詞，即堪稱妙構。

生查子　陌上郎①

〔宋〕賀　鑄

　　西津海鶻舟②，徑度滄江雨。雙櫓本無情，鴉軋如人語。　揮金陌上郎，化石山頭婦③。何物繫君心？三歲扶床女。

作者簡介

　　見前。

在天願作比翼鳥

352

注　釋

①陌上郎：魯國的秋胡，事見漢代劉向《列女傳》。此指對愛
情不忠貞的丈夫。

②海鶻舟：快船，船頭雕鶻（老鷹），故名。

③「化石」句：妻子於山頭望夫而化石，典出劉義慶《幽明
錄》。劉禹錫〈望夫山〉：「終日望夫夫不歸，化爲孤石苦
相思。」

譯　文

　　船頭雕爲鷹狀的快船駛離西邊渡口，徑自消逝在煙雨迷茫
的大江遠處。船上的雙櫓本來是無情之物，「鴉軋」之聲如同妻
子送別時叮嚀的話語。丈夫變成了見異思遷揮金如土的秋胡，
永立山頭望夫不歸的化石原是思婦。難道沒有什麼東西能夠牽
繫你的心嗎？家中還有剛剛三歲扶床而走的嬌女。

點　評

　　此詩寫思婦的怨情和愛情的悲劇，爲讀者提供了一個新的
視角，展示了一種特殊的社會生活內容。詩中的擬人化手法與
傳統意象的運用，也恰到好處。

四、怨情

減字木蘭花 春怨

〔宋〕朱淑眞

獨行獨坐，獨倡獨酬還獨臥①。佇立傷神，
無奈輕寒著摸人②。　此情誰見，淚洗殘
妝無一半。愁病相仍③，剔盡寒燈夢不成。

作者簡介

朱淑眞（生卒年不詳），號幽棲居士，錢塘（今浙江省杭州市）
人。詩詞之外，兼通書畫音律。因媒妁之言導致婚姻不幸而抑
鬱以終，有《斷腸集》。近人況周頤《蕙風詞話》考證她是北宋
人。

注　釋

①倡酬：即唱和。一唱一和，互相呼應。
②著摸：撩惹，逗引。
③相仍：相繼，相接，交加。

譯　文

獨行獨坐，獨唱獨和還加上獨臥。久久地站立傷神，無可
奈何的春寒撩惹人的愁情。這種情景誰能看見，以淚洗面臉上
的脂粉殘留沒有一半。憂愁和疾病交侵，油燈裡的燈蕊挑盡還

是一夢難成。

點　　評

　　作者被迫嫁給一個志趣不投的俗吏，後來返回母家獨居。
她的〈愁懷〉一詩可以與此詞合參：「鷗鷺鴛鴦作一池，須知
羽翼不相宜。東君不與花為主，何似休生連理枝。」此詞直抒
胸臆，純用白描，不假雕飾而自然感人。

采桑子

〔宋〕呂本中

恨君不似江樓月①，南北東西。南北東西，
只有相隨無別離。　　恨君卻似江樓月，暫
滿還虧。暫滿還虧，待得團圓是幾時？

作者簡介

　　呂本中（公元1084～1145年），字居仁，號紫微，世稱東萊先生，
壽州（今安徽省壽縣）人，是江西詩派重要作家之一。

四、怨情

注　釋

①江樓：江邊的樓閣。

②虧：虧缺，不圓滿。

譯　文

　　怨恨你不像我在江樓仰望的明月，照耀在南北東西。照耀在南北東西，只有相隨相伴而沒有分離。怨恨你卻像我在江樓仰望的明月，暫時圓滿了卻又欠缺。暫時圓滿了卻又欠缺，等到團圓時是何年何月？

點　評

　　此詞比喻新鮮別致，「君」與「月」合二為一本已是遠距離聯想，又分別取其「不似」和「卻似」來喻比，十分耐人尋味，而反覆詠唱的民歌句法，更使此詞如月光一樣清純，像夜曲一樣幽遠。

釵頭鳳

〔宋〕陸　游

紅酥手，黃藤酒①，滿城春色宮牆柳。東
風惡②，歡情薄。一懷愁緒，幾年離索③。
錯！錯！錯！　春如舊，人空瘦，淚痕紅
浥鮫綃透④。桃花落，閒池閣。山盟雖在，
錦書難託。莫！莫！莫！

作者簡介

　　陸游（公元1125～1210年），字務觀，號放翁，山陰（今浙江省紹
興市）人。與楊萬里、范成大、尤袤號稱中興四大詩人，他的成
就最高，詞也自成一家。

注　釋

①黃藤酒：即黃封酒，其時官釀之酒以黃紙封口。

②東風：象徵破壞了作者美滿婚姻的人。惡：不作「兇惡」
　解，相當於表示程度的「太」、「甚」、「很」、「極」。

③離索：《禮記·檀弓》中「吾離群而索居」的省語，指離
　散而獨居。

④浥：濕潤，沾濕。鮫綃：神話中的人魚（鮫人）所織的紗絹，
　見梁代任昉《述異記》。此處指手帕。

譯　文

　　紅潤而白嫩的纖手，勸飲時捧著黃紙封口的美酒。眼前是
滿城春光她卻像宮牆裡可望而不可及的楊柳。無情的東風勁
吹，使得我們歡愛的時光不悠長而淺薄。滿懷的愁緒啊，好幾

年的獨居索寞。錯！錯！錯！春光依然如舊，只是人徒然地憔悴消瘦。胭脂染紅潸潸的淚水將手絹濕透。桃花凋零，園林冷落。如山的盟誓雖然還在，表達愛情的書信卻難以付託。莫！莫！莫！

點　　評

　　詩的本事是：陸游娶表妹唐婉，伉儷情深，陸母不滿唐婉，逼之離婚，唐改嫁同邑趙士程。幾年後二人春遊時偶遇於禹跡寺南之沈園（在今浙江省紹興市），唐遣人送酒肴致意，陸題此詞於園壁。悲劇原本動人情腸，此詞感情真摯深沈，情景水乳交融，語言聲義相諧而內涵深厚（三「錯」三「莫」既是同字重複，內蘊又各有不同），千百年來更是「燙痛了天下有情人的嘴唇」（套用余光中詩句）。

釵頭鳳

〔宋〕唐　婉

世情薄①，人情惡②。雨送黃昏花易落。
曉風乾，淚痕殘。欲箋心事，獨語斜欄。

難！難！難！　人成各，今非昨，病魂常
似秋千索③。角聲寒，夜闌珊④。怕人尋
問，咽淚裝歡。瞞！瞞！瞞！

作者簡介

唐婉（生卒年不詳），據宋代周密的《癸辛雜識》，唐本陸游
舅父唐閎之女，游之前妻，被迫離散改嫁，抑鬱而終。

注　　釋

①薄：涼薄，澆薄。

②惡：冷酷。

③「病魂」句：「病魂」指痛苦的心靈，受重創的精神。「秋
　千索」為盪秋千的繩索，比喻心神恍惚。

④闌珊：衰殘，將盡。

譯　　文

世情是多麼涼薄，人情是多麼險惡。風雨送走黃昏啊花朵
也容易摧落。晨風吹乾了眼淚，臉上仍有跡痕未殘。想表白自
己的心事，只能自言自語獨倚欄杆。難！難！難！離異以後人
成了單各，今天的景況已不是恩愛如昨。痛苦的心靈啊常常如
飄曳動盪的秋千索。報時的號角聲音淒寒，長夜難眠夜色闌珊。
怕別人懷疑追問，只得吞下眼淚強顏為歡。瞞！瞞！瞞！

點　評

　　相傳此詞是唐婉和陸游的〈釵頭鳳〉而作，不久後唐婉即鬱鬱而逝。唐作與陸作，各從不同的一方來寫屬於自己的同一個愛情悲劇，他(她)們雖然爲詩國留下了不可多得的藝術雙璧，卻也使人世間異代不同時的讀者扼腕嘆息！

鷓鴣天 元夕有所夢①

〔宋〕姜　夔

　　肥水東流無盡期②，當初不合種相思③。夢中未比丹青見④，暗裡忽驚山鳥啼。　春未綠，鬢先絲。人間別久不成悲。誰叫歲歲紅蓮夜⑤，兩處沈吟各自知。

作者簡介

　　姜夔（公元1155～1229年？），字堯章，號白石道人，鄱陽（今江西省波陽縣）人。精通音律，詞作著重「神味」與「音韻」，在詞史上和蘇（軾）辛（棄疾）、柳（永）周（邦彥）兩派鼎足而三。

注　釋

①元夕：指宋寧宗慶元三年（公元1197年）元宵節。

②肥水：一支東流經合肥入巢湖，一支西北流至壽州入淮河。

③不合：不該。種相思：相思又名紅豆，古人以之象徵愛情，此處指萌發戀情。

④丹青：指繪畫，此處指戀人的畫像。

⑤紅蓮：指燈。歐陽修〈驀山溪　元夕〉：「剪紅蓮滿城開遍」。

譯　文

肥水滔滔東流沒有窮盡之期，想當初不該一見鍾情兩情依依。夢中見到她還不如畫像真切，驚破好夢的是窗外山鳥鳴啼。春草春樹還沒有綻綠，白髮就早已爬上了鬢邊。人間離別日久就不會再感到悲淒。然而是誰使得年年元宵燈節之夜，我和她兩地相思心有靈犀。

點　評

作者年輕時流寓合肥，和一對善彈箏琶的姊妹十分相得，但後來終於分手。作者歷久不忘，屢見於詞，此詞即其中之一。詞作感情深摯，筆致清幽，轉換巧妙。「人間別久不成悲」一語以反說正，更覺怨情刻骨銘心。

四、怨情

唐多令

〔宋〕吳文英

何處合成愁？離人心上秋①。縱芭蕉不雨
也颼颼。都道晚涼天氣好，有明月，怕登
樓。　年事夢中休，花空煙水流。燕辭歸
②，客尚淹留③。垂柳不縈裙帶住④，漫
長是，繫行舟。

作者簡介

吳文英（公元1200？～1260年？），字君特，號夢窗，四明（今
浙江省寧波市）人。一生布衣。對其詞褒貶不一，但不妨其爲南宋
名家。

注　釋

①心上秋：把「愁」字拆爲「心秋」兩字，也暗寓悲秋，秋
使人愁，愁更悲秋。

②燕：夢窗有姬名「燕」，此處可能一語雙關。

③淹留：留滯，久留。

④裙帶：借指所懷女子。

譯　文

什麼地方能會集拼成一個「愁」字？原來是別離的人心上之秋。縱然沒有落雨芭蕉葉在風中也淒涼地颼颼。都說秋晚天涼好天氣，有明月照耀，我卻更害怕遠眺登樓。年華歲月如夢一般消逝，繁花落盡煙水空流。燕子都知道辭別南歸，而我作客他鄉還久久滯留。江邊楊柳不去纏繞住她的衣裙繡帶，卻徒然長期繫住我的行舟。

點　評

〈唐多令〉是吳夢窗的小令名作，清空疏快而不像他某些作品之深曲晦澀。開篇兩句拆字而兼句法倒裝，是名作中的名句，秦觀〈南歌子〉中有「天外一鉤殘月帶三星」之句，寫一「心」字，卻跡近文字遊戲。

〔商調〕百字知秋令

〔元〕王和卿

絳蠟殘半明不滅寒灰看時看節落①，沈煙

爐細里末里微分間即里漸里消。碧紗窗外風弄雨昔留昔零打芭蕉，惱碎芳心近砌下啾啾唧唧寒蛩鬧②。驚回幽夢丁丁噹噹檐間鐵馬敲③，半倚單枕乞留乞良捱徹今宵。只被這一弄兒淒涼斷送的愁人登時間病了。

作者簡介

王和卿（生卒年不詳），大名（今河北省大名市）人。生平事跡無可考。與關漢卿友善，先關而卒。作品如其人，詼諧雜出。

注　釋

①絳蠟：紅燭。
②蛩：蟋蟀。
③鐵馬：檐馬，懸於檐間的鐵片，風吹相擊而發聲。

譯　文

紅燭已殘光線半明半暗燭蕊節節爆落，爐香已盡細微的青煙裊裊逝消。碧綠的紗窗外風吹雨點淅淅瀝瀝打芭蕉，攪得芳心四碎是階砌下蟋蟀的鳴叫。屋檐間鐵片的叮噹聲驚醒懷人幽夢，半靠著孤單的枕頭長夜不眠捱個通宵。唉，愁人被這些淒涼的景象聲音搞得一下子就病倒。

　　此曲表現閨婦秋夜懷人的苦況與怨情。時間集中在睡前和醒後，空間由室內而室外，景物聲色並作，語言巧用疊詞，是一首別具風情的作品。

〔雙調〕水仙子 怨風情

〔元〕喬　吉

眼中花怎得接連枝？眉上鎖新教配鑰匙。
描筆兒勾銷了傷春事，悶葫蘆刓斷線兒
①。錦鴛鴦別對了個雄雌，野蜂兒難尋覓，
蝎虎兒乾害死②，蠶蛹兒畢罷了相思③。

作者簡介

　　喬吉（公元1280～1345年），字夢符，號惺惺道人。太原（今山西省太原市）人。散曲與張可久並稱爲元之兩大家。

注　　釋

　　①悶葫蘆：比喻啞謎。刓斷：剪斷。

四、怨情

②蝎虎兒：壁虎，又名守宮。古人以爲把丹砂饅養的守宮碾碎後點於女身，如不與男子交，則終身不滅。乾害死：白白地被害死，意爲白守貞節。

③相思：「思」與「絲」同音雙關。

譯　文

眼中見到分開的花怎麼能夠枝連枝？眉頭深鎖要打開除非新配鑰匙。將描花的筆抒泄心事寫下這首斷腸詩，他態度如謎不通音訊像斷了線絲。本來是美好的鴛鴦卻另有新歡，他像遊蜂一般亂採野花去向不知。我對他一心一意全都白費，從今後要如蠶蛹停止吐絲那樣不再苦害相思。

點　評

元代後期的散曲逐漸趨於典雅，但此詞仍表現了散曲通俗質樸的本色，多用俗言俚語，而且句句都是比喻，通篇皆比，和作者其他清麗雅緻之作不同，也和一般的賦體小令有別。

〔仙呂〕 **寄生草** 間別①

〔元〕查德卿

姻緣簿剪做鞋樣②，比翼鳥搏了翅翰。火燒殘連理枝成炭③，針簽瞎比目魚兒眼④，手揉碎幷頭蓮花瓣⑤。擲金釵摘斷鳳凰頭，繞池塘捽碎鴛鴦彈。

作者簡介

查德卿 (生卒年不詳)，生平事跡無考。約元仁宗延祐中前後 (公元1317年前後) 在世。《太平樂府》中選錄其曲甚多。

注　釋

①間別：隔離，分別。

②姻緣簿：月下老人注定男女姻緣的簿冊，典出唐代李復言《續幽怪錄》。

③連理枝：兩樹根異而枝連，喻夫妻恩愛。

④比目魚：魚名。《爾雅·釋地》：「東方有比目魚焉，不比不行，其名謂之鰈。」

⑤並頭蓮：一梗之上的兩朵蓮花，喻伉儷情深。

譯　文

注定男女姻緣的簿冊剪做鞋樣，成雙而飛的比翼鳥斷了翅膀，用火把連理枝燒成黑炭，用針刺瞎比目魚的雙眼，手揉碎並頭蓮花的花瓣，拋擲金釵摘斷釵上的鳳凰頭，圍繞池塘捽碎那鴛鴦彈。

　　全篇以鋪排和博喻的手法，寫棄婦損毀表示愛情的七件信物，從而顯示出她維持人性尊嚴和不屈人格的精神，遠承漢代樂府〈有所思〉的餘緒而高揚之。

〔雙調〕水仙子 春情

〔元〕徐再思

　　九分恩愛九分憂，兩處相思兩處愁，十年迤逗十年受①。幾遍成幾遍休②，半點事半點慚羞。三秋恨三秋感舊③，三春怨三春病酒④，一世害一世風流⑤。

作者簡介

　　見前。

注　釋

①迤逗：勾引之意。
②成：合好，和好。休：罷休，拋棄。

③三秋：秋季的第三個月，可泛指秋天。

④三春：暮春三月，也可泛指整個春天。

⑤風流：此處有鍾情、多情之意。

譯　文

　　只有九分恩愛也就只會有九分心憂，只有兩地都相思也才會兩地都憂愁，十年的勾引欺騙我十年承受。十年中幾回和好又幾次離休，這些年沒有一件事不叫人後悔慚羞。每到深秋就想起那令人發恨的秋日往事，每到暮春三月便滿懷春怨只好借酒澆愁，一生如此淒悲只怨自己過於癡情和風流。

點　評

　　這一支閨怨令曲寫一個棄婦的自艾自怨，藝術上最大的特色是疊字，不僅每句都運用疊字，而且每句都用重疊的數字來構成，大珠小珠落玉盤，極富音樂之美。

〔北雙調〕 沈醉東風 風情嘲戲

〔明〕金　鑾

人面前瞒神嚇鬼，我跟前口是心非。只將
那冷語兒剗①，常把個心血來昧②。閃的
人寸步難移。便要撐開船頭待怎的③？誰
和你一篙子到底！

作者簡介

金鑾（生卒年不詳），字在衡，號白嶼，隴西（今甘肅省隴西縣）
人，僑居建康（今江蘇省南京市），約明武宗正德初前後（公元1506
年前後）在世。工詩，善填詞，好作嘲調小曲。

注　　釋

①剗：鏨，刺，此處爲挑剔、譏刺之意。
②昧：昏暗；欺瞞。
③撐開船頭：分開，分離。

譯　　文

在別人面前裝神弄鬼，在我面前口是心非，只把那冷冰冰
的話來譏刺，總是把那良心來昧。折磨得人痛苦不堪進退不得。
你就是要撐開船頭還待如何？誰還和你一篙子撐到底相伴相隨！

點　　評

語言犀利，口吻辛辣，結尾的比喻富於生活情味，抒發的
感情怨而兼怒，一個倔強剛烈的女子形象躍然紙上，如見其人，
如聞其聲。

閨　怨

江南二月試羅衣①，春盡燕山雪尚飛②。
應是子規啼不到，故鄉雖好不思歸。

作者簡介

周在 (生卒年不詳)，字善卿，江蘇太倉 (今江蘇省太倉縣) 人。
明武宗正德年間 (公元1506～1522年) 進士。

注　釋

①羅衣：輕薄之絲織品，此指春衣。

②燕山：在今之河北省北部，此處泛指北方邊塞，見李白詩
　〈北風行〉注。

譯　文

江南二月天氣轉暖已試穿春衣，這裡春天已逝北方邊塞還
是大雪紛飛。料想是「不如歸去」的子規鳥啼聲到不了那裡吧，
故鄉雖然美好但征人卻遲遲不想回歸。

371

　　寫「閨怨」，但通篇沒有一句怨言，且沒有一個怨字，此即唐代司空圖在《二十四詩品》中所說的「不著一字，盡得風流」。此詩題材陳舊，但藝術表現上卻有新意，尤其是後兩句。此處不多詞費，讀者自有慧心。

〔南呂〕羅江怨 寄遠

〔明〕黃　峨

　　空庭月影斜，東方既白，金雞驚散枕邊蝶①。長亭十里唱陽關也②。相思相見，相見何年月？淚流襟上血，愁穿心上結③，鴛鴦被冷雕鞍熱。

作者簡介

　　見前。

注　釋

①枕邊蝶：借用莊子夢蝶的典故，描寫夫妻夢中相聚如雙

蝶翩飛。

②唱陽關：「陽關」在今甘肅省敦煌西南，玉門關之南，是
　　出塞入塞的交通要道。唐詩人王維〈送元二使安西〉有「西
　　出陽關無故人」之句。此詩經樂工配樂歌唱，每句三疊，
　　故又稱「陽關三疊」。

③結：指胸前衣服的鈕扣。

譯　文

　　空寂的庭院曉月西斜，東方已經微明，唱曉的晨雞驚散了
好夢中的雙飛之蝶。回想十里長亭話別時歌唱陽關三疊，相思
並盼望著相見啊，相見之期在哪年哪月？眼淚已盡流在衣襟上
的是血，悲愁之情穿胸透衣，我這裡鴛鴦被褥生寒他那裡僕僕
風塵的雕鞍發熱。

點　評

　　楊慎直言被貶，流放雲南，黃峨作此曲以寄意。散曲寫作
本多用方言俗語，以質樸活潑為本色。此作高華典雅，是文人
之曲，尤其是結句中的「冷」與「熱」的強烈對比，已是現代
詩學中所豔稱的「矛盾語」，或稱「抵觸法」。

妾薄命

〔明〕袁宏道

落花去故條①，尚有根可依。
婦人失夫心，含情欲告誰？
燈光不到明，寵極心還變。
只此雙蛾眉，供得幾回盼。
看多自成故，未必眞衰老。
辟彼數開花②，不若初生草。
纖髮爲君衣，君看不如紙。
割腹爲君餐，君咽不如水。
舊人百宛順③，不若新人罵。
死若可回君，待君以長夜④。

作者簡介

袁宏道（公元1568～1610年），字中郎，號石公，公安（今湖北省公安縣）人。「公安派」創始人，與兄宗道、弟中道並稱「三袁」。

注　釋

①去：離開，辭別。
②辟：通「譬」，譬如，好像。
③百宛順：百般溫婉柔順。

④長夜：代指死亡，人死如置身黑夜。

譯　　文

　　落花離開原來生長的枝條，還有樹根可以依靠。婦女失去了丈夫的歡心，那難言的痛苦向誰訴告？晚上點燃的燈光不到天明，寵愛至極還會變心。只有這一雙長長的蛾眉，能供得幾次回頭顧盼憐愛深深。看得多了就舊而生厭，我的容顏未必眞正已經衰老。譬如那開了數次的花樹，不如那剛剛長出來的鮮草。用頭髮爲你編織衣裳，你心目中還比不上薄紙一張。割下身上的肉爲你準備飯食，你吞咽時還不如清水一汪。原來的妻子百般婉曲順從，還不如聽取那新人咒罵。如果一死可以使你轉意回心，我等待你在死亡的地下。

點　　評

　　「妾薄命」本爲樂府舊題，多寫棄婦之情。此詩也是如此，共分五層，四句一轉，如怨如訴。「待君以長夜」是舊時代棄婦的出路之一，時至今日，具獨立性之婦女早就可一聲「拜拜」而各奔前程。

四、怨情

亭亭怨

〔清〕傅　山

　　懊儂家住洳河傍①，九曲河渠九曲腸②。
一曲恨郎遺我去，爲郎八曲計跟蹌③。

作者簡介

　　傅山（公元1607～1648年），字靑主，號公之佗、石道人等，太原陽曲（今山西省陽曲縣）人。精於醫學，擅長詩詞。

注　釋

①懊儂：即懊憹，懊悔、煩惱之意。洳河：河流名。

②九曲腸：彎曲九道之腸。司馬遷〈報任安書〉：「腸一日而九回。」形容愁煩已極。

③跟蹌：亦作「跟蹡」，走路不穩，跌跌衝衝。此處比喩旅途的坎坷與風波。

譯　文

　　懊悔煩惱的是我家住在洳河之旁，河流彎彎九曲如同九曲回腸。九曲中的一曲是怨恨情郎棄我而去，還有八曲我爲他耽心路上雨急風狂。

點　評

　　這是一首別出心裁的棄婦之詩。首二句就近取譬，物我合一，後二句由「九曲」生發出「一曲」與「八曲」，女子怨恨與癡情兼有的複雜心理和盤托出。此詩除妙於設喻之外，數字的運用與變化也很精彩。

琴河感舊①

〔清〕吳偉業

　　休將消息恨層城②，猶有羅敷未嫁情③。
　　車過捲簾勞悵望④，夢來携袖費逢迎。
　　青山憔悴卿憐我⑤，紅粉飄零我憶卿。
　　記得橫塘秋夜好⑥，玉釵恩重是前生。

作者簡介

　　吳偉業（公元1609～1671年），字駿公，號梅村，太倉（今江蘇省太倉縣）人。其詩效法盛唐，尤擅七言歌行體，寫明末清初歷史之〈圓圓曲〉是他的代表作。

四、怨情

377

注　釋

①琴河感舊：琴河，在今江蘇省照文縣。感舊：吳曾與秦淮女子卞賽相愛，未能結合，後吳遊琴河聞卞亦來此，欲邀之會而卞因待嫁未至，吳作組詩〈琴河感舊〉以抒舊恨新愁，本詩是其中之三。

②層城：古代神話說昆崙山有層城九重，此處喻女方住處高遠，無緣得見。

③羅敷：古樂府〈陌上桑〉中的美而貞的婦女形象。

④車過捲簾：唐詩人韓翃與柳氏相愛，柳被將軍沙吒唎所劫，後韓於城邊邂逅柳氏，柳捲簾相約再見之期（見唐代孟棨〈本事詩〉）。

⑤青山：疑為「青衫」之誤。唐制，文官八品九品服以青，指官職卑微。作「青山」亦可通。

⑥橫塘：在南京秦淮河南岸。

譯　文

不要怨恨伊人不至相見無因，她還是懷有羅敷未嫁時的眷眷之情。路上相逢時捲起車簾有勞惆悵地凝望，夢中牽袖相隨費心她情意殷勤。如同青山憔悴她憐惜我，我懷念她是因為紅粉飄零。還記得秦淮河邊的秋夜是多麼美好，互贈信物恩情深重是緣結前生。

點　評

這是一種特殊的無法成為眷屬的戀情。卞賽死後，吳偉業

還有詩懷念她。在此詩中詩人運用了許多典故，抒寫了自己的懷戀和悔恨，也表現了對女方深切的體諒，讀這首詩，使人想起俄國大詩人普希金的名作〈我曾經愛過妳〉。

閨　怨

〔清〕董以寧

流蘇空繫合歡床①，夫婿長征妾斷腸。
留得當時臨別淚，經年不忍浣衣裳②。

作者簡介

董以寧（公元1629～1670年），字文友，號宛齋，江南武進（今江蘇省武進縣）人。明末秀才，清初文學家。少與陳維崧、鄒祇謨、黃永有「毗陵四才子」之稱。

注　釋

①流蘇：絲線或彩色羽毛製成的下垂穗子，用以裝飾車馬及幃帳。

②經年：終年，過了一年。浣：洗滌，洗濯。

譯　文

　　流蘇徒然維繫在夫婦的婚床，夫君長年征戍在遠方使我痛斷肝腸。留得當年離分時揮灑的眼淚，終年都不忍心洗滌那件分別時穿上的衣裳。

點　評

　　優秀作品的特徵之一就是創新，或者是對生活作出新的審美發現與審美表現，或者是對別人寫過一千次的題材，作第一千零一次的新的表現，此詩就屬於後者，從結句尤可看出。

折楊柳

〔清〕錢　琦

　　折楊柳，挽郎手。問郎幾時歸，不言但回首①。折楊柳，怨楊柳：如何短長條②，只繫妾心頭，不繫郎馬首？

作者簡介

　　錢琦（生卒年不詳），字相人，號嶼沙，仁和（今在浙江省杭州

市）人。清乾隆二年（公元1737年）進士。

注　釋

①但：只，僅，徒然。
②短長條：楊柳短短長長的枝條。

譯　文

　　贈別時折下青青的楊柳，緊緊地挽住郎的手。頻頻詢問郎君幾時回來，郎君不答只徒然地回首。贈別時折下楊柳青青，心中卻怨恨青青的楊柳：為什麼那短短長長的枝條，只繫在我的心坎，卻不繫住郎君的馬頭？

點　評

　　古代有折柳贈別的風俗，此作以樂府舊題「折楊柳」寫男女分別之情，移情於物，楊柳彷彿也有了生命，而怨「柳」實為怨「人」，不言怨人而其怨自見。西方詩人筆下與愛情有關的植物，大都是紅玫瑰與紫羅蘭之類，楊柳被冷落一旁。

馬　嵬①

〔清〕袁　枚

莫唱當年長恨歌②，人間亦自有銀河。
石壕村裡夫妻別③，淚比長生殿上多④。

作者簡介

　　袁枚（公元1716～1797年），字子才，號簡齋，又號隨園老人，錢塘（今浙江省杭州市）人。論詩主「性靈說」，有《小倉山房詩文集》、《隨園詩話》等。

注　釋

①馬嵬：即馬嵬坡，其地驛站名馬嵬驛，唐明皇於安史之亂中奔蜀，楊貴妃被賜死於此。地在今陝西省興平縣西。
②長恨歌：唐詩人白居易所作著名敍事詩〈長恨歌〉，寫唐明皇與楊貴妃的故事。
③石壕村：杜甫名作〈石壕吏〉中所寫的村莊，官府強徵村民，百姓家破人亡。
④長生殿：唐代天寶元年所建，七夕時唐明皇與楊貴妃於此共誓生死。

　　不要唱當年帝妃此恨綿綿無絕期的長恨歌，人間平民夫妻
間同樣有迢迢難渡的銀河。石壕村裡夫妻間的生離死別，淚水
比長生殿上帝妃的淚珠還多。

點　　評

　　自白居易的〈長恨歌〉後，詠馬嵬的詩作不少，此詩可謂
立意新奇高遠：在強烈的對比中同情平民的愛情悲劇。全詩未
用比興，以「賦」法結撰成章，議論與形象相結合，自有
其動人之處。

唐多令 柳絮

〔清〕曹雪芹

粉墜百花洲①，香殘燕子樓②。一團團逐
隊成毬③。飄泊亦如人命薄，空繾綣，説
風流。　草木也知愁④，韶華竟白頭⑤。
嘆今生誰捨誰收。嫁與東風春不管。憑爾

去，忍淹留。

作者簡介

曹雪芹（公元1715～1763年），名霑，字夢阮，號雪芹、芹溪、芹圃。正白旗漢軍人，祖寅、父頫曾爲江寧織造，後家道敗落，著《紅樓夢》。

注　釋

①百花洲：在今蘇州，傳說吳王夫差曾攜西施遊樂於此。
②燕子樓：唐代尙書張愔的愛妾關盼盼住所，在今之徐州市西北。張死後，關獨居樓中鬱鬱而終。
③毬：同「球」。
④草木：指自然界的草木，也隱指「林」字，林黛玉曾自稱「草木人兒」。
⑤韶華：美好的春光，也指青春時日。

譯　文

花朵飄落在百花洲，花香消逝在燕子樓。一團團柳絮紛紛揚揚如同絨球。它們飄飛四散也好像人的薄命，徒有美好纏綿的情感，空說才華出衆人物風流。草木也知道憂愁，青春消逝青絲變成白頭。可嘆啊這短暫的有生之年何所寄託與歸宿？嫁給東風但是春天不予理會，任憑你四處飄蕩，可還忍心久留！

點　評

　　曹雪芹曠代奇才，他的詩作只由友人留下了「白傳詩靈應喜甚，定教蠻素鬼排場」兩句，但在《紅樓夢》這部詩化小說中，卻為讀者遺下許多詩的異寶奇珍，此詩即其中之一，既是林黛玉詠柳絮，也是林的身世與愛情悲劇的自詠。

林黛玉題帕詩

〔清〕曹雪芹

一

眼空蓄淚淚空垂，暗灑閑拋更向誰？
尺幅鮫綃勞惠贈①，為君哪得不傷悲！

二

拋珠滾玉只偷潸②，鎮日無心鎮日閑③。
枕上袖邊難拂拭，任它點點與斑斑。

三

彩線難收面上珠，湘江舊跡已模糊④。
窗前亦有千竿竹，不識香痕漬也無⑤？

作者簡介

見前。

注　釋

①鮫綃：《述異記》說南海鮫人所織的極薄的冰綃。後泛指薄紗，此處指手帕。

②潸：淚流不止之貌。

③鎮日：整天，整日。

④湘江舊跡：指舜妃娥皇、女英淚竹成斑的傳說，此處林黛玉引來喻己之爲寶玉而哭。

⑤香痕：指淚水。漬：浸漬，浸染。

譯　文

眼睛徒然地蓄聚淚水又白白地流垂，暗暗灑常常拋卻是爲了誰？一尺見方的手帕謝謝你好意相贈，爲了你怎麼能夠不傷感心悲！

偷偷地拋珠滾玉淚水潸潸，整天百無聊賴整天心緒黯然。枕頭上袖口邊淚痕難以擦拭，隨它偷彈暗滴點點斑班。

彩線也難以收拾臉上的淚珠，娥皇女英淚滴斑竹的舊跡已經模糊。我的窗前也有千竿翠竹，不知道血淚浸染以後跡痕有無？

點　評

這是林黛玉題寫在賈寶玉所贈絹帕上的定情詩，見《紅樓

夢》第三十三回。他們私相授受，互訴衷曲，是對封建禮教的抗議與叛逆。這些詩雖不是《紅樓夢》中最好的作品，但仍堪稱詩中上選。

秋　夕

〔清〕黃景仁

　　桂堂寂寂漏聲遲，一種秋懷兩地知。
　　羨爾女牛逢隔歲①，爲誰風露立多時？
　　心如蓮子常含苦，愁似春蠶未斷絲。
　　判逐幽蘭共頹化②，此生無分了相思③。

作者簡介

　　見前。

注　釋

　　①女牛：織女星和牛郎星，隔銀河相對。
　　②判：同「拚」，捨棄，不顧惜。頹化：衰敗，變化。
　　③無分：「分」同「份」，無分即沒有希望。了：了結，完結。

譯　文

桂木結構的廳堂裡滴漏聲緩長夜遲遲，這種秋夜的懷念人分兩地但都神會心知。羨慕你們織女牛郎一年一次還能渡過鵲橋相會，我是為了誰在風露中佇立多時？我的心如蓮子那樣常含苦澀，憂愁無盡像春蠶那樣不斷吐絲。我捨棄生命和幽蘭一起萎謝衰敗，今生今世已經沒有希望能夠了卻相思。

點　評

黃景仁的愛情詩，不像李商隱那樣因用典過多而有時晦澀費解，也不像韓偓的「香奩詩」那樣多以華詞麗句寫豔情，而是真摯清純，意境超遠，多抒悲情，如同夕陽中的百合花。

綺　懷

〔清〕黃景仁

露檻星房各悄然①，江湖秋枕當遊仙②。
有情皓月憐孤影，無賴閑花照獨眠。
結束鉛華歸少作③，屏除絲竹入中年。

茫茫來日愁如海，寄語羲和快著鞭④。

作者簡介

見前。

注　釋

①星房：明星照耀之房，指所愛的女子之居所。

②遊仙：王仁裕《開元天寶遺事・遊仙枕》記載，龜茲國進
　奉枕一枚，如枕之，則十洲三島、四海五湖盡入夢境，唐
　明皇命名「遊仙枕」。

③鉛華：化妝用的粉，此處指綺懷之詩。

④羲和：傳說中駕日車之神。

譯　文

清露沾濕的欄杆星光照影的閨房都各自悄然，浪跡江湖秋
夜倚著枕頭權當遊仙。有情的明月憐憫我孤單的身影，令人情
何以堪是閑靜的秋花照看我獨自成眠。收拾好從前的愛情詩將
它們歸入年少時的作品，排除弦樂與管樂的絲竹之美進入恬淡
的中年。未來的時日前途渺茫難料而憂愁如同大海，傳語羲和
讓時間飛逝快馬加鞭。

點　評

這是組詩〈綺懷〉十六首的最後一首。曲終奏雅，黃景仁
是曲終奏悲，無望愛情的悲苦與坎坷命運的悲苦兼而有之。頸

四、怨情

聯是傳唱不衰的名句，而「愁如海」也是寫愁情的名喻。

蝶戀花

〔清〕王國維

昨夜夢中多少恨？細馬香車①，兩兩行相近。對面似憐人瘦損。眾中不惜搴帷問②。

陌上輕雷聽漸隱。夢裡難從，覺後哪堪訊？蠟淚窗前堆一寸③。人間只有相思分。

作者簡介

王國維（公元1877年～1927年），字靜安，號觀堂，浙江寧海（今浙江省寧海縣）人。學者、文學批評家，著述甚豐，有《人間詞話》等著作。

注　釋

①細馬：良馬；小馬。

②搴：撩起，揭起。

③蠟淚：暗用杜牧〈贈別〉中「蠟燭有心還惜別，替君垂淚

到天明」句意。

譯　文

昨天晚上的夢中有多少新愁舊恨？我騎良馬你坐香車，你我對面相逢愈行愈近。你似乎是憐惜我容顏憔悴消瘦，在眾目睽睽之下也撩起窗簾殷勤相問。郊外道路上空的輕雷聲漸漸消隱，夢中相會難以跟從，幽夢已醒更哪堪問訊？窗前的燭淚堆積成寸。人間啊你我只有兩地相思的緣分。

點　評

王國維以學者名世，但他也有詞集《觀堂長短句》。他工於小令，詞風柔美婉約，遠承歐陽修之流風餘緒。此詞哀怨空靈，境界清幽曠遠，讀者不明其「本事」但卻可以想像得之。

本事詩①

〔清〕蘇曼殊

烏舍凌波肌似雪②，親持紅葉索題詩③。
還卿一缽無情淚④，恨不相逢未剃時⑤！

四、怨情

作者簡介

見前。

注　釋

①本事詩：作者在東京時，與藝伎百助眉史往來有情。〈本事詩〉十首即寫這一段情緣。

②烏舍：印度神話中侍宴諸神的神女。此處指百助眉史。凌波：步態輕盈之貌。曹植：「凌波微步，羅襪生塵。」(〈洛神賦〉)

③紅葉題詩：唐僖宗時宮女韓采蘋以紅葉題詩與書生于祐結為夫婦。此處指百助眉史以紅葉索詩表示情愛。

④鉢：僧人用以化緣的器皿。

⑤剃：佛門戒律，出家前要剃除鬚髮，披上袈裟，故稱出家為「披剃」。

譯　文

她步履輕盈肌膚如同白雪，纖纖素手拿著紅葉要我題詩。只能還贈妳一鉢無情的眼淚啊，恨只恨相逢為什麼不在我沒有剃度之時！

點　評

作者已經出家，僧俗之分構成愛情的悲劇。後兩句從唐詩人張籍〈節婦吟〉「還君明珠雙淚垂，恨不相逢未嫁時」化出，運用之妙在乎一心而自成格局。說是「無情」，其實是深情一

往，如納蘭性德之言：「人到多情情轉薄。」

本事詩

〔清〕蘇曼殊

春雨樓頭尺八簫①，何時歸看浙江潮②？
芒鞋破缽無人識③，踏過櫻花第幾橋④！

作者簡介

見前。

注　釋

①春雨：日本樂曲名。尺八：日本樂器名。此句寫作者聽與
　他過從甚密的日本歌伎百助眉史吹簫。

②浙江潮：即「錢塘潮」，浙江省杭州灣錢塘江口的湧潮。

③芒鞋：古時行腳僧常穿之鞋。缽：僧人化齋之器皿。

④櫻花：落葉喬木，春季開白色或淡紅色的花，乃日本國花。

譯　文

在異國的樓頭聽妳吹奏「春雨」之曲以尺八之簫，何時能

回歸祖國去觀賞錢塘江潮？腳踏芒鞋手持破缽沒有人認識我，在櫻花爛漫時節我踏過第幾座虹橋！

點　評

　　這是作者寫於一九〇九年的組詩〈本事詩〉的第九首。已經出家而作客日本的蘇曼殊，在此詩中將悲苦的身世之感（他疾病纏身，是私生子，母親為日本人）和悲苦的戀情融合為一，自出胸臆，純用白描，令人讀來迴腸盪氣，一灑同情之淚。

五、哀情——

傷心春與花俱盡

和〈垓下歌〉

〔戰國・楚〕虞　姬

漢兵已略地①，四方楚歌聲。
大王意氣盡②，賤妾何聊生③！

作者簡介

　　虞姬（？～公元前202年），西楚霸王項羽姬妾，常隨項羽出
征。項羽兵敗垓下，她自刎而死。《括地誌》載：「虞姬墓在濠
州定遠縣東六十里。」

注　　釋

　①略：侵佔，佔領。
　②意氣：意志和氣概。
　③聊生：勉強而活，苟且偷生。

譯　　文

　　漢王劉邦的軍隊已經攻佔了楚國的土地，四面八方傳來令
人淒悲的楚歌之聲。大王你的英雄氣概和堅強意志已消磨殆
盡，我為什麼還要苟且偷生！

點　評

　　項羽在垓下（今安徽省靈璧縣東南）被圍，英雄末路而作〈垓下歌〉：「力拔山兮氣蓋世，時不利兮騅不逝。騅不逝兮可奈何！虞兮虞兮奈若何！」虞姬和作此詩而自盡，蒼涼沈痛而一往情深，不愧為末路英雄的紅顏知己。

悼亡詩

〔晉〕潘　岳

荏苒冬春謝①，寒暑忽流易。
之子歸窮泉②，重壤永幽隔。
私懷誰克從③？淹留亦何益。
僶俛恭朝命④，回心反初役。
望廬思其人，入室想所歷。
幃屏無髣髴⑤，翰墨有餘跡。
流芳未及歇，遺掛猶在壁。
悵怳如或存，回惶忡驚惕。
如彼翰林鳥，雙棲一朝只；

在天願作比翼鳥

398

如彼遊川魚，比目中路析。
春風緣隙來⑥，晨霤承簷滴。
寢息何時忘，沈憂日盈積。
庶幾有時衰，莊缶猶可擊⑦。

作者簡介

　　潘岳（公元247～300年），字安仁，滎陽中牟（今河南省中牟縣東）人。存詩二十餘首，多為組詩與聯章體，長於哀誄之文，與陸機齊名，鍾嶸《詩品》稱「陸才如海，潘才如江。」

注　　釋

①荏苒：時間漸進，推移。謝：離，去。
②之子：邢個人，指亡妻。
③私懷：指懷念亡妻不願出仕之情。克：能夠。
④僶俛：努力、勉強。朝命：朝廷的命令。
⑤髣髴：同「仿佛」，指亡妻的身影。
⑥隙：縫隙，指門縫。
⑦莊缶：缶，瓦盆。古人以此為樂器。《莊子·至樂》記載，
　　莊子在妻死後鼓盆而歌。

譯　　文

　　漫長的嚴冬和春寒漸漸過去，天寒與暑熱也匆匆變換不息。你回到深深的黃泉，重重土壤永遠將你阻隔於幽冥之地。我懷念你而不願出仕的心願無人順從，哀傷地久留家中又有何

益？勉力遵從朝廷的命令，去到當初的地方任職算是回轉心意。望著曾經共同居住的屋宇我就思念你，進入室中就憶起我們相處的往事歷歷。帷帳屏風間再沒有你的身影，只剩下你寫的詩文還有斑斑遺跡。流散的芳香還沒有消歇，你的衣物還掛在牆壁。恍惚迷離中你還像在我身旁，我精神不安憂傷而心驚不已。我們如同那林中之鳥，本來雙宿雙飛一朝卻成了單棲，又好像那遨游的水中之魚，本來成對翔行而今卻中途離析。春風從門窗的隙縫中吹來，屋上的積水順著屋檐往下流滴。長夜難眠時時不能忘記你，深沈的憂傷日益盈積。但願這種哀痛有一天能夠衰減，我能像莊子那樣曠達地把瓦盆敲擊。

點　　評

　　這是潘岳〈悼亡〉詩三首之一。自此以後，「悼亡」成了丈夫哀悼亡妻的詩作的專有名詞，可見潘岳之作影響深遠。它們並非是悼亡詩中最好的作品，而是由於有開創之功。

悼亡詩

〔南朝・梁〕沈　約

去秋三五月①，今秋還照樑。
今春蘭蕙草②，來春復吐芳。
悲哉人道異③，一謝永銷亡。
簾屏既毀撤，帷席更施張。
游塵掩虛座，孤帳覆空床。
萬事無不盡，徒令存者傷！

作者簡介

沈約 (公元441～513年)，字休文，吳興武康 (今浙江省德清縣武康鎮) 人。和謝朓、王融共創「永明體」，爲齊梁文壇領袖。

注　釋

①三五月：十五的圓月。

②蕙：香草名，又稱「蕙草」、「佩蘭」。

③人道異：人與自然物各不相同。

譯　文

去年中秋那輪滿月，今秋又仍然照耀屋樑。今年春天的蘭花和蕙草，到明春又重新吐放芬芳。可悲啊人生和春花秋月大不相同，一朝逝去便永遠消亡。閨房中的簾幕屏風已經毀壞撤去，原來的床帷竹蓆也更換置放。游動的塵埃落滿了昔日的座椅，孤零零的紗帳覆罩著空床。世間萬事萬物沒有永遠長在，徒然使活著的人百般感傷！

在人生有盡而宇宙無窮的強烈對比中，抒發深沈的悼亡之情，但前者又是古今中外的哲學家和詩人窮究而終無完美答案的問題，所以此詩也可引發讀者不限於悼亡的諸多聯想。

傷往詩 （二首）

〔北周〕庾　信

見月長垂淚①，看花定斂眉②。
從今一別後，知作幾年悲。

鏡塵言苦厚，蟲絲定幾重？
還是臨窗月，今秋迴照松③。

作者簡介

庾信（公元513～581年），字子山，南陽新野（今河南省新野縣）人。初仕梁，後仕西魏、北周。前期多綺豔詩文，由南入北後，風格變爲沈鬱蒼涼，爲杜甫所讚賞。

注　釋

①長：常常。

②斂：收拾，收縮。

③迥：遠，遙遠。

譯　文

　　看見皎潔的月亮我常常淚如泉湧，面對春花不由得收斂愁眉。從今一別人天永隔之後，誰知道會有多少年的傷悲！

　　照過妳美麗容顏的鏡子灰塵厚積，妳原來的閨房裡蟲絲有多少重？還是以前共賞過的那臨窗明月，今年秋夜卻遙遠地照耀著孤松。

點　評

　　庾信的這兩首悼亡之詩見景（自然之景）物（陳設之物）而生情，睹物思人，觸景傷懷，短小深曲，情韻深長，留給欣賞者以許多再創造的餘地，勝過那傾箱倒篋不留餘地的長篇。

五、哀情

悼　亡

〔唐〕孟　郊

　　山頭明月夜增輝，不照重泉下①。
　　泉下雙龍無再期②，金鸞玉燕空銷化③。
　　朝雲暮雨成古墟④，蕭蕭野竹風吹亞⑤。

作者簡介

　　見前。

注　　釋

　　①重泉：黃泉、九泉。
　　②雙龍：喻夫妻。
　　③金鸞：金屬所製之鸞，古代的殉葬品。玉燕：釵名。
　　④墟：此處指墳墓。
　　⑤亞：通「壓」，低垂之貌，杜甫〈上巳日徐司錄林園宴集〉：
　　　「花蕊亞枝紅」。

譯　　文

　　山頭的明月深夜更添光輝，但照不到深深的黃泉之下。黃
泉下夫妻不可能期待再會，妳佩用的金鸞和玉釵都徒然銷化成
灰。生前恩愛的妻子長眠在墳墓之中，夜風把蕭蕭的竹枝

吹得低垂。

點　評

　　孟郊是中唐時「韓孟詩派」的代表人物，刻意搜奇鬥險，追求怪奇寒瘦之美，給唐代詩壇帶來新的美學情趣，這首詩同樣表現了他的作品的這種特色，令讀者一新耳目。

遣悲懷 (之一)

〔唐〕元　稹

　　謝公最小偏憐女①，自嫁黔婁百事乖②。
　　顧我無衣搜藎篋③，泥他沽酒拔金釵④。
　　野蔬充膳甘長藿，落葉添薪仰古槐。
　　今日俸錢過十萬，與君營奠復營齋⑤。

作者簡介

　　見前。

注　釋

　　①謝公：東晉名相謝安，侄女道韞頗富文才，甚得其喜愛。

五、哀情

405

此處代指作者妻子韋叢之父韋夏卿。

②黔妻：齊國貧士，元稹代指自己。

③蕢篋：竹草編成的箱子。

④泥：軟求，軟纏。他，指韋叢。

⑤營奠：設祭。營齋：舉辦道場之類宗教儀式，用以超度亡
靈。

譯　文

妳雖然年齡最小卻最得妳父親的鍾愛，自從嫁給我這樣清
寒的人就事事違乖。看到我缺少衣裳妳搜遍竹草編成的箱子，
我軟纏硬磨要買酒喝請妳拔下頭上的金釵。野菜和豆葉充當飯
食妳心甘情願，用落葉加添灶中薪火仰仗門前的古槐。今日我
的俸祿已超過十萬，給妳安排祭奠還安排超度之齋。

點　評

元稹有悼亡詩多首，悲悼二十歲出嫁二十七歲亡故的愛
妻，其中以〈遣悲懷〉三首最爲膾炙人口，承潘岳於前，啓蘇
軾於後，成爲古典詩歌中悼亡詩的又一座里程碑。

遣悲懷 (之二)

〔唐〕元　稹

昔日戲言身後意①，今朝都到眼前來。
衣裳已施行看盡②，針線猶存未忍開③。
尚想舊情憐婢僕，也曾因夢送錢財④。
誠知此恨人人有，貧賤夫妻百事哀。

作者簡介

見前。

注　釋

①身後意：原先揣想中的死後的情與意。

②施：施捨，給與。

③針線：做衣裳的針線，也可代指衣物。

④「也曾」句：夢見妻子後，去廟宇布施錢財祈求冥福。這
　是古人的迷信和一種精神安慰。

譯　文

　　過去開玩笑說的死後的情與事，今天真的一一都浮現到眼
前來。妳留下的衣裳施捨給別人看看將要窮盡，但妳親手動用
過的針線卻封存著不忍打開。懷想舊日恩情尚且憐惜服侍過妳

的丫環奴僕，也曾因爲夢想而去廟中替妳祈禱捐贈錢財。我的確知道這種死別之愁恨人人難免，但曾經貧賤相依的夫妻卻更加百事傷懷。

點　評

　　前一首著重寫「百事乖」，本篇著重寫「百事哀」，同爲悼亡而各有側重。作者多用口語和白描，表現這種題材而首用七律的形式，這是他這一組詩的特色和貢獻。

遣悲懷(之三)

〔唐〕元　稹

　　閑坐悲君亦自悲，百年都是幾多時？
　　鄧攸無子尋知命①，潘岳悼亡猶費詞②。
　　同穴窅冥何所望③，他生緣會更難期。
　　惟將終夜長開眼，報答平生未展眉④。

作者簡介

　　見前。

注　釋

①鄧攸：西晉人，戰亂中為保全其姪而丟棄兒子，終生無後。韋叢未生而逝，借以為喻。

②費詞：猶詞費，即浪費語言之意。

③窅冥：幽深昏暗之貌。

④未展眉：指韋叢因生計艱難而愁眉不展。

譯　文

　　百無聊賴地枯坐因為悲君也自我傷悲，即使活上百年也沒有多少難捱的日時。妳如同鄧攸沒有孩子想來這是由於天命，我好像潘岳徒自悼亡只是浪費言詞。即使同葬在幽深洞穴中但人死了還何所希望，想締結來世姻緣恐怕更難相期而只是一往情癡。只得把因懷念妳而整夜不眠睜開雙眼的情意，報答妳生前因生計艱難而未展愁眉的日子。

點　評

　　這首詩是「悲君」與「自悲」的二重奏，主導的旋律是「自悲」。唯其自悲，就更深刻地表現了悲君之意。前人說得好：「古今悼亡詩充棟，終無能出此三首範圍者。」

別　妻①

〔唐〕崔　涯

隴上泉流隴下分②，斷腸嗚咽不堪聞。
嫦娥一入月中去③，巫峽千秋空白雲④。

作者簡介

崔涯（生卒年不詳），吳楚間（今江浙兩湖一帶）人。與張祜齊
名。游俠江淮，終生落魄。

注　釋

①別妻：崔涯與妻雍氏情篤，卻與岳父不和，岳父怒而奪其
　妻為尼，崔哀恨而作此詩。
②隴上：在今陝西省與甘肅省交界之處，六盤山南部。
③嫦娥：作者代指其妻。月中：此處代指寺院。
④「巫峽」句：典出宋玉〈高唐賦〉。句中之「巫峽」代指作
　者之家，「空白雲」代指沒有妻子。

譯　文

本來是隴上的流水到隴下就各自離分，令人腸斷的水聲如
泣如訴不忍聽聞。自從我的愛妻被迫削髮為尼而永別，如同巫
峽千秋萬載再沒有飛翔的白雲。

點　評

　　西方一位作家雷克斯夫人在〈警句〉中說過：「婚姻是一張彩票，男人下的注是自由，女人下的注是幸福。」此詩作者既失去了自由，他的妻子也失去了幸福，於是他借助比喻和典故，抒寫了封建時代這一生離等於死別的悲劇。

悼　亡 (二首)

〔唐〕趙　嘏

　　一燭從風到奈何①，二年衾枕逐流波②。
　　雖知不得公然淚，時泣闌干恨更多③。

　　明月蕭蕭海上風，君歸泉路我飄蓬④。
　　門前雖有如花貌，爭奈如花心不同⑤。

作者簡介

　　趙嘏(生卒年不詳)，字承佑，山陽(今江蘇省淮安縣)人。會昌四年(公元844年)登進士第。所作〈長安晚秋〉之「殘星數點雁橫塞，長笛一聲人倚樓」為杜牧所激賞，後人稱嘏為「趙倚樓」。

五、哀情

注　釋

①一燭從風：比喻妻子亡故如燭被風吹熄。

②衾枕：被子與枕頭，代指夫妻共同生活。

③闌干：即欄杆。

④泉路：黃泉之路。飄蓬：風中飄飛的蓬草。

⑤爭奈：怎奈何，無可奈何。

譯　文

妳匆匆逝去如風吹燭滅我無可奈何，夫唱婦隨的兩年時光追逐流水逝波。雖然明明知道不能無所顧忌地痛哭，但時常倚著欄杆飲泣悲恨更多。

明月當頭從海上吹來搖落草木的風，妳去到黃泉我猶如風中的飛蓬。門前過往的女子雖然有如花的容貌，無奈容貌如花心地卻和妳不同。

點　評

前一首從封建倫理對人性的壓抑寫悼亡之痛，後一首從妻子與他人的對比寫一往深情。短語長情，無聲之泣甚於慟哭。

哭　夫 (二首)

〔唐〕裴羽仙

風捲平沙日欲曛，狼煙遙認犬羊群①。
李陵一戰無歸日②，望斷胡天哭塞雲③。

良人平昔逐蕃渾④，力戰輕行出塞門。
從此不歸成萬古，空留賤妾怨黃昏。

作者簡介

　　裴羽仙 (生卒年不詳)，唐代裴悅的妻子，名羽仙。其詩自注
云：「時以夫征戍，輕入被擒，音信斷絕，作詩哭之。」

注　　釋

①狼煙：古代邊防燒狼糞報警，故名，亦名「烽火」。犬羊群：
　　對少數民族的蔑稱。
②李陵：漢武帝時名將，擊匈奴兵敗被俘。
③胡天：古代北方和西方少數民族地區。
④蕃渾：吐蕃與吐谷渾，古代西北少數民族所建立的政權與
　　國家。

五、哀情

413

譯　文

漠風吹捲黃沙日色昏沈，狼煙升起遙遙望見進犯的敵人。你如同李陵戰敗之後沒有回來之日，我望斷邊塞的天空淚灑邊塞的雲。

夫君當日隨軍追逐蕃渾，奮力求戰輕騎一行奔出軍門。從此不再歸來名傳千古，徒然留下我形單影隻幽怨黃昏。

點　評

從這首詩，可以看到當時的社會生活的一個側面，以及戰爭給家庭帶來的痛苦和不幸。兩詩各以「哭塞雲」與「怨黃昏」收束，以景截情而餘韻悠長。

悼　亡

〔五代〕王　渙

春來得病夏來加，深掩妝窗映碧紗。
為怯暗藏秦女扇①，怕驚愁度阿香車②。
腰肢暗想風欺柳，粉態難忘露洗花。

今日青門葬君處③，亂蟬衰草夕陽斜。

作者簡介

王渙（公元821～910年），字群吉，睢陽（今河南省商丘縣）人，其〈惆悵詩〉十七首情辭淒婉，聞名於時。

注　釋

①秦女扇：畫有秦穆公之女弄玉乘鸞鳳飛天的扇子。

②阿香車：指雷。晉干寶《搜神記》：「義興人，姓周，寄宿道邊女子家。一更中，聞外有小兒喚『阿香』。女應諾，尋曰：『官喚汝推雷車。』女乃辭行。夜遂大雷。曉看所宿處，乃一新塚。」

③青門：本漢代長安東南門，此指京城門。

譯　文

春天得病到夏日更加沈重，深深關閉紗窗躺在綠色紗帳之中。虛弱怯風我藏起畫有弄玉飛天的團扇，害怕驚擾我憂愁的是雨天的隆隆雷聲。腰肢細瘦我默想是弱不禁風的楊柳，病中容貌難忘如嬌花露洗寒侵。今日城門外埋葬妳的處所，夕陽斜照衰草連天秋蟬一聲又一聲。

點　評

前三聯寫病中情態，感情深切，句法也多變化（如頸聯之倒裝句式），尾聯急轉直下，以與感情色彩相對應的景物描寫收束，

含不盡之哀感於蟬聲、草色與落照之中。

悼　亡

〔宋〕梅堯臣

結髮爲夫婦①，於今十七年。
相看猶不足，何況是長捐②。
我鬢已多白，此身寧久全③。
終當與同穴，未死淚漣漣。

作者簡介

　　梅堯臣（公元1002～1060年），字聖喻，宣城（今安徽省宣城縣）
人。與蘇舜欽齊名，時稱「蘇梅」。詩作風格平淡質樸而幽遠，
因宣城古名宛陵，故後人稱爲「宛陵體」，對宋代詩文革新起過
重要作用。

注　釋

　　①結髮：古代女子十五歲時將頭髮盤結，行及笄禮，象徵成
　　　年而可結婚。故稱元配妻子爲結髮。
　　②長捐：辭世，長棄。

③寧：哪，哪能。

譯　文

　　年輕時我們結爲夫婦，到現在已整整十有七年。終日廝守相望還意猶不足，何況是一去不回永遠長眠。我的鬢髮很多已經斑白，我的生命哪能長久保全。最後當和妳同埋於同一個墓穴，未死之時不禁淚水漣漣。

點　評

　　梅聖俞反對宋代初年脫離現實玩弄形式的「西崑體」，提倡「作詩無古今，欲造平淡難」。此詩明白如話，平淡中見深遠，樸素中見眞情，勝過那些塗脂傅粉的僞情或薄情之作。

悼朝雲①

〔宋〕蘇　軾

苗而不秀亦其天②，不使童烏與我玄③。
駐景恨無千歲藥④，贈行惟有小乘禪⑤。
傷心一念償前債，彈指三生斷後緣⑥。

歸臥竹根無遠近，夜燈勤禮塔中仙。

作者簡介

見前。

注　釋

①悼朝雲：朝雲姓王，錢塘名妓，蘇軾任杭州通判時納爲長
　　侍。1095年蘇軾貶惠州（今廣東省惠陽縣），家妓均散，朝雲
　　獨隨，次年病逝，誦《金剛經》四句偈而絕，葬棲禪寺東
　　南之大聖塔下。

②苗而不秀：只長苗而無穗，喻天資好但沒有成就而夭折
　　者。

③童烏：漢代揚雄子名烏。《法言·問神》：「育而不苗者，
　　吾家之童烏乎？九歲而與我玄文。」後人借用「童烏」喻
　　幼年聰明或夭折者，此指朝雲所生未滿百日即逝之子幹
　　兒。與我玄：即與我玄文，也即與我深談文章之妙。

④駐景：景同「影」，即留住日影，也即不使光陰流逝。

⑤小乘禪：佛家禪學之淺小者名「小乘」，指朝雲臨逝時誦
　　《金剛經》四句。

⑥三生：佛家稱前生、今生、來生爲「三生」。

譯　文

只長了苗沒有抽穗定命在天，孩子聰慧早夭不能和我深談
文章的妙玄。留住時光恨恨沒有千歲不老之藥，你臨行時贈別

的話只有四句禪言。令人傷心妳之隨我是償卻前生的債，姻緣短暫人天永隔已斷了後世之緣。伊人已去葬於竹林之下無所謂遠近，我只有夜燈香火殷勤地爲妳祈禱塔中之仙。

點　　評

　　蘇軾飽歷風波，年過花甲而失風雨同舟之伴，其痛可知。朝雲逝時僅三十四歲，臨終所唸偈語是：「一切有爲法，如夢幻泡影，如露亦如電，應做如是觀。」此詩沈痛淒苦與空虛哀颯兼而有之。

半死桐

〔宋〕賀　鑄

　　重過閶門萬事非①，同來何事不同歸！梧桐半死清霜後②，頭白鴛鴦失伴飛③。　原上草，露初晞④，舊棲新壠兩依依。空床臥聽南窗雨，誰復挑燈夜補衣？

作者簡介

　　見前。

注　釋

①閶門：蘇州城的西門。代指蘇州。

②「梧桐」句：枚乘〈七發〉說龍門有桐，其根半死半生，
斫以爲琴，聲音爲「天下之至悲」。

③頭白鴛鴦：鴛鴦頭上本有白色。賀作此詞年過五十，亦寓
自己年衰髮白之意。

④露初晞：露水初乾。漢樂府〈薤露〉：「薤上露，何易晞！
露晞明朝更復落，人死一去何時歸？」此處化用古辭而寓
悲悼。

譯　文

　　重新來到蘇州卻已經萬事俱非，一同來到人間爲什麼不同
時回歸！我像經霜之後半死的梧桐樹，又如同白頭的鴛鴦失伴
而飛。原野上離離的青草，露珠被曬乾只需瞬息。身在我們的
舊居懷想你的新墳多麼悲淒。在半空之床上臥聽南窗外的綿綿
秋雨，有誰還能爲我挑燈夜坐補綴寒衣？

點　評

　　這是詞中的悼亡名作。作者善用比喻，巧用典故，結句的
細節描寫頗爲精彩，化抽象的椎心泣血之情爲新鮮獨創的意
象，故成爲傳世名篇，本名「鷓鴣天」的詞調也易爲「半死桐」。

偶　成

〔宋〕李清照

十五年前花月底，相從曾賦賞花詩①。
今看花月渾相似②，安得情懷似往時③？

作者簡介

見前。

注　釋

①相從：相隨，跟從。
②渾：完全，非常。
③安得：怎麼能夠，怎麼能得。

譯　文

　　遙憶十五年前在月光花影之下，我相隨你遊賞曾經寫賞花之詩。今天看到的花影月光和過去完全一樣，只是情懷已異怎麼能夠像同遊的昔時？

點　評

　　時間相隔十五年，空間的景色卻相似，這裡不僅是今昔對比，而且有時空的同與不同的反襯，物是而人非，將對亡夫趙

五、哀情

明誠深永的懷念表現得惻惻動人。

悼 亡

偕老相期未及期①，回頭人事已成非②。
逢春尚擬風光轉③，過眼忽驚花片飛。

作者簡介

王十朋（公元1112～1171年），字龜齡，號梅溪，溫州樂清（今
浙江省樂清縣）人。他是南宋著名學者。工詩，存詞二十首，均為
詠花之作。

注　釋

①期：句中前一個「期」為期望、希望之意，後一個「期」
　為限定的時間或約定的時日之意。

②回頭：回首往事。

③尚擬：還想。轉：轉換、轉變。此處明寫春光，實喻人事，
　希望妻子逢春復生。

譯　文

　　彼此希望白頭偕老但卻沒有達到預想之年，回首往事人間的離合際遇已非從前。冬去春來還癡想春光流轉長駐，眨眼之間令人驚心的是落花片片。

點　評

　　前兩句敘事並直言其情，這本非詩之所長，如果後兩句仍然如此，此詩當「不堪卒讀」，但作者卻以意含雙關的寫景收束，以景截情而含情不盡，是高明的詩藝，也刺激讀者的想像。

- -

石塘感舊

〔宋〕劉克莊

- -

　　沈郎院閉彩雲收①，寂寞秋花折樹頭。
　　留取斷弦來世續②，此生長抱百年愁！

作者簡介

　　劉克莊（公元1187～1269年），字潛夫，號後村居士，莆田（今福建省莆田縣）人。他是南宋後期的詩文大家，其詩在江湖派中成

就最高，其詞是辛派詞人作品的重鎮。

注　　釋

①沈郎院：宋代李昉等編輯之《太平廣記》記載，唐朝沈亞
之夢爲秦穆公伐河西，下五城，穆公妻之以女，居翠微宮，
宮人呼爲「沈郎院」。一年後公主卒，穆公命沈歸，出函谷
關而夢醒。

②斷弦：古代以琴瑟和諧喩夫妻好合，故稱妻死爲「斷弦」，
再娶爲「續弦」。

譯　　文

沈郎院關閉後一番恩愛從此雨散雲收，寂寞的秋花折落在
樹的枝頭。留得琴瑟的斷弦來生再爲補續，今生今世心中長抱
百年的哀愁！

點　　評

此詩和王十朋之作正相反對，前兩句寫景（典故之景與自然之
景）而兼比喩，後兩句直抒其情，但因爲有景的鋪墊，情的抒發
才不致缺乏形象的感染力，而且抒情之句也有跌宕和轉折，似
溪流曲折並非直線式的表述，如直頭布袋。

禹跡寺南，有沈氏小園。四十年前，嘗題小詞一
闋壁間。偶復一到，而園已易主。刻小闋於石，讀
之悵然。　　　　　　　　　　　〔宋〕陸　游

楓葉初丹槲葉黃①，河陽愁鬢怯新霜②。
林亭感舊空回首，泉路憑誰說斷腸？
壞壁醉題塵漠漠③，斷雲幽夢事茫茫。
年來妄念消除盡，回向蒲龕一炷香④。

作者簡介

見前。

注　釋

①槲：落葉喬木，花黃褐色。

②河陽愁鬢：晉代潘岳曾爲河陽令，其〈秋興賦〉中有「斑
　鬢髮以承弁兮」之句，後人因以「潘鬢」爲斑白鬢髮之代
　詞。河陽愁鬢即指「潘鬢」。

③壞壁醉題：指作者1155年偶遇前妻唐婉於沈園時，所作〈釵
　頭鳳〉一詞。

④蒲龕：蒲爲蒲團，以之坐禪、跪拜。龕爲供奉神像的石室
　或閣子。

五
、
哀
情

譯　文

　　楓葉已經轉紅櫟葉也片片發黃，我年衰頭白哀愁難遣更怯怕初秋的清霜。重遊沈氏林亭追懷往事徒然回首，幽明永隔誰能爲我向她訴說寸斷的肝腸？頹敗的牆壁上當年醉題之詞塵灰暗暗，往日的恩愛已斷幽夢難尋盟誓茫茫。這些年來我的非份之想已消除淨盡，只有在蒲團枯坐向神龕長燃一柱心香。

點　評

　　感情的眞摯與深度，是抒情詩是否感人之基本的也是決定性的條件。陸游的愛國之情與對前妻的追懷之情，都可謂既老而不衰，至死而不變。金元之交的詩人元好問説：「問世間情是何物？直教生死相許。」魯迅説：「無情未必眞豪傑。」信然！

沈園二首①

〔宋〕陸　游

城上斜陽畫角哀②，沈園非復舊池臺。

在天願作比翼鳥

傷心橋下春波綠，曾是驚鴻照影來③。

夢斷香消四十年④，沈園柳老不吹綿。
此身行作稽山土⑤，猶吊遺蹤一泫然⑥。

作者簡介

見前。

注　釋

①沈園：故址在今浙江省紹興市禹跡寺南。陸游三十一歲時
　春遊到此，遇前妻唐婉，作〈釵頭鳳〉詞題於園壁。
②畫角：繪有彩飾的用竹木或皮革製成的管樂器，多用於城
　頭報時辰，其聲淒涼高亢。
③驚鴻：「鴻」是大雁。曹植〈洛神賦〉：「翩若驚鴻。」形
　容女子體態輕盈秀麗，此處代指唐婉。
④夢斷香消：唐婉已逝四十五年。陸游舊地重遊時年已七十
　五歲。
⑤稽山：會稽山，在紹興市東南。
⑥泫然：傷心落淚之貌。

譯　文

城上斜陽一抹畫角聲何其淒哀，沈園裡已不再是原來的池
塘和亭臺。令人傷情的是橋下的春波依然碧綠，曾經照過她驚
鴻般的身影翩然而來。

好夢已斷暗香已消時光已飛逝四十多年，沈園的柳樹都已老去不再吹絮飛綿。我雖然也即將成爲稽山的一抔黃土，但還是來憑吊遺蹤不禁老淚漣漣。

點　評

公元1155年陸游在沈園與前妻唐婉相遇，再作此二詩時已是四十五年後的1199年。這兩首詩，是悼亡詩中最爲感人的作品，深痛沈哀，銘心刻骨，年既老而不衰。法國大作家雨果說過：「詩人是唯一既賦有雷鳴也賦有細雨的人，就像大自然既有雷電轟鳴，也有樹葉顫動。」詩作雄豪與深婉兼有的陸游就正是如此。

十二月十二日夜夢遊沈氏園亭二首　〔宋〕陸　游

路近城南已怕行，沈家園裡更傷情。
香穿客袖梅花在，綠蘸寺橋春水生①。

城南小陌又逢春，只見梅花不見人。

玉骨久成泉下土②，墨痕猶鎖壁間塵③。

作者簡介

見前。

注　　釋

①蘸：把物體浸入水中。此指寺橋在水中的倒影。

②玉骨：指唐婉。

③墨痕：指作者五十年前書於沈園牆壁上的〈釵頭鳳〉。鎖：
　　封住，封閉。

譯　　文

　　靠近城南的道路我已怕行走，沈家的園亭更使我傷感哀
愁。寺橋仍然倒影在橋下的春波，芬芳的梅香依然穿過衣袖。
　　在城南的小路上又迎來春風，只見當年的梅花卻不見當年
的人。她早已成了九泉下的黃土，但壁上猶在的是塵封的墨痕。

點　　評

　　兩首詩均以自然的美景反襯內心的哀情，此所謂以樂景寫
哀，以哀景寫樂，一倍增其哀樂。八十一歲的陸游，抒寫的是
東方式的海枯石爛至死不渝的愛情，但卻也如同英國詩人丁尼
生所說：「不愛則已，要愛就得有始有終。」

五、哀情

哭沈佺 ①

〔元〕張玉娘

中路憐長別，無因復見聞②。
願將今日意，化作陽臺雲③。

作者簡介

張玉娘（生卒年不詳），元初松陽（今浙江省松陽縣）人。美而慧，擅詩詞。

注　釋

①哭沈佺：沈是張的表兄，彼此相愛，父母爲他們訂立婚約，後又翻悔，沈憂思成疾而逝，張作此詩哭之，不久也病卒。

②因：機緣，機會。

③陽臺：即陽臺山，在今湖北省漢川縣南，此處用宋玉〈高唐賦〉典故，說自己死後也會像巫山神女和楚王相會那樣與沈佺相聚。

譯　文

令人傷心的是人到中途就成永別，沒有機緣再聞見郎君的音容。只希望將今天生死與共的情意，化作陽臺山上神女朝朝

暮暮的行雲。

點　　評

　　沈佺病逝前，張玉娘致信立誓說：「穀不偶於君，死願以同穴。」此詩即是以身殉情的形象表現。照現代人的觀點看來，這種做法不必提倡，但又確如西方作家克雷克所云：「生命佩戴著愛情的十字架；死亡護送著愛情的皇冠。」

過故妻墓

〔元〕傅若金

　　湘皋煙草綠紛紛①，灑淚東風憶細君②。
　　每恨嫦娥工入月，虛疑神女解爲雲。
　　花陰午坐聞金剪，竹裡春愁冷翠裙。
　　留下舊時殘繡在，傷心不忍讀回文③。

作者簡介

　　傅若金（公元1304～1343年），字與礪，新喻（今江西省新餘縣）人。工詩，王士禎稱其歌行得老杜一鱗片甲。

注　釋

①皐：岸，近水處的高地。

②細君：古代諸侯之妻的稱謂，後以「細君」代稱妻子。

③回文：回文詩，晉代蘇蕙有〈回文璇璣圖〉詩。

譯　文

　　湘水岸邊的離離青草籠罩在愁煙之中，對著東風淚水長流憶念我的夫人。任意隨心說什麼嫦娥能奔入月殿，憑空虛撰巫山神女可以化爲行雲。我白天枯坐花陰再聽不到妳的金剪聲響，春天遊於竹林再不見妳飄蕩的翠裙。留下沒有織完的錦帛陪伴著我，令人傷懷啊不忍心去讀妳昔日寫的詩文。

點　評

　　作者的妻子孫氏，新婚不久即病逝，詩人感傷之至而寫了許多悼亡詩章。此詩又名「憶內」，是痛定思痛之作，其中對神話傳說的懷疑，正是對現實情境的強調和肯定。

内子亡十年，其家以甥在，稍還母所服。潞洲紅衫，頸汗尚泚①，余爲泣數行下，時夜天大雨雪。　　〔明〕徐　渭

黃金小紐茜衫溫②，袖摺猶存舉案痕③。
開匣不知雙淚下④，滿庭積雪一燈昏。

作者簡介

徐渭（公元1521～1593年），字文長，號天池山人，晚號靑藤道士，山陰（今浙江省紹興市）人。終生潦倒。詩文、戲曲、書畫俱精，自稱「吾書第一、詩二、文三、畫四。」

注　釋

①泚：浸染，鮮明。
②茜：草名，根可作大紅色染料，因借指大紅色。
③舉案：「案」是盛食品的托盤。《後漢書·梁鴻傳》：梁鴻每次回家，「妻爲具食，不敢於鴻前仰視，舉案齊眉。」後以此稱夫妻相敬如賓。
④匣：此指裝衣服的小箱。

譯　文

綴有金色小鈕扣的大紅衫似乎尚有她的體溫，袖口折紋上

還留存有舉案齊眉的跡痕。打開衣箱不知兩眼已淚如雨下，窗外滿院雪光窗內一燈昏濛。

點　評

「茜衫溫」寫內心極細極深，洛夫〈河畔墓園──為亡母上墳小記〉中說「一株狗尾草繞過墳地／跑了一大圈／又回到我擱置額頭的土堆／我一把連根拔起／鬚鬚上還留有／你微溫的鼻息」，同用「溫」字，而後來居上。

悼亡詩 (二首)

〔明〕薄少君

英雄七尺豈煙消，骨作山陵氣作潮。
不朽君心一寸鐵，何年出世剪天驕①？

北邙幽恨結寒雲②，千載同悲豈獨君？
焉得長江俱化酒，將來澆盡古今墳③！

作者簡介

薄少君（生卒年不詳），1596年前後在世。字西眞，江蘇長洲

（今江蘇省吳縣）人。明代女詩人。

注　釋

①剪天驕：「剪」爲斬斷、掃除之意。天驕：漢代稱北方匈
　奴爲「天之驕子」，此處泛指強悍的邊地民族和入侵者。
②北邙：北邙山之東段，在河南省洛陽市東北。古代王侯公
　卿多葬於此，本詩中泛指墓地。
③將來：持來，拿來。

譯　文

　英雄的七尺身軀豈會火滅煙消，錚錚鐵骨化作山陵凜凜正
氣化作怒潮。你的不朽之心堅強如鐵，什麼時候再轉世去剪滅
天驕？

　無窮的幽恨凝結成北邙山上的寒雲，悲思連接千載我豈止
是痛悼夫君？怎能使得長江水都化爲祭酒，拿來澆盡古往今來
志士的墳塋！

點　評

　作者爲沈承之妻，沈承英年早逝，作者賦悼亡詩百首。妻
悼夫之作本來不多，何況悲中見壯，氣魄雄豪，哀深而筆健之
篇出自纖纖素手，可稱悼亡詩中的異品與奇品。

追　悼

〔明〕吳偉業

秋風蕭索響空幃①，酒醒更殘淚滿衣②。
辛苦共嘗偏早去，亂離知否得同歸③？
君親有愧吾還在④，生死無端事總非⑤。
最是傷心看稚女，一窗燈火照鳴機。

作者簡介

見前。

注　釋

①空幃：空空的床帳。此處「幃」指床帳。

②更殘：古代一夜五更，一更兩小時。「更殘」指夜將盡而天欲明之時。

③亂離：順治二年作者攜眷避難。或指亂世中死後是否能同歸一穴。

④君親：「君」指崇禎皇帝，「親」指父母。

⑤無端：沒有原因、根由。

譯　文

蕭瑟的秋風吹蕩在空空的床幃，夜色將盡時酒醉已醒衣裳

上流滿熱淚。艱苦共嘗妳偏偏過早地去世，猶記得當年在離亂中耽心不能攜手同歸。有愧於君也有愧於父母的是我仍然偷生健在，生死常屬偶然現在已江山易主人事全非。最傷心的是看著失去慈母的幼女，一窗燈火照著妳用過的織布機也令人無限傷悲。

點　　評

　　此詩是吳偉業悼念亡妻郁氏而作，以「酒醒更殘」與「一窗燈火」為貫穿全詩的時間線索，寫景、敘事、抒情融為一個藝術整體，身世之感與家國之痛洋溢其中。

斷腸詩哭亡姬喬氏①

〔清〕李　漁

各事紛紛一筆銷，安心蓬戶伴漁樵。
贈予宛轉情千縷，償汝零星淚一瓢。
偕老願終來世約②，獨棲甘度可憐宵。
休言再覓同心侶，豈復人間有二喬③！

五、哀情

437

作者簡介

李漁（公元1611～1685年），字笠翁，號新亭樵客，蘭溪（今浙江省蘭溪縣）人。明末清初戲曲家、戲劇理論家、詩人。

注　　釋

①喬氏：名復生，山西人。李漁家庭戲班中最重要的旦角，十九歲去世。李漁作〈斷腸詩〉二十首悼之。

②「偕老」句：喬氏臨終時說：「死無可憾，但惜未能偕老，願以來生續之。」

③二喬：借用三國時「二喬」之姓，關合亡姬姓氏。

譯　　文

妳去世後世事紛紛我一筆勾銷，心如止水住在蓬草編成的門戶裡殘生陪伴漁樵。體貼溫柔妳贈我以千縷情意，零星稀少我償還妳的卻只有眼淚一瓢。白頭偕老妳願續來生之約，一人獨宿我情願度可憐之宵。不要說再去尋覓同心的伴侶罷，除了妳人世間豈能再有二喬！

點　　評

此詩結句極佳，一語雙關，「二喬」之「二」可謂天造地設，表現了詩人的巨痛沈哀。詩的頷聯與頸聯沒有泥於具體而微的情事描寫，創造了具有普遍意義的可以引起更多讀者共鳴的藝術情境。

悼　亡

〔清〕王夫之

十年前此曉霜天，驚破晨鐘夢亦仙。
一斷藕絲無續處①，寒風落葉灑新阡②。

作者簡介

　　王夫之（公元1619～1692年），字而農，號薑齋，衡陽（今湖南省衡陽市）人。明亡後隱居湘西石船山，人稱船山先生。他是明末清初著名學者和思想家，亦擅詩文詞曲。

注　釋

　　①藕絲：以物喻情，比喻伉儷之情難絕。
　　②阡：田間小路，此處指墓道。

譯　文

　　十年前同是今朝一樣的拂曉霜天，晨鐘驚破鴛夢我們在夢境中如同神仙。後來啊妳一去不返好像藕絲一斷再也無法接續，寒風吹颺著落葉我灑淚於新開的墓道之前。

點　評

　　此詩的前兩句意有雙解。另一種解釋是「仙」爲死的婉辭，其意爲「仙逝」，句意爲十年前的今日霜晨妻子亡故。我取另一解釋，同是霜天，昔樂而今悲，景同情異，如此對比反襯，更覺悲之不勝。

夢江南（二首）

〔清〕屈大均

　　悲落葉①，葉落落當春②。歲歲葉飛還有葉，年年人去更無人。紅帶淚痕新③。

　　悲落葉，葉落絕歸期。縱使歸來花滿樹，新枝不是舊時枝。且逐流水遲④。

作者簡介

　　見前。

注　釋

①落葉：由物及人，隱喻妻子亡故。

②落當春：葉落於春，喻妻早亡。

③紅：此處指泣血，或淚盡繼之以血。

④「且逐」句：希望載著落葉的流水慢慢流，以便追逐流水
　再看落葉。喻對故妻之留戀追懷。

譯　文

　　悲落葉啊，葉子凋落的時候竟是陽春。年年葉落年年還生
發新葉，伊人一去年年卻沒有歸人。令我永哀長哭淚痕帶血痕。

　　悲落葉啊，葉子凋落後就不會再回到樹枝。縱然明春歸來
綠葉滿枝繁花滿樹，新葉卻已不是舊時的葉子。載著落葉的流
水慢慢流吧，讓我追隨而多看些辰時。

點　評

　　全詞以由物及人的比喻結撰成章。句句寫落葉，處處喻亡
妻，是悼亡詩中構思新穎的別出心裁之作。清人況周頤《蕙風
詞話》說此詞「無限淒婉，令人不忍尋味」，信然！

悼亡詩 (二首)

〔清〕王士禛

遺掛空存冷舊薰①，重陽閣閉雨紛紛。
方諸萬點鮫人淚②，灑向窮泉竟不聞！

陌上鶯啼細草薰，魚鱗風皺水成紋。
江南紅豆相思苦③，歲歲花開一憶君！

作者簡介

王士禛 (公元1634～1711年)，字子真，別號漁洋山人。山東新城 (今山東省桓臺縣) 人。論詩創「神韻」說，尤長七絕，主盟詩壇達五十年。

注　釋

①遺掛：妻子遺留的衣物。薰：香氣。
②方諸：比之於。鮫人淚：晉張華《博物志》載：南海外有鮫人，水居如魚，泣淚出珠。
③紅豆：王維〈相思〉：「紅豆生南國，春來發幾枝？願君多採擷，此物最相思。」

譯　文

　　妳遺下的衣物空然猶在舊香已冷，重陽時節閤門緊閉撩人愁思的秋雨紛紛。如同鮫人淚出成珠我也有流不盡的眼淚，灑向深深的黃泉妳竟然無法聽聞！

　　道路上黃鶯鳴囀細草香春，和風吹皺春水碧波粼《粼》。江南紅豆引起人銘心刻骨的相思之苦，年年花開的時節更使我年年思君憶君！

點　評

　　王士禎以絕句的形式寫成〈悼亡詩〉二十六首，這種絕句組詩，遠承唐代元稹〈六年春遣懷〉八首。他以絕句見長，上述二首均可謂神韻悠遠，而結句更有餘不盡。

菩薩蠻 悼亡

〔清〕梁清標

玳梁當日棲雙燕①，碧桃花下看人面②。
往事耐思量，銀燈照晚妝。　寶鈿空瑟瑟

五、哀情

③，愁煞西堂客④。腸斷只三聲，長更與
短更。

作者簡介

梁清標（公元1620年～1691年），字玉立，號棠村，河北正定（今
河北省正定縣）人。工詩詞古文。

注　釋

①玳梁：即玳瑁梁，雕飾玳瑁（海龜）的畫梁。
②碧桃：即千葉桃，重瓣的桃花。
③寶鈿：用金翠珠玉等製成花朵形的首飾。瑟瑟：此處爲清
　　冷而失去光彩之貌。
④西堂客：「客」爲作者自指，「西堂」即西廂，正房之西的
　　廂房。

譯　文

　　玳瑁梁上當日棲宿著雙飛之燕，在千瓣桃花下我凝望過妳
的如花之面。溫馨的往事多麼令人回想，還有那銀亮的燈光照
耀妳晚妝。金玉鈿釵冷冷清清失去了光澤，愁思煎心的是我這
個西廂之客。長夜漫漫使人腸斷只需三聲，何況不眠的我從長
更聽到短更。

點　評

　　此詞的題目是「悼亡」，也是通過今昔情景的對比來寫悼

亡，但通篇卻沒有任何悼亡的字樣直接出現，而只是讓讀者於言外可想，此即是古典詩學中所謂「不著一字，盡得風流」。

悼　內

〔清〕蒲松齡

浮世原同鬼作鄰①，況當歲過七餘旬。
寧知杯酒傾談夕②，便是閨房訣絕辰。
魂若有靈當入夢，涕如不下亦傷神。
邇來倍覺無生趣③，死者方為快活人。

作者簡介

蒲松齡 (公元1640年～1715年)，字留仙，號柳泉居士，世稱「聊齋」先生。淄川 (今山東省淄博市) 人。工詩文，以《聊齋誌異》傳名後世。

注　釋

①浮生：世事無定，人生短促，故舊時稱人生為「浮生」。
②寧：怎麼，哪裡。
③邇來：近來。

譯　文

人生匆匆在世原來是和死神爲鄰，何況我已是七十餘旬的老翁。怎麼知道杯酒談心的晚上，便是妳我閨房中永別的時辰。如果眞有魂靈妳應當來到我的夢境，眼淚即使乾涸不流也自感傷神。近來更加覺得憂傷而了無生趣，反而相信死去的才是快活的人。

點　評

蒲松齡十八歲時與比他小三歲的劉氏成婚，五十六年中艱苦共嘗，一旦永訣自是有深悲巨痛。尾聯以生爲苦、以死爲樂的寫法，看似違反常理常情，卻得哀挽之情表現得分外沈重而深刻。

南鄉子 　爲亡婦題照

〔清〕納蘭性德

淚咽卻無聲，只向從前悔薄情。憑仗丹青重省識，盈盈，一片傷心畫不成。　別語

忒分明①，午夜鶼鶼夢早醒②。卿自早醒
儂自夢，更更，泣盡風檐夜雨鈴③。

作者簡介

見前。

注　釋

①忒：太。

②鶼鶼：傳說中的比翼鳥，喻恩愛夫妻。

③夜雨鈴：王灼《碧雞漫志》說，唐明皇奔蜀時，霖雨兼旬，
棧道聞鈴，明皇採其聲為〈雨淋鈴〉曲以悼貴妃。此處用
典兼寫實。

譯　文

熱淚雙流卻飲泣無聲，只是痛悔從前沒有珍視妳的一往深
情。想憑藉丹青來重新和妳聚會，淚眼模糊心碎腸斷不能把妳
的容貌畫成。離別時的話語還分明在耳，比翼齊飛的好夢半夜
裡被無端驚醒。妳已自早早醒來我卻還在夢中，哭盡深更苦雨
風鈴聲聲到天明。

點　評

詞中以夢境喻人生，是「人生如夢」一語的詩化，深摯地
表現了亡妻之痛。作者與其妻盧氏伉儷情深，此詞如泣如訴，
正是所謂「以天下之至語寫天下之至情」。

蝶戀花

〔清〕納蘭性德

辛苦最憐天上月，一昔如環①，昔昔都成玦②。若以月輪終皎潔，不辭冰雪爲卿熱③。　無奈塵緣容易絕，燕子依然，軟踏簾鉤說。唱罷秋墳愁未歇④，春叢認取雙棲蝶⑤。

作者簡介

見前。

注　釋

①昔：同「夕」。環：圓形玉器，此喻圓月。

②玦：半環形玉器，此喻不圓之月。

③「不辭」句：表層之意謂月中寒冷，自己可暖冰熱雪，深層之意謂自己可爲愛妻獻出一切，生死以之。

④「唱罷」句：化用李賀〈秋來〉句意：「秋墳鬼唱鮑家詩，恨血千年土中碧。」鮑家詩：南朝鮑照所作的挽詩。

⑤雙棲蝶：用梁山伯、祝英台同葬而化爲雙飛蝶的傳說。

譯　文

最可憐惜的是天上辛苦的明月，只有一個晚上團圓，其它夜夜都殘缺。妳如果像月輪光輝長在，我甘願爲妳暖熱層冰積雪。無奈塵世間的緣份容易斷絕，燕子不解人間悲傷，依然踏著簾鈎軟語呢喃相悅。唱罷悲歌哀愁未能消歇，春天的花叢中認取那雙飛的蝴蝶。

點　評

作者在〈沁園春〉一詞的小序中記夢見亡妻，臨別時她贈以「銜恨願爲天上月，年年猶得向郎圓」之句。此詞以月喩人，妙爲別裁，可能由夢境獲得靈感。

攤破浣溪沙

〔清〕納蘭性德

欲話心情夢已闌①，鏡中依約見春山②。
方悔從前眞草草，等閑看。　　環佩只應歸

月下③，鈿釵何意寄人間。多少滴殘紅燭
淚，幾時乾？

作者簡介

見前。

注　釋

①闌：殘，盡。
②春山：春山如黛，喻女子的雙眉。
③環佩：古代婦女佩帶之玉器。代指亡魂，如杜甫〈詠懷古
　跡〉：「畫圖省識春風面，環佩空歸月夜魂。」

譯　文

想對妳傾訴衷腸時好夢已殘，在妝鏡中隱約見到妳眉如春
山。這才深悔以前太過於粗心大意，等閑了韶華沒有對妳分外
珍惜愛憐。妳縹緲的芳魂只能在月夜歸來，妳遺下的鈿釵為什
麼偏偏寄留人間。我和紅燭一起滴殘了多少眼淚啊，燭淚與眼
淚幾時能乾？

點　評

納蘭性德的詞的特色，就是感情極為真摯，自腑肺湧出，
語淺情深，言近意遠，多用白描而自有盪氣迴腸的藝術力量，
如同他的朋友、詞人顧貞觀所說：「容若詞一種淒婉處，令人
不能卒讀！」

浣溪沙

〔清〕納蘭性德

誰念西風獨自涼，蕭蕭黃葉閉疏窗。沈思往事立殘陽。　被酒莫驚春睡重①，賭書消得潑茶香②。當時只道是尋常。

作者簡介

見前。

注　釋

①被酒：醉酒，被酒所醉。

②「賭書」句：用李清照與趙明誠夫婦的故事。李清照《金石錄・後序》云：「每飯罷，坐歸來堂烹茶，指堆積書史，言某事在某書、某卷、第幾頁、第幾行，以中否角勝負，爲飲茶先後，中即舉杯大笑，至茶傾覆懷中。」消得：值得，抵得。潑：灑。

譯　文

　　有誰憐念西風吹我獨自淒涼？黃葉紛紛飄落關閉了疏窗。佇立斜陽中我久久地把往事回想。春日醉酒後有人照料不驚醒沈酣的睡夢，背檢詩書以賭勝負值得茶灑懷中飄散清香。這些令人難忘的往事啊當時只看作平平常常。

點　評

　　上闋對景抒懷，起句說「誰念」即是已無人念我，故而沈思往事。下闋追懷往事，詞人沒有作巨細不遺的描寫，而只拈出「被酒」與「賭書」，足見琴瑟和諧，雅人深致。結句寫一種具有普遍性的人生經驗，以平淺之語，抒深沈之思。

悼亡姬

〔清〕厲　鶚

舊隱南湖淥水旁①，穩雙棲處轉思量。
收燈門巷忪微雨②，汲井簾櫳泥早涼③。
故扇也應塵漠漠，遺鈿何在月蒼蒼。

當時見慣驚鴻影，才隔重泉便渺茫。

作者簡介

厲鶚（公元1692～1752年），字太鴻，號樊謝，錢塘（今浙江省杭州市）人。工詩詞。

注　　釋

①南湖：浙江省嘉興縣城東南，又名鴛鴦湖。淥水，碧綠清澈的水。

②怢：適意，高興。

③泥：露水多而濡濕之意。

譯　　文

還記得以前隱居在碧水清澈的南湖之旁，雙飛雙宿的舊居多麼使人反覆回想。微雨中妳高興地收拾掛在門前的燈籠，簾櫳凝露時妳便去井邊汲水而不畏早涼。妳用過的扇子應是啊塵灰漠漠，妳留下的釵鈿何在啊唯見那月色蒼蒼。當年見慣了妳翩若驚鴻的身影，而現在才隔黃泉便音容渺茫。

點　　評

厲鶚之姬朱氏二十四歲病亡，此為〈悼亡姬〉十二首中的最後一首。詩人以今與昔、樂與哀、時在目前與幽明永隔的鮮明藝術對照，以「收燈」、「汲井」、「故扇」、「遺鈿」的典型細節描寫，動人地表現了他的哀思懷想。

悼亡 (二首)

〔清〕陳祖範

我輩鍾情故自長，別於垂老更難忘。
不如晨牝兼獅吼①，少下今朝淚幾行。

悲思三月損肌容，霜亦粘鬚鬢益絲②。
恐負平生憐我意，從今不忍再相思。

作者簡介

陳祖範 (公元1676年～1754年)，字亦韓，號見復，江蘇常熟 (今
江蘇省常熟市) 人。官國子監司業，有《陳司業詩集》。

注　釋

①晨牝：雌雞司晨，指獨裁專權的女子。獅吼：即「河東獅
　吼」，借指悍婦。宋代洪邁《容齋三筆》記載：「宋人陳慥
　之妻柳氏驕悍嫉妒。蘇軾作〈寄吳德仁兼簡陳季常〉戲慥：
　『忽聞河東獅子吼，柱杖落手心茫然。』」
②絲：此處指鬢髮稀疏而白。

譯　文

　　我對妻子本來十分鍾愛情深意長，在垂老之年一朝永別更令人難忘。她當年還不如驕悍而善妒，那就會使我今天少落熱淚幾行。

　　三個月的哀思就使我肌容瘦損，髭鬚更白鬢髮也更加稀疏。只恐辜負她平生憐愛我的情意，而今以後不忍再將懷念縈繞心頭。

點　評

　　這兩首悼亡詩構思頗具匠心，以反說正，正話反說，更覺哀思不盡。作者深知絕句寫作的第三句的轉折妙用，在前二句的平平鋪敍之後，忽作陡轉而別開新境。

夢亡內作

〔清〕趙　翼

生前心事有餘悲，入夢依然淚暗垂。
從我正當貧賤日，與君多半別離時。

紙錢豈解營環佩①，絮酒難償啖粥糜②。
一穗寒燈重悵憶，簾前新月似愁眉。

作者簡介

趙翼（公元1727～1814年），字雲崧，號甌北，江蘇陽湖（今江蘇省武進縣）人，其詩與袁枚、蔣士銓稱「江右三大家」。詩論著作有《甌北詩話》。

注　釋

①豈解：怎懂得，怎能夠。營：經營，購取。
②絮酒：菲薄的祭酒。啖：吃。粥糜：碎爛之粥。

譯　文

生前妳滿懷心事死後尚有餘悲，來到我的夢中依然珠淚暗垂。妳跟隨我時正當我貧賤之日，何況大半韶光不能團聚而兩地分飛。今天燒的紙錢怎麼能為妳營求環佩，一杯奠酒也難補償妳曾飽嘗薄粥的滋味。我面對寒燈悲傷地回想往事啊，那窗簾外的一彎新月好像妳不展的愁眉。

點　評

趙翼與妻子劉氏成婚十一年，長期一在江南，一在燕北，愛妻遽然長逝，作者痛何如之。此詩集中筆力寫夢境和夢醒後的悲懷，一字一淚，結句移情於景，更覺含不盡之意見於言外。

悼 亡

一種傷心譜不成①，畫眉窗外穗帷橫。
何堪枕冷衾寒夜②，重聽兒啼女哭聲。
只影更誰憐後死？遺言先已訂他生。
無眠轉羨長眠者③，數盡疏鐘到五更。

作者簡介

洪亮吉（公元1746～1809），字稚存，號北江，陽湖（今江蘇省武進縣）人。少負詩名，與同里黃景仁相唱和，時稱「洪黃」。長於經學，工詩詞。

注　釋

①譜：按照事物類別或系統編成的表冊，此處作寫出、表達解。
②衾：被褥。
③轉：反而，反轉。

譯　文

　　無法表達我刻骨銘心的傷痛，往日爲妳畫眉的窗外靈帳淒清。枕冷衾寒的夜晚本來就難以忍受，更何況重又聽到兒女們的啼哭之聲。形單影隻誰憐惜我這後死者的孤苦，臨終前妳哀哀祝告先已緣訂來生。不眠人反而羨慕那長眠者，我長夜難眠數著稀疏的鐘聲直到五更。

點　評

　　洪亮吉此作感情深摯，眼前景，心中情，傷心人別有懷抱。尾聯尤爲出色，生者轉而羨慕死者，「無眠」與「長眠」的矛盾語的妙用，使深悲巨痛表現得富於力度和深度。

己亥雜詩 (第一八七首)

〔清〕龔自珍

雲英未嫁損華年①，心緒曾憑阿母傳。
償得三生幽怨否②？許儂親對玉棺眠③。

作者簡介

龔自珍（公元1792~1841年），字瑟人，號定庵，浙江仁和（今浙江省仁和縣）人。清代著名的思想家和文學家。詩、詞、文兼長。

注　釋

①雲英：唐代裴鉶所著傳奇《裴航》中的美女，後成仙人。此處指作者所愛之表妹。

②償：償還，補償。三生：前生、今生、來生，佛家認為人有三生。

③許：語助詞，表設想的語氣。玉棺：指所愛女子的棺木。

譯　文

雲英尚未出嫁就夭折在如花之年，她的心事曾通過她的母親代傳。能償還生前願望不能實現的幽怨嗎？如果我親自對著她的玉棺守靈而眠。

點　評

龔自珍少年時和表妹相愛，竹馬青梅。不幸表妹早逝，龔舊情難忘，十三年後寫了十六首詩以悼之。此詩後兩句避開正面抒寫而從反面寄意，更覺構思深曲而哀思無盡。

五、哀情

己亥雜詩（第一九四首）

〔清〕龔自珍

女兒魂魄完復完①，湖山秀氣還復還②。
爐香瓶卉殘復殘③，他生重見艱復艱④。

作者簡介

見前。

注　釋

①完：完美無缺。
②還：讀如「旋」，恢復之意。句意說表妹集中了湖山的靈秀
　而來到人間，湖山秀氣因她的夭逝而得以恢復。
③殘：消逝凋謝。喻伊人已逝。
④艱：難也。

譯　文

女郎她的心靈如美玉完美無斑，伊人已逝湖山的秀氣又恢
復回還。爐中之香瓶中之卉都已消殘凋謝，來生要重見她啊難
又難！

點　評

　　北宋李昉編輯之《太平廣記》引《靈怪集》，謂有人宿於館舍，古衣冠四人來置酒聯句，曰：「牀頭錦衾斑復斑，架上朱衣殷復殷。空庭朗月閒復閒，夜長路遠山復山。」龔自珍仿其格式而自出機杼，反覆其言地抒寫自己的悼亡之痛。

浣溪沙

〔清〕龍啓瑞

　　落盡繁英慘不暄，廿年春夢了無痕。慰人空對掌珠存①。　　只有長歌能當哭，更無芳草與招魂②。西風吹老芷蘭根③。

作者簡介

　　龍啓瑞（公元1814～1858年），字翰臣，廣西臨桂（今廣西省桂林市）人。長於音韻之學，工詞。

注　釋

　　①掌珠：意爲掌上明珠，本指極鍾愛的人，後多稱愛女。

②芳草：古人常以芳草表示對友人或妻子的懷念。招魂：古
　代人死後招其亡靈之禮儀。相傳宋玉爲屈原招亡魂所作詩
　篇，亦名「招魂」。
③芷蘭：均爲香草香花之名。

譯　　文

　　繁花落盡一片淒涼再不見快綠怡紅，二十年春夢已經醒來
淡無跡痕。妳已歸去唯有愛女怎能撫慰我的愁心。只有長聲悲
唱能當作痛哭，更沒有萋萋芳草可以爲你招魂。任它蕭瑟的秋
風吹老芷蘭之根。

點　　評

　　「廿年春夢了無痕」一語，從蘇軾詩「人似秋鴻來有信，
去如春夢了無痕」化出。「只有」、「更無」兩句對仗空靈而頗具
藝術概括力。〈招魂〉中有「目極千里兮傷春心，魂兮歸來哀江
南」之句，而作者面對的是秋風蕭瑟，事實上也無魂可招，其
情何堪，其哀何限！

後　記

　　唐詩人司空圖說：「儂家自有麒麟閣，第一功名
只賞詩。」幾十年來，我在詩的殿堂裡朝香，在詩的
海洋中探寶。古今中外的名篇佳作給了我至高至美的
精神享受，充實了我在碌碌塵世中的人生。

　　好詩是「妙處難與君說」，或是「此中有眞意，欲
辯已忘言」嗎？我疑信參半。出於願天下有情人都能
欣賞好詩的心願，我曾經寫過幾部研究和欣賞詩的著
作。一九九〇年秋，由於一個偶然的機緣，我得識闖
蕩江湖與江海的臺灣作家姜穆先生，共遊於湘山楚水
之間，傾蓋如故，快慰平生。他提議我輯注譯賞二書，
一本爲《歷代文人愛情詩詞曲三百首》，一本爲《歷代
民間愛情詩詞曲三百首》，目的是讓更多的讀者從一
個側面欣賞古人爲我們留下的詩歌瑰寶。我欣然從
命，歷時半載，雖不免有遺珠之嘆，總算是完成了第
一項工程。復承姜穆兄轉請高雄市《臺灣新聞報・西
子灣副刊》主編鄭春鴻先生，鄭先生青眼有加，闢「古
典與浪漫」一欄予以連載。副刊寸土寸金，我何幸越
海峽而得此一方寶地？對當時尚無一面之緣的鄭春鴻

先生，我只有心懷感激。

　　拙著《詩美學》、《歌鼓湘靈——楚詩詞藝術欣賞》，一九九〇年分別由臺灣東大圖書公司印出。此書復得東大圖書公司之厚愛而接納，雖不敢望一紙風行，但我卻願借此機會向所有催生它的朋友和關心它的讀者致以敬意。

一九九三年夏於湖南長沙

滄海叢刊書目 ㈡

國學類

先秦諸子繫年	錢　　穆	著
朱子學提綱	錢　　穆	著
莊子纂箋	錢　　穆	著
論語新解	錢　　穆	著
周官之成書及其反映的文化與時代新考	金春峯	著
尚書學術(上)、(下)	李振興	著

哲學類

哲學十大問題	鄔昆如	著
哲學淺論	張　康	譯
哲學智慧的尋求	何秀煌	著
哲學的智慧與歷史的聰明	何秀煌	著
文化、哲學與方法	何秀煌	著
人性記號與文明─語言・邏輯與記號世界	何秀煌	著
邏輯與設基法	劉福增	著
知識・邏輯・科學哲學	林正弘	著
現代藝術哲學	孫　旗	譯
現代美學及其他	趙天儀	著
中國現代化的哲學省思─「傳統」與「現代」 理性結合	成中英	著
不以規矩不能成方圓	劉君燦	著
恕道與大同	張起鈞	著
現代存在思想家	項退結	著
中國思想通俗講話	錢　　穆	著
中國哲學史話	吳怡、張起鈞	著
中國百位哲學家	黎建球	著
中國人的路	項退結	著
中國哲學之路	項退結	著
中國人性論	臺大哲學系	主編
中國管理哲學	曾仕強	著
孔子學說探微	林義正	著
心學的現代詮釋	姜　允	著

— 1 —

－ 2 －

語文類

訓詁通論　　　　　　　　　　　　　　　　吳孟復　著
入聲字箋論　　　　　　　　　　　　　　　陳慧劍　著
翻譯偶語　　　　　　　　　　　　　　　　黃文範　著
翻譯新語　　　　　　　　　　　　　　　　黃文範　著
中文排列方式析論　　　　　　　　　　　　司　琦　著
杜詩品評　　　　　　　　　　　　　　　　楊慧傑　著
詩中的李白　　　　　　　　　　　　　　　楊慧傑　著
寒山子研究　　　　　　　　　　　　　　　陳慧劍　著
司空圖新論　　　　　　　　　　　　　　　王潤華　著
詩情與幽境——唐代文人的園林生活　　　　侯迺慧　著
歐陽修詩本義研究　　　　　　　　　　　　裴普賢　著
品詩吟詩　　　　　　　　　　　　　　　　邱燮友　著
談詩錄　　　　　　　　　　　　　　　　　方祖燊　著
情趣詩話　　　　　　　　　　　　　　　　楊光治　著
歌鼓湘靈——楚詩詞藝術欣賞　　　　　　　李元洛　著
中國文學鑑賞舉隅　　　　　　　黃慶萱、許家鸞　著
中國文學縱橫論　　　　　　　　　　　　　黃維樑　著
漢賦史論　　　　　　　　　　　　　　　　簡宗梧　著
古典今論　　　　　　　　　　　　　　　　唐翼明　著
亭林詩考索　　　　　　　　　　　　　　　潘重規　著
浮士德研究　　　　　　　　　　　　　　　李辰冬　譯
蘇忍尼辛選集　　　　　　　　　　　　　　劉安雲　譯
文學欣賞的靈魂　　　　　　　　　　　　　劉述先　著
小說創作論　　　　　　　　　　　　　　　羅　盤　著
借鏡與類比　　　　　　　　　　　　　　　何冠驥　著
情愛與文學　　　　　　　　　　　　　　　周伯乃　著
鏡花水月　　　　　　　　　　　　　　　　陳國球　著
文學因緣　　　　　　　　　　　　　　　　鄭樹森　著
解構批評論集　　　　　　　　　　　　　　廖炳惠　著
世界短篇文學名著欣賞　　　　　　　　　　蕭傳文　譯
細讀現代小說　　　　　　　　　　　　　　張素貞　著
續讀現代小說　　　　　　　　　　　　　　張素貞　著
現代詩學　　　　　　　　　　　　　　　　蕭　蕭　著
詩美學　　　　　　　　　　　　　　　　　李元洛　著

書名	作者	
托塔少年	林文欽	編著
北美情逅	卜貴美	著
日本歷史之旅	李希聖	著
孤寂中的廻響	洛夫	著
火天使	趙衛民	著
無塵的鏡子	張默	著
關心茶——中國哲學的心	吳怡	著
放眼天下	陳新雄	著
生活健康	卜鍾元	著
文化的春天	王保雲	著
思光詩選	勞思光	著
靜思手札	黑野	著
狡兔歲月	黃和英	著
老樹春深更著花	畢璞	著
列寧格勒十日記	潘重規	著
文學與歷史——胡秋原選集第一卷	胡秋原	著
忘機隨筆——卷三·卷四	王覺源	著
晚學齋文集	黃錦鋐	著
古代文學探驪集	郭丹	著
山水的約定	葉維廉	著
在天願作比翼鳥——歷代文人愛情詩詞曲三百首	李元洛	輯注

美術類

書名	作者	
音樂與我	趙琴	著
爐邊閒話	李抱忱	著
琴臺碎語	黃友棣	著
音樂隨筆	趙琴	著
樂林蓽露	黃友棣	著
樂谷鳴泉	黃友棣	著
樂韻飄香	黃友棣	著
弘一大師歌曲集	錢仁康	著
立體造型基本設計	張長傑	著
工藝材料	李鈞棫	著
裝飾工藝	張長傑	著

滄海美術叢書